SU GENIO CURVILÍNEA

UNA NOVELA ROMÁNTICA DE UNA CHICA
CURVILÍNEA EN UN PUEBLO PEQUEÑO

EN BUSCA DEL GALÁN DE PAPEL
LIBRO DIEZ

MARY E THOMPSON

BluEyed
Press

EN BUSCA DEL GALÁN DE PAPEL

Es verano en Cala MacKellar y la temperatura está subiendo. Alguien más se está enamorando y nosotros lo viviremos paso a paso. No te pierdas nada cuando te suscribas al boletín de Mary.

LIBRO 10

Su Genio Curvilínea

Xavier

Nunca quise una vida en un pueblo pequeño. Mentí y dije que sí, pero cuando tuve que tomar una decisión, me alejé de la mujer que amaba y de los planes que hicimos y construí una vida sin ella. Una vida con mi hija y mi mejor amigo. Una vida solitaria.

Pero la vida en la ciudad no era buena para mi adolescente. Necesitaba algo diferente. Tenía sentido seguir a mi mejor amigo al pequeño pueblo donde él estaba formando su propia familia.

El mismo pueblo que Karissa llamaba hogar.

Karissa

La aplicación de citas que creé para ayudar a la gente local a encontrar el amor fue un gran éxito. A la gente le encantaba. A mí me encantaba.

Hasta que me emparejó con mi ex.

Xavier era el que se me escapó. El que decidió que la vida que habíamos planeado juntos, la vida de la que se alejó, era lo que quería después de todo. No por mí. No, estaba invadiendo mi pequeño pueblo por su hija.

—*¿Fui el amor de tu vida?*

¿La peor parte de todo esto? No podía mantenerme alejada de él. Siempre estaba por ahí, luciendo sexy y dulce, y encantando a todo el mundo en el pueblo.

Incluyéndome a mí.

ISBN de versión impresa: 978-1-967463-95-4

ISBN de versión impresa discreta: 978-1-967463-96-1

 Formateado con Vellum

A Mary... hiciste que esta historia fuera mejor y no sería la escritora que soy sin ti como amiga. ¡Gracias!

KARISSA

*P*asar la tarde con mis amigos era lo último que quería hacer. No era justo. Debería poder disfrutar del tiempo con ellos. Y lo haría si Xavier Hogan no estuviera también allí.

Él me lo hacía todo más difícil. Como si mi piel estuviera demasiado tensa. Siempre estaba nerviosa, especialmente cuando sabía que tendría que enfrentarme a él. Solo habíamos hablado un par de veces desde que se mudó al pueblo hace cinco semanas. No, no estaba contando el tiempo que llevaba en mi pueblo. Mi espacio. Mi vida. Uf.

Ya no podía ver a mi mejor amiga y compañera de piso, Finley, o a su hijo de tres meses sin ver también a Xavier. Ella solo estaba en casa una o dos noches a la semana, pasando las demás con su novio, Trent, y el pequeño George en la Finca MacKellar. No es que la culpara. Su pequeña familia era nueva, ella los adoraba, y ella y Trent iban a casarse. Lo entendía, pero echaba de menos a mi amiga.

Así que me aguantaba e iba a su casa siempre que me llamaban y me invitaban. Como esta noche. Por Finley.

Aparqué junto al coche de Finley en la entrada y apagué el

motor. Necesitaba un minuto antes de enfrentarme a ellos. Un minuto más. Solo para asegurarme de que estaba bien.

Realmente no era justo lo bien que le iba a Xavier. Entre su adorable y descarada hija adolescente y el trabajo que Trent creó para él, su vida era fácil. No conocía toda la historia sobre su ex, pero podía hacer cálculos y no quería saber.

McJenna tenía quince años. Lo que significaba que Xavier comenzó su relación con su madre unos meses después de que rompiéramos. Quizás. Suponiendo que no me estuviera engañando cuando estábamos juntos. ¿Cómo diablos lo iba a saber? Aparentemente, no conocía al hombre en absoluto. Si lo hubiera conocido, no me habría pillado por sorpresa.

Solté un suspiro frustrado y me recordé a mí misma que no estaba allí por él. Estaba allí por Finley. Y por George.

Finalmente me obligué a salir del coche y me dirigí a la puerta. Toqué el timbre y esperé a que alguien me dejara entrar. Era un día precioso, soleado y espléndido, el tipo de día que hacía que Cala MacKellar fuera perfecto en verano. Una parte de mí quería quedarse fuera toda la tarde, pero entonces la puerta se abrió y me hicieron entrar.

—¿Cómo estás? —preguntó Trent mientras me atraía hacia él para un abrazo. Trent MacKellar era un abrazador. Era afectuoso y amistoso y parecía considerarme parte de la familia. Era extraño después de haberlo considerado como de la realeza la mayor parte de mi vida, pero ¿por qué demonios no?

—Bien. ¿Cómo estáis vosotros? —pregunté.

Nunca preguntaba solo por Trent. Me resultaba extraño. Si Finley no estuviera allí, yo tampoco lo estaría. Eran un pack indivisible en mi mente porque ella seguiría viviendo conmigo si él no hubiera recapacitado y se hubiera dado cuenta de la suerte que tenía de haber dejado embarazada a Finley de entre todas las mujeres a las que podría haber dejado embarazada accidentalmente y estar atado a ellas para siempre.

—Bien. Muy bien. Fin ha empezado a hablar de volver a un horario laboral normal.

—¿En serio? —pregunté, riéndome. Finley estaba decidida a volver directamente al trabajo después de que naciera George. Insistía en que no iba a ser una de esas mujeres que alteraban su vida por completo cuando llegaba su bebé. Entonces llegó George. No había trabajado una semana completa desde entonces. No podía culparla, pero que hablara de volver a tiempo completo era definitivamente motivo de risa.

—Eso es lo que dice ella.

—Seguro que a sus padres les encantará esa idea.

Trent asintió. —Sí, creo que han estado trabajando en convencerla. Pero Anna ha sido increíble. Finley está muy agradecida de que haya estado dispuesta a ayudar tanto.

—Eso es lo que Fin me contó también. No he llegado a conocer mucho a Anna, pero me alegro de que estuviera disponible. —Anna era amiga de una amiga y empezó a trabajar para Finley antes de que llegara George. Fue un regalo del cielo y definitivamente había salvado la librería especializada en novelas románticas de Finley de cerrar.

—Yo también. —Entramos en la cocina, que estaba completamente abierta con las puertas traseras de par en par para dejar entrar el aire fresco—. ¿Te apetece algo de beber?

—Solo un vaso de agua, gracias.

—¿Embotellada o del grifo?

—Cualquiera.

—Tenemos esa agua con gas que Finley dijo que te gusta. ¿Quieres una de esas?

—Claro. Sería genial. Le sonreí a Trent mientras su rostro se iluminaba. Se estaba esforzando, y yo lo apreciaba. Apenas habíamos empezado a conocernos cuando Xavier se mudó, lo que frenó que Trent y yo nos hiciéramos más amigos. Me sentía mal, pero no podía simplemente dejar de lado diecisiete años de arrepentimiento y actuar como si nada hubiera pasado entre Xavier y yo. Él me destrozó, y una parte de mí no se había recuperado.

—Hola, señora Karissa —dijo McJenna desde la escalera.

Me giré y sonreí a la adolescente. Ella era la única razón por la que toleraba a Xavier, aparte de Fin. McJenna era divertida, inteligente y curiosa, y hacía que las veces que venía fuesen mucho más soportables. Le gustaban los ordenadores y me hacía muchas preguntas sobre el diseño de aplicaciones, y mostraba interés en la informática.

Mi madre era camarera en un restaurante y mi padre trabajaba en la ferretería. Ninguno de ellos sabía nada de ordenadores, así que cuando quería aprender más, tenía que enseñarme a mí misma o buscar las respuestas en internet. Si hubiera tenido un mentor, creo que mi carrera habría sido diferente. Sabía que nunca sería esa persona para la hija de Xavier, pero también quería animarla tanto como fuera posible.

—Hola, J. ¿Cómo estás?

Se encogió de hombros y se deslizó en un taburete de la barra del desayuno. —Es tan aburrido aquí.

—Es verano. Debería ser divertido ahora mismo. Espera a que nieve y no puedas salir de la propiedad.

—¿Eso ocurre de verdad? —preguntó ella con sus ojos marrones muy abiertos.

Trent abrió y cerró la boca, luego me entregó el agua. —Puede pasar, pero no ocurrirá muy a menudo.

—No creo que pueda soportar eso. Necesito mudarme.

McJenna se alejó arrastrando los pies con cada paso. Solté una risita mientras la veía marcharse, y luego capté la expresión de Trent.

—¿Por qué le has dicho eso? —preguntó, con una sonrisa asomando en la comisura de su boca.

—Es verdad, ¿no?

—Eso pasó una vez en el instituto.

Me reí. —Es posible.

—Ya se está quejando porque no tiene amigos. Sé que si viviera en el pueblo podría pasear y conocer gente, pero estando aquí tan lejos, es la chica rara de la Finca.

—¿Como lo eras tú?

Trent puso los ojos en blanco. —Ya sabes cómo es.

Asentí. Lo sabía. No había muchas familias negras en Cala MacKellar. La familia de Trent era adinerada, y la gente respetaba el dinero, así que crecer allí no fue tan difícil como habría sido en otros lugares, pero seguíamos siendo minoría. Y para McJenna, siendo nueva en el pueblo y viviendo en la Finca donde otros niños no pasaban por allí para pedirle que saliera con ellos, sería más difícil conocer gente nueva y hacer amigos.

—¿Por qué está McJenna hablando de la necesidad de mudarse antes de que nieve? —preguntó Finley, entrando con George en brazos.

—Necesito a mi ahijado —le dije, extendiendo las manos hacia él con gestos ansiosos.

Finley me lo entregó y arqueó una ceja.

Evité cuidadosamente su mirada.

—Rissa le dijo a J que el verano es más divertido y que lo disfrute porque cuando llegue el invierno, podríamos quedarnos atrapados aquí.

—¡No lo has hecho! —exclamó Finley.

—Estaba bromeando. Más o menos. Necesita conocer a algunos chicos. ¿Qué hay del hijo de Anna? ¿Tienen la misma edad?

Finley negó con la cabeza. —Joey es un año mayor.

—¿Conocemos a alguien con un hijo de quince años? ¿Qué edad tiene el hijo de Goldie? —preguntó Karissa.

—Creo que Paul tiene catorce años —dijo Finley.

—¿Valentina tiene una hija de quince años? —pregunté.

Finley frunció el ceño. —No estoy segura. Sé que sus hijas son mayores, adolescentes, pero no sé qué edad tienen exactamente.

Me hice una nota mental de pasar por la Pastelería Cove en algún momento para hablar con Valentina sobre sus hijas.

—Voy a empezar a cocinar —dijo Trent. —¿Te parece bien?

Finley asintió y alzó la barbilla para recibir un beso de él cuando pasaba. Sonrió y le observó mientras salía al exterior. Él le dijo algo a McJenna que no pudimos oír, y luego se dirigió a la parrilla.

—¿Cómo estás? —me preguntó Finley.

Sonreí y me concentré en George. —Estoy bien. Ocupada. Ya sabes cómo soy.

—Lo sé, por eso te he preguntado.

Abrí la boca para contarle la verdad cuando el motivo de mi vacilación se aclaró la garganta detrás de mí. Me callé de golpe, hundiendo mi cara en el cuello de George e inhalando ese aroma a bebé que me tranquilizaba.

—Hola, Karissa —dijo Xavier.

—Xavier. No podía mirarle a la cara, así que no lo hice. Simplemente esperé hasta que salió al exterior, manteniendo toda mi atención en mi ahijado.

—¿Seguro que estás bien? —preguntó Finley.

Forcé una sonrisa que ninguna de las dos se creyó y asentí. —Por supuesto. ¿Por qué no iba a estarlo?

SENTARME FRENTE AL ÚNICO HOMBRE, aparte de mi padre y mi padrastro, que había amado en la vida era realmente doloroso. Nunca pensé que volvería a verle cuando regresé a casa, cuando él dijo que la vida en un pueblo pequeño no era para él y se negó a venir conmigo.

Y ahora, él'está viviendo una vida de pueblo pequeño. Completa con un hijo propio. Parece que la broma era a mi costa.

Pero no estaba allí por él, para bien o para mal. Estaba allí por mi mejor amiga para celebrar la primera vez que su bebé recién nacido durmió toda la noche. No sabía nada sobre niños, pero aparentemente era algo importante.

—Estaba tan asustada. Entré a comprobar tres veces durante la noche. Estaba segura de que algo iba mal —dijo Finley con una risa.

—Yo también —dijo Trent. Miró entre Finley y el bebé con tanto amor en sus ojos que realmente me dolió por dentro.

Estaba feliz por ellos. De verdad, lo estaba. Estuve presente durante todos sus altibajos, y quería que Finley tuviera el tipo de amor que merecía. El tipo que hacía que todos a su alrededor creyeran que el amor era real y que estaba ahí para todos nosotros.

Yo habría creído en ello si no fuera por el desamor andante al otro lado de la mesa.

—La primera noche que McJenna durmió toda la noche, hice lo mismo. Fue un ajuste difícil —dijo Xavier.

—Papá —dijo McJenna, alargando la palabra como solo una adolescente podría hacerlo.

Forcé una sonrisa para la mesa. La única no-madre del grupo. La única que no tenía idea de lo que era despertarse por la noche y preocuparse por la seguridad de otra persona. Siempre había supuesto que tendría hijos algún día, pero ese día se convirtió en un año, y estaba mirando hacia los treinta y nueve al otro lado de una mastectomía doble preventiva que me hacía sentir aún menos como una mujer deseable de lo que nunca me había sentido antes de la cirugía.

No me arrepentía de la elección que había hecho, pero ver a mi amiga arrullar y mimar a su pequeño bebé me hizo pensar en todas las cosas que nunca hice.

Como encontrar a alguien que quisiera vivir en un pueblo pequeño. Alguien con quien pudiera construir una vida, una familia y un futuro. En cambio, ayudé a innumerables personas a encontrar el amor.

Los arrepentimientos eran algo curioso. Mi madre hablaba de arrepentimientos cuando estaba cerca del final de su vida. Sus arrepentimientos eran diferentes, pero quizás eso se debía a unas décadas extra y al amor de no uno sino dos hombres maravillosos que la cambiaron. En cuanto a mí, me arrepentía de todas las cosas que me prometí hacer algún día pero que no hice.

—¿En qué estás trabajando estos días, Karissa? —preguntó Trent. Estaba intentando ser amable e incluirme en la conversación, pero no estaba realmente segura de querer ser incluida.

—He estado desarrollando algo nuevo para un cliente. Se pusieron en contacto conmigo hace unos meses al respecto —le dije.

—¿Hace unos meses? Debe de ser un proyecto importante. —Trent entendía un poco sobre cómo funcionaba el diseño de aplicaciones, pero no mucho por lo que yo podía percibir. No era el tema más emocionante para gente que no se volvía loca por los ordenadores.

—Lo es, pero el pago es realmente bueno y me ha dado un lugar donde centrar mi energía últimamente.

—Eso siempre es bueno. Quizás debería pedirte que diseñaras una aplicación para el teatro. Algo que ayude con la compra de entradas o la elección de asientos o algo así.

Apreté los labios y asentí. Odiaba trabajar con clientes que pensaban que querían una aplicación pero realmente no sabían lo que querían. Era más fácil tratar con aquellos que sabían exactamente lo que estaban buscando. Trent me contrató para diseñar una aplicación para la tienda de Finley antes de que naciera George, pero yo sabía exactamente lo que Finley quería y necesitaba. Un *quizás debería* nunca era útil.

—¿Puedo terminar? —preguntó McJenna. Apartó su plato de la mesa y miró a su padre. Sus expresivos ojos marrones me conmovieron. Nunca podría decirle que no. Menos mal que no tenía que preocuparme por eso.

—Pon tu plato en el lavavajillas. No necesitamos crear más trabajo para la Srta. Emily.

Ella asintió mientras se levantaba. Tenía el móvil en la mano antes de llegar al lavavajillas en la habitación contigua, mandando mensajes a alguien.

—No sé cómo vamos a lidiar con todo eso —dijo Trent a Finley. —No creo que esté preparado para tener una adolescente.

Finley resopló. —Creo que por eso empiezan siendo pequeños. Para cuando tengamos un adolescente, seremos capaces de manejarlo.

—Eso espero. No me parece que sea muy divertido.

—Especialmente cuando arrastras a tu hija por todo el estado a un lugar que no conoce y con gente que no conoce. Estoy bastante seguro de que me odia —dijo Xavier. Se reclinó en su silla y suspiró.

—Ella accedió. Estará bien. Yo odiaba crecer aquí, pero es un buen lugar para familias. Y no puede meterse en tantos líos aquí —dijo Trent.

Su tono era ligero, pero sus palabras estaban cargadas de significado. Quería preguntarle en qué tipo de problemas se había metido antes de que se mudaran, pero no tenía ese derecho.

—Quizá no, pero lo intentará.

—¿Estáis listos para el postre? —preguntó Finley en voz alta. —Karissa ha traído tarta.

—Desde luego me vendría bien un poco de tarta —dijo Trent. —Gracias. Nos alegra que hayas podido venir esta noche. Sé que somos aburridos y solo hablamos de cosas de bebés, pero queremos que te sientas cómoda viniendo aquí cuando quieras.

—Gracias —le dije. Nunca me sentiría cómoda yendo a su casa, pero lo intentaría. Por Finley, lo intentaría.

—También espero de verdad que vosotros dos podáis llevaros bien de nuevo. Sé que erais amigos en la universidad, pero...

—¿Amigos? —pregunté, girándome para mirar a Xavier. —¿Le dijiste que éramos amigos?

Se encogió de hombros como si esa fuera la mejor descripción para lo que habíamos sido el uno para el otro.

—¿He dicho algo malo? —preguntó Trent.

Solté una risa ahogada. —No. No, no has dicho nada malo. Pero creo que volver a ser 'amigos' es un listón muy alto. Quiero decir, quizá me equivoque, pero prefiero ser amiga de personas en las que puedo confiar. Personas con las que puedo contar. Personas que no se pasan tres años planeando un futuro conmigo para luego decidir, de la nada, que todas las veces que hablamos de casarnos y construir una vida juntos era pura ficción.

—Eso no es justo, y lo sabes. Te dije que no quería vivir en un pueblo pequeño. Que no había muchas oportunidades laborales allí.

—Sí, y luego dijiste que podríamos intentarlo.

—Dije que quizá podríamos intentarlo. Quizá. Al final, no era para mí.

—¿Pero ahora sí lo es?

Xavier me lanzó una mirada fulminante desde el otro lado de la mesa. —Mi vida ha cambiado mucho en los últimos diecisiete años.

—Bueno, espero que esté contento con todos los cambios en su vida. Curiosamente, la mía no ha cambiado tanto. Pero este es mi pequeño pueblo. Aquí es donde vivo. Este es mi hogar. Y que me condenen si va a hacerme sentir que no pertenezco aquí.

—Yo nunca.

Me levanté y me alejé de él. —Disculpa por irme así, Trent, pero parece que he perdido el apetito. Fin, ¡ya nos veremos!

—Rissa —intentó Finley.

—No. Estoy bien. Te quiero.

—Yo también te quiero —dijo ella.

Salí por mi cuenta y conduje sola hasta mi piso al otro lado de la cala. Hace un año, jamás habría pensado que estaría viviendo sola o viviendo en el mismo pueblo que Xavier Hogan. Definitivamente la vida no va como la planeamos. Nunca.

XAVIER

Vi a Karissa correr hacia la puerta y suspiré. Maldita sea. Habían pasado semanas y no había avanzado nada con ella. Y ahora...

—Lo siento, tío. No sabía que esa palabra le iba a molestar —dijo Trent.

Asentí. Lo sabía. Amigos ni siquiera se acercaba a lo que Karissa y yo éramos el uno para el otro. Pero cuando Trent me preguntó por ella, McJenna estaba allí y solo podía decir ciertas cosas.

A juzgar por la cara de Finley, ella lo entendía, pero estaba del lado de Karissa, lo que significaba que yo estaba aún más hundido en el pozo.

Bebí un sorbo de vino y dejé que el postre transcurriera a mi alrededor. Me comí el pastel que Karissa dejó atrás, gimiendo de éxtasis y deseando poder decirle cuánto lo disfrutaba. Era creativa con sus horneados en la universidad, pero nada se acercaba al delicioso pastel que tenía delante.

—¿Puedo ir al pueblo mañana? —preguntó McJenna, devolviendo mi atención a la mesa. Se había unido de nuevo a nosotros cuando supo que habría postre.

—Claro. ¿Qué quieres hacer? Puedo llevarte después del trabajo —aparté mi plato y me recliné para mirar a mi hija.

Arrugó la cara y, por un instante, me recordó a su madre. Denise era ingeniosa y divertida, pero sabía que su lengua era afilada y se contenía. No siempre, pero cuando lo hacía, ponía la misma cara.

—¿Qué pasa? —pregunté, sabiendo que J quería decir algo que no me iba a gustar.

—Es que quiero ir sola —murmuró.

—¿Sola? —arqueé una ceja mirando a mi única hija y me pregunté si había perdido la cabeza. No, no necesitaba preguntármelo. Claramente la había perdido.

—Sí. No paras de decirme que este es un pueblo seguro y que es un buen lugar y todas esas cosas, pero me vigilas como si estuviéramos en las peores zonas de la ciudad a medianoche.

Miré fijamente a mi hija, abriendo y cerrando la boca como un pez moribundo. Tenía razón. No me gustaba, pero tenía razón. Había estado sobrevolándola y no confiaba en ella. No confiaba en nadie. No con mi hija. Era mía, y la única otra persona en el planeta que debería quererla tanto como yo la abandonó a los dos. ¿Cómo podía confiar en otra persona?

—¿Por qué no vienes a mi tienda? —sugirió Finley—. ¿Quizás puedas venir conmigo por la mañana? Hay algunas tiendas cerca. Cracked está calle abajo, y Blake está trabajando. Puedes dar vueltas, pero tendrás sitios adonde ir si te aburres o necesitas un plan alternativo.

Miré con severidad a Finley, pero sin verdadero enfado. Me estaba ayudando y se lo agradecía, pero no estaba preparado para que mi pequeña abandonara el nido. Aunque el nido no fuera mío.

—Por favor, papá —dijo McJenna. Me sonrió, sus rasgos infantiles ya no eran visibles, mientras la joven mujer en que se había convertido cuando yo estaba demasiado ocupado para darme cuenta me suplicaba.

—Vale —dije, sin que me gustara todo aquello pero sabiendo que tenía que aceptarlo. Tenía razón. Había elegido mudarme a Cala MacKellar por ella. Para alejarla de la vida poco brillante que llevaba en Niagara Falls. Allí no tenía amigos, al menos no buenos, y marcharse significaba un nuevo comienzo. Era bueno.

Mudarme al pueblo donde vivía Karissa era solo una ventaja adicional. Una ventaja bastante importante, pero aun así.

Finley y J hicieron planes para cuándo saldrían a la mañana siguiente. Yo tenía un día completo en el teatro, lo que significaba que no iba a estar por allí ni disponible si J necesitaba algo.

Mi círculo se estaba ampliando. No me gustaba.

Limpié los platos del postre y puse en marcha el lavavajillas. Cubrí lo que quedaba de la tarta de Karissa y lo metí en la nevera. Luego fui al patio para avisar a todos de que me iba arriba.

—No es tan tarde todavía. ¿Ya te vas a la cama? —preguntó Trent.

Asentí. —Tengo que entrar temprano mañana. Quiero repasar algunas cosas antes de que lleguen los contratistas. Vienen a las seis.

—Eso sí que es temprano. No me había dado cuenta. Podríamos haber planeado esto para otra noche. —Trent miró a Finley buscando confirmación.

Finley levantó a George sobre su hombro y le dio palmaditas en la espalda. —Sí, definitivamente podríamos haberlo hecho. Lo siento.

—No pasa nada. Gracias por llevar a J mañana. —Me incliné y besé la cabeza de mi hija—. Pórtate bien con Finley. Y duerme algo esta noche.

—Lo haré —dijo mientras esquivaba cualquier atención adicional—. —Me voy a mi habitación.

Me levanté e hice un gesto de asentimiento a mi mejor amiga y futura novia, y seguí a mi hija escaleras arriba justo cuando George empezaba a quejarse.

Le di las buenas noches a J otra vez y continué pasando de largo hasta mi habitación. Ella hizo un gesto con la mano sin levantar la vista, con la nariz metida en el móvil.

Cerré la puerta de mi dormitorio y gemí. Se suponía que mi habitación debía ser un oasis, pero se sentía más como una prisión. Le debía todo a Trent, pero esa dependencia de él comenzaba a parecer que me estaba aprovechando. Durante años, nuestra relación se sintió desequilibrada, pero cada vez que lo mencionaba, él insistía en que nos consideraba familia y quería tenernos cerca. Destrozaría a McJenna mudarse de la finca de Trent, pero era hora de que me valiera por mí misma. Nada me recordaba más eso que entrar en una habitación recién decorada con la que no tenía ningún vínculo.

LA CASA ESTABA en silencio cuando me levanté. Me duché en mi baño privado y salí sigilosamente, asegurándome de reactivar la alarma después de desarmarla.

El tranquilo pueblo de Cala MacKellar estaba desierto a esa hora temprana. No había nadie fuera. Tenía que admitir que era pacífico, aunque a veces el silencio me daba demasiado tiempo para pensar.

El viejo cine estaba justo en el centro del pueblo. Trent dijo que era un lugar popular de encuentro cuando él estaba en el instituto, pero definitivamente no se había mantenido bien. Por eso estábamos haciendo una remodelación completa. No estaba muy segura de gestionarlo, pero no tenía nada más que hacer, así que me estaba lanzando de cabeza y esperando poder salir adelante.

El equipo no se veía por ninguna parte cuando llegué, pero un sedán plateado me indicó que mi asistente ya estaba allí.

Entré por la puerta principal, la que todos usábamos por razones de seguridad, y encontré a Genevieve sentada tras el mostrador con su ordenador abierto, tecleando sin parar. Ni siquiera se molestó en levantar la vista, simplemente señaló hacia la cafetera y los productos de bollería. Ninguna de las dos éramos aficionadas a la mañana y habíamos aprendido durante las últimas semanas a coexistir pero no interactuar a menos que fuera absolutamente necesario.

Empecé a sentirme despierta después del desayuno. Me tomé mi tiempo recorriendo el lugar y evaluando el progreso que habíamos hecho hasta ahora. Trent no me dio un presupuesto con el que trabajar, pero estaba decidida a no excederme, especialmente después de que Genevieve expusiera las proyecciones de ingresos para el cine. Con dos salas y la realidad de un pueblo pequeño, ceñirse a un presupuesto no era opcional. Era obligatorio.

Las cabinas de proyección estaban al principio de la lista para la renovación. La tecnología había cambiado tanto que tener un proyector ya no era necesario. Las películas eran digitales, lo que significaba nuevo equipamiento y una sala limpia y segura. Afortunadamente, era barato de hacer. Las propias salas de cine iban a ser otra historia.

Las pantallas que quedaban colgadas en las salas eran inútiles sin un proyector. También estaban desiguales y sucias. Deshacerse de ellas fue una decisión fácil. Encontrar reemplazos no fue tan sencillo. Tampoco lo era encontrar sustitutos para los asientos.

Un golpe en la puerta me hizo volver a la parte delantera del cine justo a tiempo para ver a Genevieve dejar entrar al equipo. Ella inclinó la barbilla hacia atrás para recibir un beso de Teddy, uno de los hombres del equipo y su marido.

—¿Estás despierta ya? —le preguntó Teddy.

Genevieve negó con la cabeza y volvió arrastrando los pies a su asiento detrás del mostrador.

Teddy se rio y siguió al resto del equipo hacia la primera sala.

—Hoy es el día —dijo David.

Asentí.

—¿Y estás seguro de esto?

Contemplé el mar de asientos y asentí. No podíamos dejarlos. Aunque no había encontrado reemplazos que se acercaran ni de lejos al presupuesto que había fijado, no podía dejar los viejos asientos en su sitio. Estaban gastados y sucios. Chirriaban cada vez que se movían. Y arruinarían toda la experiencia de ir al cine si seguían allí una vez que todo lo demás estuviera terminado.

—Vale —dijo David. —Los arrancaremos todos.

Me quedé observando mientras él se dirigía a su equipo. Los emparejó en equipos para trabajar en las filas de butacas. Cada sección tenía cuatro asientos unidos como una sola pieza. Sacarlos no iba a ser un proceso fácil.

—¿Has pensado en mesas? —preguntó Genevieve. No la oí acercarse, pero estaba de pie junto a mí.

—¿Mesas? ¿En un cine?

—Sí. No he estado en uno así, pero he oído hablar de ellos.

—Pensaba que la gente quería relajarse. Todos los grandes cines tienen esos enormes sillones reclinables y pasillos anchos.

—Lo sé, pero ¿por qué tenemos que hacer lo mismo?

La miré e intenté darle sentido. Estábamos haciendo lo mismo. Estábamos proyectando películas. ¿Por qué alguien querría ver una película desde una silla incómoda? Especialmente cuando podían ir a veinte minutos de distancia y encontrar un cine con los caros sillones reclinables.

—Está bien —dijo Genevieve. —Solo estaba pensando en voz alta. Me parecía una idea divertida. Especialmente si tematizabas las dos salas. Una para familias y otra solo para adultos.

—¿Qué significa eso? —pregunté—. ¿Solo para adultos? No vamos a proyectar porno.

Genevieve se rio. —No he sugerido eso, pero me alegra saber que su mente va por ahí, jefe. Me refería a que podría servir alcohol y ofrecer comida para convertirlo más en algo de cena y espectáculo. En lugar de solo caramelos y palomitas.

Me quedé mirando el espacio abierto. No había escalones que limitaran cómo podríamos organizar el cine. El suelo estaba inclinado, pero podríamos trabajar con eso. Definitivamente era una opción.

—¿Cena y espectáculo? Creo que me gusta. Miremos fotos de otros cines y lo comentamos. Mesas y sillas deberían ser más fáciles de encontrar que butacas de cine. Y más baratas.

—Estoy de acuerdo.

Me alejé mientras la idea daba vueltas en mi cabeza. Definitivamente haría que el cine fuera único. Y crearía un atractivo que otros cines locales no tendrían. Podría ser un gran argumento de venta.

El equipo de David trabajó durante todo el día, retirando las butacas de un cine hasta que quedó todo el suelo desnudo. Una vez que se fueron, caminé alrededor, comprobando si había agujeros y marcas que necesitaran reparación, marcándolos todos con pintura en spray para que nada se pasara por alto después. El suelo pegajoso era peor donde las butacas habían cubierto el desastre dejado por años de abandono y limpieza insuficiente.

—¿Necesita que me quede más tiempo? —preguntó Genevieve mucho después de que debería haberse ido a casa.

—No. Empezaremos a hacer un plan mañana y buscaremos algunos asientos. Gracias por tu ayuda hoy.

—De nada. Estoy emocionada de ver este lugar abierto de nuevo. Ha pasado demasiado tiempo. Asegúrese de salir de aquí esta noche. Su hijo necesita ver su cara.

Sonreí y le di las gracias. Tenía razón, pero quería terminar solo unas pocas cosas más.

Revisé las páginas web que Genevieve me había enviado antes, de cines organizados para un espectáculo en lugar de solo una película. Uno de ellos tenía actuaciones en vivo además de películas, pero no pensé que fuera a ser un gran atractivo en un lugar como Cala MacKellar. No podía imaginar a mucha gente dispuesta a actuar para un público de un pueblo pequeño.

El cuarto lugar que miré me hizo incorporarme y prestar verdadera atención al diseño. Era ecléctico, con asientos variados. Cada mesa era diferente y ninguna de las sillas hacía juego. Me encantó a primera vista, pero no estaba seguro de si Trent aceptaría algo tan fuera de lo común. Conseguir que aceptara mesas y sillas ya iba a ser un gran salto; tenerlas todas diferentes podría hacer que su cabeza estallara.

Pero vi lo curiosamente peculiar que era y supe que era el movimiento correcto. Conseguir una licencia de alcohol podría no ser fácil, pero Trent debería tener alguna influencia. Y si no pudiéramos conseguir una licencia de alcohol, podríamos permitir que la gente trajera su propia bebida.

Nunca se me habría ocurrido nada de esto sin Genevieve, pero tenía razón. Definitivamente iba a marcar la diferencia.

Después de hacer algunas notas más, finalmente recogí y dejé el teatro. El sol se estaba poniendo, indicándome que había trabajado demasiadas horas otra vez. No pretendía trabajar jornadas de doce horas, pero no podía dejar que el trabajo se alargara. Necesitaba que el teatro abriera para que empezara a generar dinero y así saber que estaba contribuyendo. No es que Trent necesitara el dinero, pero yo necesitaba saber que no estaba siendo una carga para él. Ya no más.

La casa estaba iluminada y ruidosa cuando llegué. George gritaba a todo pulmón, y Finley estaba llorando. Me detuve al borde de la cocina, preguntándome qué demonios había pasado, y me encontré con la mirada de Trent.

—¿Todo bien?

Trent negó con la cabeza. —George ha estado llorando casi todo el día. Finley ni siquiera fue a trabajar hoy porque se despertó gritando, y no pudimos conseguir que se calmara.

—¿Gases? ¿Cólicos? ¿Comida nueva? —pregunté, rescatando de lo profundo de mi memoria las cosas que molestaban a McJenna. Aquellos años fueron confusos en su momento, pero ahora, odiaba que hubieran pasado. Me habría encantado haber tenido más hijos. Especialmente con Karissa, pero eso no estaba en las cartas. No entonces.

—No sabemos. Ha sido un día muy largo.

—¿Por qué no me llamaste?

—Estabas trabajando.

—Aun así podrías haberme llamado. —Tendí los brazos hacia George. Finley me lo entregó sin dudarlo. Le di la vuelta sobre mi antebrazo y le di palmaditas en la espalda suavemente. Siguió gritando.

—Necesito un minuto, dijo Finley. Lo siento. Solo necesito un minuto.

Asentí y llevé al bebé al patio. Seguía gritando, pero yo seguía dándole palmaditas en la espalda y moviéndome. Sujeté su cabeza con mi mano y lo mecí y lo balanceé.

—Este ha sido el peor día hasta ahora, dijo Trent, siguiéndome al patio. —No ha parado de gritar. Nunca había estado así antes. Pensé que Finley se iba a marchar.

—No lo haría. Ya no es la misma.

Trent no respondió, pero no hacía falta. La madre de McJenna se marchó después de un día como el que estaban teniendo. No podía con la maternidad en absoluto, y desde luego no soportaba a un bebé llorando. Finley no era así. Finley siempre miraba a George con amor en sus ojos. Denise nunca miró a McJenna de esa manera.

Mientras lo mecía y lo balanceaba, George empezó a calmarse. Sentí que su barriguita se movía, como si el gas estuviera buscando una salida. Soltó una sonora ventosidad, luego gimoteó y volvió a tirarse otro pedo.

—Vaya, tío, —dijo Trent, mirando fijamente a su hijo—. Con razón estaba tan disgustado. Ya lo intentamos, pero no sirvió de nada.

—Solo quería compartirlo conmigo. Pero ahora le toca al papá hacerse cargo. —El hedor estaba llenando el aire y me hacía ahogarme.

—Vaya, tío. ¿Estás seguro de que no quieres terminar el trabajo?

Me reí mientras Trent cogía a su hijo. —Sabes que lo haría si me necesitaras.

—Sí, lo sé, —dijo Trent mientras acunaba a su hijo contra su pecho—. —Yo me encargo.

Los vi alejarse y eché de menos esos momentos. Echaba de menos a mi hija. Estaba creciendo demasiado rápido y no tardaría mucho en marcharse de casa.

Maldita sea.

Subí las escaleras y llamé a la puerta cerrada de la habitación de McJenna. Entré cuando ella me respondió. —¿Qué tal tu día?

—No he hecho nada. Finley no ha ido a trabajar, así que

me he pasado todo el día aquí sentada. Este sitio es un asco, papá.

—J —le advertí.

—Lo siento, pero papá, ¿qué se supone que debo hacer? No conozco a nadie. Y si no puedo salir, no voy a conocer a nadie. Quizás no deberíamos habernos ido.

—Lo odiabas allí.

Gruñó.

Lo entendía. Nada era bueno. Y ver a Finley y Trent crear su propia familia estaba haciendo que mi hija se sintiera como una carga. Una ocurrencia tardía.

—Mejorará, J. Te lo prometo.

—Eso ya lo dijiste antes, papá.

Tenía razón. Lo había dicho. Algún día acertaría.

KARISSA

Leí el último correo electrónico de Maxwell Robertson y di los toques finales a mi propuesta. Comprobé el reloj en mi ordenador y cambié a la solicitud de reunión que me había enviado. Cuando faltaba un minuto para la hora de la reunión, hice clic en el enlace para unirme y esperé.

Me puse una sonrisa en la cara y miré fijamente a la pantalla, esperando a que él apareciera. Cuando lo hizo, saludé con la mano.—Buenos días, señor Robertson. ¿Cómo está usted?

—Buenos días, señorita Thomas. Estoy bien. ¿Y usted?

—Bien, gracias.

—Bien, bien. Sé que hoy debíamos hablar de su propuesta, pero hemos decidido contar con otro diseñador. Su mirada oscura evitó la pantalla por un momento, como si mirara a alguien al otro lado del ordenador.

Me sobresalté, y mi sonrisa se desvaneció. Entrecerré los ojos e incliné la cabeza.—¿Cómo dice? Estábamos teniendo una reunión para discutir mi propuesta. La propuesta que ni siquiera había escuchado todavía.

—Hemos estado haciendo nuestras investigaciones sobre todos los diseñadores con los que hemos hablado, y su nombre surgió con un colega. Su barba se movió ligeramente cuando habló. Estaba salpicada de canas en el marrón oscuro, y su piel oscura estaba curtida y suelta alrededor de los ojos. Pensé que parecía amable cuando hablamos la primera vez, pero ahora lo veía de una manera muy diferente.

—Eh, ¿vale?

—Entendemos que este es un negocio competitivo, pero el colega no pudo darnos una recomendación positiva sobre usted.

Me estrujé el cerebro tratando de pensar quién podría haberme dado una mala recomendación y solo un nombre me vino a la mente. Habían pasado años desde que trabajamos juntos, pero recientemente había oído un rumor de que estaba en peligro de cerrar su negocio debido a problemas con la aplicación que diseñé para él. Una aplicación para cuyo mantenimiento se negó a contratarme.

—¿Así que no está dispuesto a escuchar mi propuesta basándose en la palabra de un solo colega? Supondría que cualquier persona de negocios razonable querría escuchar a más de un colega. Estaría encantada de proporcionarle los nombres de algunos de mis clientes que han accedido a ser referencias para mí.

—Eso no será necesario. Ya hemos adjudicado el contrato a otra persona.

Mis cejas se arquearon. Quería decirle exactamente lo que pensaba de sus prácticas empresariales, pero en su lugar dije, —Bueno, gracias por hacérmelo saber. Le deseo mucha suerte.

Colgué antes de que pudiera responder.

Joder.

Hundí la cabeza entre las manos y gemí. El proyecto en el que estaba trabajando estaba casi terminado, y necesitaba algo más cuando lo acabara si quería pagar mis facturas. Contaba con el dinero del proyecto del Sr. Robertson. Pensaba que ya era prácticamente mío. Cuando hablamos la primera vez, sonaba como si yo fuera la única diseñadora que estaban considerando seriamente. La propuesta parecía más una formalidad que otra cosa. Pasé horas creándola, y ahora era basura.

Borré el correo electrónico sobre la llamada, y luego archivé todos los correos del Sr. Robertson en mi carpeta de proyectos cerrados. No estaba entusiasmada con el proyecto, pero sí con el dinero. Y con el trabajo.

Había estado bloqueada desde que Xavier llegó a Cala MacKellar. Atrapada dentro de mi propia mente. ¿Por qué estaba realmente allí? ¿Y qué quería? Me hablaba como si todavía me conociera, pero no era así. No habíamos hablado en toda una vida. La vida de su hija.

La amargura creció dentro de mí. Él salió y vivió su vida. Hizo las cosas que quería hacer. Y las hizo sin mí. No le odiaba por ello, pero lamentaba no haber hecho más. No tenía una familia ni una pareja ni nada más allá de mi carrera. Y si no se me ocurrían nuevas ideas o no conseguía trabajo, ni siquiera tendría eso.

¿Por qué tenía que volver a entrar en mi vida?

Xavier era un sueño que dejé ir hace mucho tiempo. Era alguien de mi pasado, no de mi presente ni de mi futuro, y necesitaba olvidarme de él. Necesitaba apartarlo de mi mente y hacer que mi mundo volviera a ser mío otra vez.

La puerta del apartamento se abrió, y escuché los pasos arrastrados de Finley mientras se acercaba a mí. Dejé la puerta de mi habitación abierta ya que ella rara vez estaba en casa últimamente. Se asomó silenciosamente a mi habitación y me saludó con la mano cuando vio que la miraba.

—¿Cómo te ha ido la reunión? —preguntó.

—No conseguí el trabajo.

—¿Qué? Pensaba que lo tenías prácticamente asegurado.

Me encogí de hombros. —A mí también. Supongo que me equivoqué.

—Vaya mierda. Lo siento.

—No pasa nada. Ya se me ocurrirá algo. ¿Cómo te va a ti? ¿Qué tal ayer con McJenna?

—No fuimos. O, más bien, yo no fui. Fue una noche dura. Después de celebrar que George había dormido toda la noche, no durmió nada. Qué ironía.

Solté un bufido. —Qué fastidio, ¿verdad?

—Sí. Me sentí fatal por dejar plantada a McJenna. Realmente necesita salir de la finca.

—Todo será más fácil cuando empiece el colegio.

Finley asintió. —Lo sé, pero me da pena por ella. Quería ayudarla.

—Seguro que lo entiende. Tener un bebé es difícil.

Finley volvió a asentir y miró alrededor. Estaba evitando algo.

—Suéltalo ya, Fin.

Me miró como si le sorprendiera que pudiera leerle la mente. Habíamos vivido juntas durante años. La conocía tan bien como a mí misma.

—Por fin hemos fijado una fecha, —dijo suavemente.

—¿Qué? ¡Eso es genial! Enhorabuena. ¿Cuándo es? ¿Por qué no pareces más contenta?

Jugueteó con el enorme anillo en su dedo y se mordió el labio inferior. —Significa que tenemos que mudarnos.

—Eh, sí. Claro. Siempre supimos que no viviríamos juntas para siempre.

—Sí, pero han pasado años. Y siento como si te estuviera abandonando. Y tú no conseguiste este trabajo, y...

—Finley, para. Te vas a casar. Es emocionante, divertido y maravilloso. Has encontrado a la persona con quien vas a pasar el resto de tu vida. Deberías estar entusiasmada, no preocupada por mí. Te prometo que estaré bien.

—Sí, pero...

—Finley, no. Sin peros. Tú quieres a Trent, y él te quiere a ti, y tenéis a George. Será más fácil cuando viváis juntos y seáis una familia. Necesitáis estar juntos.

—Es que... Va a ser difícil vivir en cualquier otro sitio que no sea aquí. Se sentó en el borde de mi cama y miró alrededor de la habitación. —Dios, hemos vivido tantas cosas aquí. Ha sido nuestro hogar desde siempre.

—Y crearás un nuevo hogar con Trent y George. ¿Cuándo piensas mudarte? ¿Cuándo es la boda?

—Hemos decidido el veinticuatro de septiembre. Blake saldrá de cuentas en diciembre, así que queremos asegurarnos de no hacerla demasiado cerca. Septiembre nos parecía adecuado ya que es el mes en que nos conocimos.

—¿Y te mudarás antes o después?

Se encogió de hombros. Su mirada se desvió hacia el suelo.

—Finley, tienes derecho a ser feliz.

—¿De verdad? Porque siento que mi felicidad no ha hecho más que hacerte daño.

—No ha sido a propósito —dije. Cuando Xavier se mudó y nos dimos cuenta de quién era, me enfadé. Quería culpar a cualquiera, pero la única persona realmente culpable era Xavier. Él sabía dónde vivía yo, y sabía que Finley y yo éramos amigas. No se sorprendió el día que se mudó cuando me encontró en el patio.

Pero aun así dolía. Aunque no culpaba a Finley o a Trent, era difícil estar cerca de ellos y alegrarme por ellos sabiendo que su felicidad me causaba dolor.

—Pero te hizo daño de todos modos. Y eso no es justo. No quiero que evites estar con nosotros. Y si me mudo, temo que no volvamos a vernos.

—Seguirás viéndome. Nos reuniremos. Tenemos el Club de Lectura cada semana, y haremos cosas. Será diferente, pero eso está bien.

—Todavía no puedo creer que nunca le dijera nada a Trent sobre que te conocía. Todos esos años.

Me encogí de hombros. —No importa aunque lo hubiera hecho. Todo es pasado. Él es pasado.

—¿Lo es?

—Sí. De hecho, estaba pensando en comprobar si tenía alguna coincidencia. Necesito seguir adelante con mi vida. Me ocupé de mi salud el año pasado con la mastectomía, y ahora es el momento de ocuparme de mi felicidad. De encontrar a alguien con quien compartir mi vida.

Finley no dijo nada, lo que hablaba mucho más que cualquier palabra. Ignoré su silencio y entré en mi aplicación, la que había unido no solo a Finley y Trent, sino a muchos de mis otros amigos. La aplicación que creé desde mi corazón con mi madre en mente todo el tiempo porque ella era la casamentera. Ella era quien podía ver a dos personas que se necesitaban mutuamente.

Solo desearía que hubiera encontrado a alguien para mí antes de fallecer.

—Sabes que no tienes que ser fuerte por mí. Ni fingir que no te molesta.

—Lo sé, pero no puedo vivir mi vida preguntándome qué está haciendo él. He pasado los últimos diecisiete años intentando olvidarle. Y ahora que ha vuelto, no voy a recorrer ese camino de nuevo. No puedo. No confío en que esté aquí para quedarse.

—Él dice que sí.

—No importa. Nada ha cambiado por lo que a mí respecta. Él tiene una vida, y yo tengo una vida, y no tienen nada que ver la una con la otra.

Finley no respondió mientras yo abría la aplicación y

miraba las posibles coincidencias que habían aparecido. El primer tipo era ingenioso y divertido. Su foto de perfil era un martillo, lo que me hizo reír. Cuando configuré eso como una opción, me pregunté si realmente aparecería para alguien. Parece que sí.

Mi foto de perfil era una corona porque yo era la reina.

Acepté esa coincidencia y pasé a la siguiente. Él cumplía con los requisitos, pero no era entretenido en su publicación. Se mostraba rígido e inflexible. No creía que pudiera soportar eso, ni siquiera en un primer encuentro. Rechacé ese.

La tercera coincidencia realmente me hizo reír a carcajadas. Era sarcástico y autocrítico, lo que me encantó. Si alguien no podía reírse de sí mismo, no tenía tiempo para ellos. Acepté ese y volví a dejar el móvil sobre mi escritorio.

—¿Vas a poder pagar este piso tú sola? —preguntó Finley.

Me había estado preguntando lo mismo, y honestamente no estaba segura de si quería. —Puedo, pero no estoy segura de querer hacerlo. Significaría tener muy pocos ingresos extra.

—De nuevo, siento como si te estuviera abandonando.

—No lo estás haciendo. Ya me las arreglaré. Si me quedo unos meses y luego me voy, estará bien. Si decido irme antes, también está bien. —Tenía bastantes ahorros y había considerado comprar una casa pequeña, pero no sabía qué quería hacer. Tenía muchas decisiones que tomar en los próximos meses.

—¿Estás segura?

—Por supuesto. Está bien. Oye, necesito volver al trabajo. ¿Necesitas algo más?

—No, lo siento. Voy a coger algo de ropa y volver a casa de Trent.

—También es tu casa. Puedes llamarla hogar.

Sus labios se curvaron en una sombra de sonrisa. —Quizás algún día lo sienta así.

Finley se despidió con la mano y fue a su habitación. No mucho después, la puerta principal se cerró tras ella y volví a estar sola.

RECIBÍ MENSAJES de los dos chicos con los que había hecho match y hablé un poco con ellos durante los días siguientes. Estaba decidida a sacar a Xavier de mi mente, pero cuanto más me resistía, más espacio ocupaba en ella.

La noche del domingo era el Club de Lectura. No había visto a Finley desde que recogió sus cosas unos días antes. Sonreía y parecía más descansada cuando me dejó entrar en Book Boyfriends Unlimited.

—¿George ha vuelto a dormir?

Ella gimió. —Sí, por suerte. Ha sido un buen fin de semana.

—Esas son buenas noticias. ¿Cómo va todo lo demás?

—Bien. Mi madre me está volviendo un poco loca. Está ansiosa por empezar a planificar.

Me reí. —Por supuesto que lo está. Va a disfrutar con esto.

Finley asintió, riendo mientras me guiaba hacia la parte de atrás donde todos nos sentábamos. —Casi lo estoy temiendo. Quiero a mi madre, pero va a ser un poco una locura.

—Sobrevivirás. Es bonito que quiera participar.

Finley dudó un momento y luego asintió. Cuando Blake e Ian se casaron, la madre de Blake apenas se involucró. La madre de Melody y Willow era difícil en el mejor de los casos, y mi madre ya no estaba. Finley tenía suerte.

—Tengo que recordar que podría ser muy diferente. La voz de Finley era más suave, arrepentida.

Antes de que tuviera la oportunidad de decir algo más, alguien llamó a la puerta. Finley se fue a abrir mientras yo sacaba mi móvil para mirar el libro que todos habíamos leído. Lo había terminado la noche anterior, y aunque no siempre hablábamos del libro, quería refrescar mi memoria sobre la historia.

Un soldado herido regresaba a casa para ayudar a su padre después de que un derrame cerebral lo dejara incapaz de cuidarse a sí mismo, y conoció a la asistente sanitaria a domicilio que había sido contratada para cuidar de su padre. Los dos desarrollaron una amistad que se convirtió en algo más mientras el padre les contaba la historia de cómo se enamoró de su madre.

Eran dos historias en una, siguiendo a ambos hombres mientras se encontraban a sí mismos y al amor en alguien inesperado.

Disfruté del libro más de lo que pensaba. Me recordó que el amor era posible incluso cuando lo dudábamos.

—Hola, Rissa —dijo Blake, uniéndose a mí en el sofá. Su vientre recién expandido la precedía al entrar en la habitación. Estaba de cuatro meses y medio de embarazo, pero su barriga se estaba asegurando de que el mundo entero lo supiera.

—¿Cómo te encuentras? —le pregunté.

—Muy bien. Tengo energía por ahora. Julie sigue diciendo que no'me durará y que lo disfrute mientras pueda.

—Finley también estuvo así. Pero deberías estar bien durante unos meses más.

—Eso espero. Ahora mismo estoy comiendo todo lo que tengo a la vista. El pequeño está creciendo.

—¿Vais a averiguar el sexo? —pregunté.

—Aún no lo hemos decidido. Ian quiere llevarse la sorpresa, pero yo me inclino por averiguarlo. En cierto modo, no importa porque vamos a tener una habitación neutral y todos los artículos importantes serán neutros. Pero me cuesta no saberlo. —Blake arrugó la nariz.

—Yo quería saberlo —dijo Finley. —Necesitaba tener alguna sensación de control sobre el desastre que era mi vida en ese momento.

—Lo entiendo —dijo Blake pensativa. —Creo que simplemente no me gusta estar a oscuras sobre nada. Si alguien lo sabe, yo quiero saberlo.

—Así soy yo también —admití. —No creo que hubiera esperado si alguna vez hubiera tenido hijos.

—Todavía podrías tener hijos —dijo Blake.

Negué con la cabeza. —Renuncié a ese sueño. Hace mucho tiempo. Y estoy bien con ello.

—Ha vuelto a la aplicación —informó Finley mientras se alejaba para dejar entrar a más gente.

—¿Lo has hecho? —preguntó Blake. —¿Qué te ha hecho decidir volver a salir con alguien?

Melody, Willow y Elise escucharon el final de la pregunta de Blake'.

—¿Estás saliendo con Xavier? —preguntó Elise.

—No. Definitivamente no —dije.

—¿Por qué no? Pensaba que era tu alma gemela —dijo Willow.

Negué con la cabeza. —Hubo un tiempo en que lo pensé. Pero eso fue hace toda una vida. Una vida que dejé atrás.

—¿Lo hiciste? ¿De verdad la dejaste atrás? —preguntó Melody.

—Tuve que hacerlo. Queríamos cosas diferentes. Y ninguno de los dos estaba dispuesto a renunciar a lo que quería por el otro. Dudé de esa decisión durante mucho tiempo, pero cuando mamá enfermó, supe que era la decisión correcta. Pude pasar con ella sus últimos años. Estar a su lado al final. Si hubiera seguido a Xavier y construido una vida con él, le habría guardado rencor cuando me perdiera estar con mi madre. Y ahora, es demasiado tarde para nosotros.

Me encogí de hombros como si no fuera gran cosa, aunque lo era. Todas las cosas importantes de mi vida me hacían pensar en Xavier. Cuando mi madre murió y cuando me hicieron la mastectomía, fue cuando más pensé en él. Habría sido agradable tenerlo a él, o a alguien, allí conmigo, pero no estaba destinado a ser. Sobreviví a esas cosas sola. Sobreviví con mis amigos. Nunca con Xavier. No lo necesitaba en mi vida.

—¿Por qué es demasiado tarde? —preguntó Melody. —Si estás saliendo con gente, ¿por qué no puedes salir con él?

—Éramos unos críos cuando salíamos. Fue especial, mágico y maravilloso, pero no era la vida real. Pudimos ser jóvenes y alocados juntos, disfrutar juntos de nuestra juventud, pero los desafíos de la vida los afrontamos por separado. Ha pasado demasiado tiempo. Es un extraño para mí.

—No tiene por qué serlo —dijo Blake.

Forcé una sonrisa y negué con la cabeza. No lo entendían. Todas estaban en relaciones y eran felices. Veían el amor como algo real que estaba ahí cada día. Para mí, era una fantasía. Una en la que desesperadamente quería creer pero que me costaba comprender. Siempre había sido así.

—Si Karissa no quiere salir con X, no tiene por qué hacerlo —dijo Finley. —Mintió a todo el mundo y la emboscó. Se merece algo mejor que eso.

—Gracias, Fin —dije.

Me sonrió, pero su mirada era de preocupación en lugar de seguridad.—Solo quiero que seas feliz. Y no lo has sido desde que él llegó.

—Estoy bien. Soy feliz. Xavier Hogan no tiene ningún efecto sobre mí. Te lo prometo.

Cogí un trozo de tarta y sonreí ampliamente. Quizás si fingía, todos lo creeríamos algún día. Incluso yo.

4

XAVIER

Miré la larga lista de cosas que tenía que hacer y gemí. No estaba seguro de que alguna vez fuera a terminarla. Ya estaba trabajando seis o siete días a la semana y sentía que no avanzaba nada.

Necesitaba dar un paso atrás. No lo había hecho desde que llegamos. Seis semanas trabajando más de sesenta horas me estaban pasando factura. Mi vida no había sido más que trabajo y pensar en Karissa. Como no estaba progresando en ninguno de los dos frentes, era hora de reagruparme.

David y su equipo ya se habían marchado por el día, así que el teatro estaba tranquilo. Genevieve estaba terminando y no tardaría en seguirles. Si iba a tomarme un día libre, necesitaba hablar con ella antes de que se fuera.

—Hola —dije cuando la encontré guardando su ordenador detrás del antiguo mostrador de aperitivos.

—Hola. Iba a ir a buscarle en un momento. ¿Necesita algo más de mí hoy?

Asentí y me disgustó ver que su sonrisa se desvanecía. —Lo siento. Ya lo sé. Necesito un día libre. Y es una mierda que yo diga esto porque sé que usted también lo necesita.

Ninguno de los dos puede seguir trabajando como lo hemos estado haciendo. Hay muchas decisiones que tomar, y necesito alejarme un día para distanciarme de aquí. ¿Puede encargarse de todo mañana?

—Por supuesto —dijo ella, con la voz y el rostro tensos.

—De ahora en adelante, va a tomarse todos sus fines de semana libres. Y quiero que programe un día laborable libre cada dos semanas. Nos alternaremos las semanas.

Ella inclinó la cabeza y entrecerró los ojos mirándome. —No tengo muchos días de vacaciones.

—Déjeme preocuparme por eso. No perderá su salario. Todas las horas que ya ha trabajado son suficientes para que deba tomarse tiempo libre. Esa es otra cosa. Quiero que empiece a trabajar jornadas de ocho horas.

—¿Está quedándose sin dinero?

—No. Esto no tiene nada que ver con el dinero y todo que ver con que necesitamos funcionar. Sé que no sirvo de nada a mi hija cuando llego a casa. No se está adaptando a la vida aquí. Necesito pasar algo de tiempo con ella y necesito alejarme de aquí por un rato. Y si yo me siento así, supongo que usted también. Voy a hablar con Trent sobre pagarle un salario fijo por el resto del proyecto y crear una descripción del puesto que funcione para ambos una vez que este lugar esté en marcha.

—¿Con salario fijo? Eso significa que no me pagarán por las horas extras. Genevieve no parecía muy entusiasmada con esa idea.

—Sí, pero no quiero que trabaje tantas horas extras.

—Necesito el dinero para pagar mis facturas. Teddy no tiene seguro médico con su trabajo, así que tenemos uno propio. No es barato, y estamos ahorrando para que uno de nosotros pueda dejar de trabajar cuando empecemos a tener hijos.

Percibí el tono de pánico en su voz y asentí. —Lo

entiendo. Se lo prometo, de verdad. No voy a permitir que esto le perjudique. Déjeme hablar con Trent, ya que él es quien tiene el dinero, y volveremos a tratar esto el viernes. Si lo que proponemos no le funciona, mantendremos las cosas como están. ¿De acuerdo?

Dudó un momento y luego asintió. Sus ojos marrones me miraban con recelo, pero no discutió.

—¿Necesita algo más esta noche?

—No, todo en orden. Que tenga una buena noche. Y avíseme si me necesita mañana. Seguiré disponible, si es necesario.

—Lo haré. Gracias, jefe. Buenas noches.

Genevieve se alejó con una tensión en los hombros que no solía tener. Realmente entendía sus preocupaciones. Estaba aprendiendo mucho sobre vivir en un pueblo pequeño con Finley siempre cerca. Ella también tenía su propio seguro médico. Pagaba todos sus gastos médicos de su bolsillo. Y pagaba sus propios impuestos y todo lo demás. Trabajaba duro, pero dejó claro que había estado preocupada por cómo iba a pagar lo de George antes de que Trent dejara de ser un capullo y se ofreciera a ayudar.

Cuando nació McJenna, yo tenía un trabajo con beneficios sanitarios. No era barato, pero tampoco imposible. Cuidar de ella fue mucho más fácil sin tener que preocuparme por ese asunto. Y si hubiera tenido que preocuparme por ello, o por mis horas o por un recorte en mi paga, no habría sido posible cuidar de mi hija.

Haría todo lo que estuviera en mi poder para asegurarme de que Trent supiera lo invaluable que era Genevieve para el teatro, y para mí. Quería contratarla como empleada permanente, a tiempo completo, con salario fijo y beneficios completos. Con suerte, él estaría de acuerdo.

Recorrí el teatro una vez más, empezando a ver cómo tomaba forma incluso mientras me preguntaba cómo sería posible. Apagué todas las luces y cerré con llave, dirigiéndome a casa por la noche para ver cómo había ido el día de McJenna.

La casa estaba inusualmente silenciosa. Después de un minuto, escuché el suave murmullo de voces en el patio. A Finley le encantaba estar allí. No podía culparla. Las vistas eran espectaculares, y la sensación general hacía que todo lo demás se desvaneciera. Era el único lugar de la finca donde me sentía cómodo.

Los cuatro estaban sentados alrededor de la mesa con McJenna sosteniendo a George. Ella le sonreía, arrullando al bebé. Joder, me afectó profundamente. McJenna era la razón por la que nunca busqué a Karissa. Desear que mi pasado con Karissa hubiera sido diferente era como decir que ojalá no hubiera tenido a mi hija. Yo quería a McJenna. Ella era mi mundo. No cambiaría nuestra vida por nada.

Pero mentiría si dijera que no hubo momentos en los que deseé que Karissa fuera su madre en lugar de Denise. Que Karissa y yo hubiéramos construido una vida juntos. Una vida con más hijos y nosotros dos.

Por alguna razón, eso no estaba destinado a ser. Cuando conocí a Trent y descubrí quién era, no pude contarle sobre Karissa. No estaba seguro si se conocían, y si era así, no estaba seguro de querer que él invadiera esos recuerdos que tenía de ella. No quería saber quién era ella antes de conocernos, ni quién fue después. Para mí, ella estaba congelada en el tiempo, eternamente con veintiún años, feliz y mía.

Ver a mi hija con su 'primo' me rompió un poco el corazón. J habría sido una gran hermana mayor. Habría querido a cualquier hijo que yo hubiera tenido después de ella. Todavía lo haría, pero pronto se iría a la universidad. Iba a encontrar su propio camino, y yo solo podía observar mientras lo recorría, alejándose de mí.

Quería darle el mundo y estar ahí mientras ella lo

conquistaba todo, pero tendría que encontrar su propio camino. Y eso dolía.

—Vaya, ya estás en casa —dijo Finley, notándome en la puerta.

Me acerqué, con la mirada fija en McJenna y George. —Sí, ha sido un día largo.

—Todos parecen ser largos —dijo Trent—. ¿Cómo van las cosas?

—Estamos progresando —mentí. No, no era una mentira. Solo se sentía así porque el plan que había elaborado era poco razonable desde el principio, pero no estaba dispuesto a permitir que la construcción durara más de lo necesario. No cuando solo era una carga para la cuenta bancaria de Trent hasta que el teatro empezara a generar algo.

—Esas son buenas noticias. ¿Podremos abrir según lo planeado?

—Por supuesto. No te fallaré. Pero necesito hablar contigo sobre otra cosa.

Trent miró a Finley y a McJenna y señaló hacia la casa. Finley tenía su propio negocio y McJenna había sido parte de suficientes conversaciones nuestras sobre dinero a lo largo de los años como para que no me molestara hablar delante de ellas, pero no iba a discutir.

Trent caminó detrás de la isla de la cocina y sacó una botella de agua de la nevera. Me ofreció una, luego asintió para que dijera lo que necesitaba decir.

—Quiero contratar a Genevieve a tiempo completo. Sé que va a cambiar las cosas, pero puedo ver que ella está sintiendo lo mismo que yo.

Trent inclinó la cabeza. —¿Y cómo es eso?

Respiré hondo y dejé salir el aire lentamente. Admitir que no podía hacerlo todo no era fácil. Especialmente cuando me veía a mí mismo como alguien que podía hacer cualquier cosa. Pero tenía que ser sincero con Trent. Era mi jefe. Y no iba a ocultarle todo.

—Estoy agotado. Necesito un descanso. No uno largo, solo un día, pero no puedo seguir trabajando como lo he estado haciendo.

—Gracias a Dios. ¿Por qué has estado matándote así?

Negué con la cabeza y me pasé la mano por el pelo. Realmente necesitaba cortármelo. Algún día. —Quiero terminarlo todo. Solo estoy sacándote dinero, y eso no está bien.

—Este es mi negocio. Yo decidí comprar el viejo teatro. No estás sacándome nada. Estás haciendo posible que gane dinero con él.

—Pero mi sueldo...

—Probablemente ni siquiera se acerca a lo que mereces por el trabajo que estás asumiendo. Mira, entiendo que es diferente. Y va a ser difícil hacer la transición de lo que estabas haciendo a esto. Pero siempre me encantó ese teatro. Mi madre me llevaba cuando era niño, y salía por allí en el instituto. Cuando regresé, quería llevar a Finley, pero ella me dijo que estaba cerrado. Es una de esas cosas en las que siempre pensaba cuando pensaba en Cala MacKellar. Presionarte para que asumieras el proyecto...

—No me presionaste.

Trent se rio suavemente y negó con la cabeza. —Los dos sabemos que sí lo hice. Debería haberme remangado y gestionarlo yo mismo, pero con George...

—Necesitaba algo que hacer. Creaste un trabajo para mí. Y lo agradezco, pero...

—Vaya, ¿es eso lo que realmente piensas? ¿Que creé ese trabajo? ¿Que no te necesitaba realmente?

Me encogí de hombros. —Bueno, sí. Sé que confías en mí, así que fui una elección fácil, pero también sé que no tenía ingresos cuando nos mudamos aquí. Tengo mis ahorros, que solo tengo porque nos dejaste vivir contigo para siempre, pero no durarían mucho, aunque todavía sigo viviendo a tu costa.

—Mierda —susurró Trent. Negó con la cabeza y cerró los ojos. Nunca quise hacerte sentir que tenías que hacer esto. O que fueras algo distinto a familia para mí. Si tuviera un hermano, estaría haciendo lo mismo por él. Eres mi familia. Tú y J. Sí, ahora también tengo a Finley y a George, pero eso no significa que tú y J seáis menos importantes para mí.

—Pero...

—No. Escucha, necesito saber si quieres hacer ese trabajo. Te estás matando trabajando, y si quieres que contrate a otra persona, lo haré. Te pedí que lo hicieras porque sabía que podías y que lo harías increíble, pero no me debes nada. Nunca.

Trent me miró fijamente durante un largo momento, esperando mi respuesta. Su mirada no se desvió, ni siquiera cuando George gimoteó fuera, y luego comenzó a llorar.

—No sé si puedo cumplir con el plazo original —confesé.

—Nunca pensé que fuera razonable.

—Quería tenerlo todo terminado lo antes posible para que empezara a generar dinero.

—El teatro va a ser algo más para los locales que para los turistas. No va a ser una gran atracción. No me importa si no está terminado antes de que acabe el verano. Siempre que esté bien hecho.

—Lo estará —le aseguré.

—¿Eso significa que quieres quedarte y terminarlo?

Asentí lentamente. Sí. Lo estoy disfrutando. Y Genevieve es increíble. Es inteligente y creativa, y sus ideas van a hacer que sea aún mejor de lo que jamás pensé que podría ser.

—Bien. ¿Qué se necesita para contratarla a tiempo completo?

—Dinero. Ella trabaja muchas horas extras para ganarlo. Su tiempo siempre está bien empleado, pero si vamos a replantearnos el calendario y ralentizar un poco para poder respirar, me gustaría pasarla a un salario fijo para que no tenga que preocuparse por las horas extras.

—¿Tienes alguna cifra en mente?

Asentí y le dije lo que quería pagarle. Era más de lo que ganaba semanalmente con sus horas extras, aunque no mucho más.

—¿Cómo se compara con lo que está ganando?

—Un ligero aumento.

—Ofrécele un cincuenta por ciento más que su mejor semana. Como salario con todos los beneficios. Cuando el teatro esté funcionando, ¿va a quedarse?

—Espero que sí. Quiero crear un puesto para ella.

—Parece alguien que deberíamos tener en el equipo. Me parece bien. Averigua qué horario le gustaría trabajar. Si aún la quieres como asistente, está bien, pero si crees que debería hacer otra cosa, pídele su opinión y házmelo saber. Quiero involucrarme en este proyecto, pero sé que seguiré viajando y gestionando los hoteles. No podré ocuparme de las cosas del día a día. Por eso te quería allí.

Asentí, sintiendo por fin que mi posición no lo estaba destruyendo. —Lo agradezco. De verdad.

—Si eso cambia, házmelo saber. Siempre hemos sido sinceros el uno con el otro. Al menos, en su mayoría. Me lanzó una mirada que decía que deseaba que le hubiera contado sobre Karissa.

—Sabes por qué no pude.

Asintió. Dijo que lo entendía, pero no estaba seguro de que realmente lo hiciera. A veces ni yo mismo estaba seguro de entenderlo.

—¿Te parece bien que me tome el día libre mañana?

—No soy tu guardián. Tienes un sueldo fijo y estableces tus propios horarios. No tienes que rendirme cuentas.

Asentí. —Gracias.

Me dio una palmada en el hombro y señaló hacia el patio. —Vamos a comer. Te hemos esperado y todos tenemos hambre. Quizás Finley tenga algunas ideas de cosas que tú y J podáis hacer mañana en vuestro día libre. ¿A menos que planees pasarlo con alguien más?

Negué con la cabeza. —Mi única chica.

Trent sonrió. —Por ahora.

Forcé una sonrisa. Karissa nunca me daría otra oportunidad.

Finley le entregó George a Trent cuando salimos. Él acurrucó al bebé contra su pecho y tomó asiento junto a ella. Yo me senté al lado de McJenna.

—¿Quieres hacer algo mañana? —le pregunté.

—¿Ir a trabajar contigo? No, gracias —refunfuñó McJenna.

—En realidad, me voy a tomar el día libre. Para ver un poco el pueblo y divertirme.

—¿Hay algo divertido que hacer por aquí?

—Hay muchas cosas que hacer —dijo Finley. —Mi hermano fabrica barcos de madera y tiene algunos que presta a familiares y amigos si queréis salir al agua. Mi amiga es guía turística en barco. Hay restaurantes y sitios para comer. Tenemos el Parque Catherine. Posada Cala MacKellar organiza muchos eventos. Y otra amiga mía es la directora de turismo de la zona. Puedo consultarle para ver si hay algo programado.

—¿Todo eso en este sitio tan pequeño? —preguntó McJenna con escepticismo.

—Sí. También hay chicos de tu edad. Sé que no conoces a ninguno, pero durante el verano suelen pasear por el pueblo. Normalmente tengo que echarlos de mi tienda varias veces porque quieren encontrar material bueno.

—¿Puedo leer el material bueno? —preguntó McJenna.

—No —dijimos Trent y yo al unísono.

—No vas a tener citas hasta que tengas mi edad —añadió Trent.

—Si es que entonces.

McJenna suspiró y puso los ojos en blanco.

—Os recomendaría ir a la Pastelería Cove para desayunar mañana. Después, podéis hacer un tour para ver algunas cosas de por aquí, especialmente el castillo, y luego recorrer las tiendas alrededor del Parque Catherine. Podéis comprar comida en Cracked y comer en el parque. Es divertido hacerlo. Ah, y tenéis que ir al Paseo del Río. Allí mismo está O'Kelley's. Tienen comida para el almuerzo si preferís comer allí. Pero es divertido comer al aire libre. Aunque, de todas formas, lo hacemos casi todas las noches.

—Respira, cariño —dijo Trent, poniendo su mano en el brazo de Finley. —No tienen que hacer todo en un solo día.

—Ya lo sé, pero Xavier ha estado trabajando tantas horas que realmente no ha visto el pueblo, y McJenna tampoco ha hecho mucho, y yo-

—Tendremos más días. No voy a trabajar tantas horas como hasta ahora. Yo también necesito tiempo para descansar. Nos mudamos aquí para reducir el ritmo, y he estado un poco como loco de un lado para otro. —Busqué la mirada de McJenna, esperando que estuviera dispuesta a confiar en que las cosas mejorarían.

—Ya veremos —dijo McJenna en cambio.

—J —advirtió Trent.

—Tiene razón —dije—. Acordamos que las cosas serían mejores, y no lo he permitido. No has conocido a nadie, y yo no he estado presente. Pero voy a cambiar eso. Mañana, desayunaremos y haremos una visita turística, y lo que tú quieras hacer. Quizás conozcamos a algunos chicos de tu edad.

—Oh, genial, justo lo que quiero. Conocer a nuevos chicos con mi papi rondando.

—Bueno, vas a tener que superarlo porque mañana es para nosotros. —Incliné la cabeza con la misma actitud que ella me estaba mostrando.

Intentó contener la sonrisa, pero fruncí los labios y asentí con la cabeza hacia ella hasta que perdió la batalla y se echó a reír. —Estás como una cabra.

—Sí, lo estoy. Y estás atrapada conmigo, pequeña.

Negó con la cabeza y sonrió. La primera que había visto en demasiado tiempo. Definitivamente era hora de tomarme un día libre. Y de divertirme con mi niña. Íbamos a hacer que nuestra nueva vida fuera buena.

5

McJenna bajó las escaleras poco después de las ocho de la mañana siguiente. Cuando me vio sentado en la isla, se detuvo.

—Estás aquí.

Asentí, preguntándome por qué estaba confundida. —Hablamos de esto anoche. Dije que me tomaría el día libre. ¿No lo recuerdas?

Ella negó con la cabeza. —Sí que lo recuerdo. Solo que no pensé que realmente te tomarías el día libre.

—Vaya —suspiré. Eso dolió.

—Lo siento, pero últimamente lo único que has hecho es trabajar.

Me levanté y fui hacia ella, tomándole la mano y llevándola a la isla donde tenía mi taza de café y estaba listo para prepararle lo que quisiera para desayunar. —No tienes que disculparte. Es verdad. Por eso en parte quería tomarme el día libre. Estoy trabajando demasiadas horas y no soy yo mismo ahora mismo.

Asintió lentamente, como si no me creyera. No podía culparla realmente. Mis acciones de los últimos meses, años en realidad, decían que lo único que importaba era mi trabajo. Iba a necesitar más que un día de estar presente para mi hija para demostrar que hablaba en serio.

—¿Qué te parece desayunar? ¿Torrijas? ¿Tortitas? ¿Huevos con bacon? ¿Tortilla? ¿Qué te apetece? O podemos salir fuera.

—¿Torrijas? —Su voz se elevó al final como si estuviera preguntando.

—Entendido. —Cogí los ingredientes que necesitaba y empecé a preparar mis famosas torrijas mientras ella me observaba como si fuera a salir corriendo en cualquier momento.

Mezclé los ingredientes y puse la primera rebanada de pan fresco grueso en la sartén antes de que McJenna dijera algo más.

—Tu móvil está sonando.

Mierda. Solo quería un día libre.

Ignoré el teléfono durante un minuto, centrándome en la comida. Si era del trabajo, y estaba seguro de que lo era, Genevieve podría encargarse de cualquier cosa. No iba a dejarla colgada mucho tiempo, pero primero le daría el desayuno a mi hija antes de contestar la llamada.

—¿Estás bien? —preguntó McJenna.

—Por supuesto. ¿Por qué? —Me giré para mirarla y la encontré sonriéndome con picardía.

—Acabas de ignorar una llamada. Creo que tu cabeza va a explotar —soltó una risita, su rostro iluminándose con humor.

—Ja, ja, listilla. Por lo que recuerdo, tú estás tan pegada al móvil como yo.

Su sonrisa socarrona se convirtió en un gesto de disgusto y puso los ojos en blanco. —Ya no. No tengo con quién hablar. Todos mis amigos, los pocos que tenía, pasaron de mí cuando nos mudamos. Dijeron que si no volvía el próximo año, no había razón para mantener el contacto durante el verano.

—¿En serio? —solté antes de poder contenerme. Menudos capullos.

Se encogió de hombros como si no fuera gran cosa, pero vi el dolor en su rostro. Todos la habían abandonado. Estaba sola en Cala MacKellar. Algo que ignoré durante demasiado tiempo.

—No pasa nada.

Coloqué la primera rebanada de tostada francesa en un plato y la deslicé por la encimera hacia McJenna. Saqué mantequilla y sirope de la nevera y los puse delante de ella junto con un tenedor y un cuchillo.

Mientras calmaba mis emociones desbordadas, siendo la culpa la más prominente, añadí otra rebanada a la sartén. Luego me enfrenté a mi hija.

—Siento lo de tus amigos. Y lamento no haber estado muy presente. Voy a empezar a tomarme más tiempo libre y a trabajar con un horario mejor. Quería poner en marcha el teatro lo más rápido posible para que generara ingresos. Para eso me está pagando el tío Trent.

—Y crees que nos estamos aprovechando de él.

Negué con la cabeza aunque sabía que era mentira. Sí me sentía así, pero no quería que ella se sintiera igual. —Él siempre ha dicho que somos su familia. Te considera como suya propia.

—Pero no lo soy. No heredaré esta casa ni los hoteles ni nada más.

—Nada de eso importa realmente, J.

—No, no importa. No realmente, pero significa que no soy suya. George lo es. Y le quiero, y no siento que deba tener algo, pero ¿qué se supone que debo decirle a la gente sobre dónde vivimos? Sabes que van a preguntar.

—No sabía que eso te preocupaba. ¿Crees que la gente te va a juzgar?

Se encogió de hombros y se metió un trozo de tostada francesa en la boca para evitar responderme de inmediato. Conocía ese truco y esperé pacientemente mientras terminaba de cocinar la segunda pieza. La deslicé en su plato y empecé una rebanada para mí.

—Finley estaba bromeando con el tío Trent sobre cómo eran las cosas cuando crecían. Sobre él siendo el niño rico con el que todos querían ser amigos.

—¿Y crees que la gente solo querrá ser amiga tuya porque vives aquí?

—No soy una niña rica. Vivo aquí, pero siento como si fuera la criada en vez de alguien que debe estar aquí.

Mis cejas se elevaron y me eché hacia atrás. Vaya. —Tú no eres la criada. Ninguno de los dos lo somos.

—¿No lo somos? Tú trabajas para el tío Trent. Eso te convierte en el servicio.

—Sí, técnicamente, pero es diferente.

—Papá, no lo es.

La miré con el ceño fruncido y saqué mi tostada francesa de la sartén. Añadí una segunda pieza aunque no estaba seguro de poder comérmela.

Sí, había estado sintiendo que McJenna y yo necesitábamos encontrar nuestro propio sitio, pero no quería que ella sintiera que deberíamos hacerlo. Trent la adoraba, y siempre la trataba como si fuera suya. A lo largo de los años, más de una persona pensó que éramos pareja por la forma en que tratábamos a McJenna. Puede que Trent no hubiera aportado ADN, pero era su familia.

—Pensaba que estabas emocionada por vivir aquí. ¿Qué ha cambiado? —pregunté.

Se concentró en su plato en lugar de encontrarse con mi mirada a través de la isla. —Supongo que estar aquí en vez de en el hotel me hizo darme cuenta de que no es normal. Finley y Karissa viven juntas, pero ambas pagan la mitad. Finley está preocupada porque Karissa no pueda permitirse su apartamento cuando ella se mude. Simplemente me di cuenta de que nuestra vida es muy diferente. No es normal.

Suspiré e intenté encontrar las palabras para decirle que tenía razón sin hacerla sentir mal.

—Cuando tu madre se fue... me costó seguir adelante. Trent trabajaba para mí entonces y sabía lo que había pasado. Nos invitó a mudarnos con él para que no te criara solo. Éramos amigos, y él ya pasaba muchísimo tiempo con nosotros, y en ese momento tenía sentido. A medida que fuiste creciendo, Trent y yo hablamos más de una vez sobre buscar nuestro propio sitio, pero Trent se negaba a oír hablar del tema. Seguía diciéndome que éramos su familia y que nos quería allí. Yo pagaba todo lo que podía, todo lo que él me permitía, pero casi siempre se resistía. Trent es asquerosamente rico, y la gente siempre quería ser su amiga por su dinero en lugar de por él mismo.

—Eso es una tontería. Él es genial.

—Estoy de acuerdo. Y por eso nos mantuvo cerca. Porque para nosotros, él es Trent. No es un tipo rico, es familia. Fue la primera vez que era más que una cuenta bancaria para alguien.

—Eso es muy triste.

Asentí. —Lo es. Pero después de todos estos años, y con George y Finley en su vida, hay una parte de mí que siente que las cosas han cambiado.

—¿Quieres marcharte?

—Solo si tú quieres. Pero he estado pensando en ello y buscando opciones. Hay algunas casas decentes no muy lejos de aquí, así que seguiríamos viendo a Trent, George y Finley todo el tiempo, pero tendríamos nuestro propio hogar.

—¿Podemos pasar hoy a ver algunas?

Le sonreí y asentí. —Por supuesto.

—Bien. Empezaremos con eso.

Joder, tenía una hija increíble.

DESPUÉS DEL DESAYUNO, nos duchamos, devolví la llamada a Genevieve y salimos. No tenía cita con ningún agente inmobiliario, así que simplemente pasamos en coche por las casas y las miramos desde la calle.

A McJenna no le encantó ninguna y dijo que deberíamos seguir buscando. Ahora ella también estaba a la caza, pero no estaba seguro si eso era bueno o malo.

Nuestra primera parada del día fue Catherine Park. Como desayunamos en casa, decidimos empezar con un paseo por el Riverwalk y continuar desde allí.

—Es bonito aquí —dijo McJenna después de caminar unos minutos.

Asentí. El sol de la mañana rebotaba en el agua de la cala y en el río, haciendo que todo brillara. Era tranquilo con el sonido de las olas golpeando contra el muro sobre el que estaba construido el paseo. Una brisa bailaba a nuestro alrededor, refrescando la ya cálida mañana.

—¿De verdad crees que las cosas irán mejor aquí?

—Sí lo creo, J. Por la forma en que Trent habló de este lugar, creo que te va a sentar bien.

—¿Y Karissa?

—¿Qué pasa con ella? —pregunté, intentando no sonar a la defensiva.

—¿Qué hay de lo que ella decía sobre este lugar?

Exhalé en silencio, esperando que J no notara que estaba conteniendo la respiración. —No estaba dispuesto a escuchar lo que Karissa tenía que decir sobre Cala MacKellar cuando nos conocíamos.

—¿Por qué no?

—No era lo que quería para mi vida. Yo quería ciudades, emoción y una gran carrera. Quería dirigir un programa de noticias y contar historias importantes. Nunca quise jugar a lo pequeño.

—¿Pero ahora sí?

—¿Cuándo te has vuelto tan adulta?

—Cuando tú estabas trabajando.

—Vaya. Vale. De nuevo, me lo merezco. Para responder a tu pregunta, me he dado cuenta de que las cosas que quería entonces no son las que me daban una vida plena.

—¿Qué quieres decir?

Miré hacia el agua y la señalé con la mano. —Cuando vivíamos en Niagara Falls, nunca me detuve a apreciar la belleza del lugar donde vivíamos.

—Íbamos a las Cataratas todos los años.

—Sí, pero era algo que hacíamos. Lo planeábamos, pasábamos el día allí y jugábamos a ser turistas, luego volvíamos a casa y nada había cambiado realmente.

—¿Estás diciendo que pasear ahora mismo junto al agua te está cambiando? Su voz destilaba escepticismo y sarcasmo.

—No, pero detenerme a disfrutarlo quizás sí. Como dijiste, normalmente estaría trabajando. Incluso a ti te sorprendió que realmente me tomara el día libre. No quiero que no te importe lo que ocurra con mis restos cuando muera.

—Puaj, qué asco.

Me reí. —Solo quiero decir que no quiero ser olvidado. No quiero que mi único impacto en la vida sean los programas que produje. Quiero que haya algo más.

—¿Y mudarnos aquí va a conseguir eso? ¿Porque la gente te recordará como el tipo del cine?

Negué con la cabeza. —La opinión que más me importa es la tuya, J. Quiero dejar huella en ti. Y estar aquí... nos mudamos porque quería poder pasar contigo los últimos años que te quedan en casa. No quiero que te vayas el día que cumplas dieciocho y nunca mires atrás.

—No lo haré.

Me encogí de hombros. —Espero que no, pero no lo sé. Por cómo iban las cosas en Niagara Falls, sentía que eso iba a pasar. Trent hizo que pareciera que podríamos crear una vida diferente aquí. Una más tranquila y mejor en muchos aspectos. Eso es lo que quiero.

—¿Una que incluya a Karissa?

Mi corazón se encogió al oír su nombre, y no podía negarme, a mí mismo, que yo también quería eso. Pero si no ocurría, si ella no me daba otra oportunidad, aun así me mudé a Cala MacKellar por McJenna. —Ya veremos.

Caminamos en silencio durante unos minutos, pasando por todas las tiendas hasta que el camino se estrechó y nos llevó a una acera al final. Seguimos caminando, sin preocuparnos por dónde estábamos. Era imposible perderse.

—Me cae bien, ¿sabes? Karissa. Parece genial.

—Lo es, dije al instante. —Siempre ha sido amable, inteligente y divertida. Me recuerdas mucho a ella.

—Lástima que no sea mi madre. —McJenna dio una patada a una piedra en la acera y apretó los puños.

Había sido sincero con ella desde que era pequeña respecto a su madre. No quería que alguien dijera algo y la hiciera cuestionar la verdad. Pero crecer sabiendo que tu madre no te quería no era fácil. Hemos tenido más que nuestra parte de discusiones como resultado. Pero esa fue la primera vez que J dijo que deseaba tener una madre diferente.

—Ojalá las cosas fueran diferentes. Y odio que tu madre no se quedara. Pero eso es culpa suya, no tuya. Tú no tienes la culpa.

—Si no me hubiera tenido, quizás no se habría marchado.

—No éramos el uno para el otro. Y ella no estaba preparada para ser madre. Nada de eso es culpa tuya. Nosotros fuimos quienes tomamos las decisiones que llevaron a su embarazo. Y yo tomé la decisión de ser tu padre porque te amé desde el momento en que ella vino a mí con lágrimas en los ojos y me dijo que estaba embarazada.

—¿Sabías que iba a marcharse cuando te lo contó?

Negué con la cabeza. —No. Pensé que las cosas irían bien. Nunca mencionó el aborto ni actuó como si estuviera algo menos que feliz.

McJenna asintió lentamente, pateando piedras y mirando al suelo.

—¿Quieres volver hacia el pueblo? Quizás podamos visitar esa pastelería que mencionó Finley antes de ir a nuestra visita guiada.

—Oh, sí. Me había olvidado de eso. Vamos.

Sonreí ante su entusiasmo y volvimos hacia Cala MacKellar. Nuestra conversación se volvió más ligera, con McJenna adivinando qué opciones tendrían en Cove Bakery.

—¿Es esa? —preguntó, divisando el toldo rosa y blanco frente a la tienda.

Asentí con la cabeza. —Parece que sí.

Había una fila que salía por la puerta de gente esperando para conseguir sus dulces. Nos colocamos detrás de una joven pareja que se abrazaba.

—Me pregunto cuál será el especial de hoy'—dijo la mujer—. —Espero que sea algo con chocolate.

—Te encanta el chocolate—dijo el hombre.

—¿Hay'un especial?—susurró McJenna.

La mujer se giró, con la mano sobre su vientre muy embarazado.—Sí lo hay. Valentina prepara algo diferente cada día. Siempre están los productos habituales del menú, pero ella añade algo distinto.

—¿Valentina?—preguntó McJenna.

—La mente maestra de la repostería detrás de este lugar. Harriett trabaja en la caja ahora porque ya no puede dedicarse a la repostería. Ella fue quien abrió la Pastelería Cove incluso antes de que yo naciera. Valentina empezó a trabajar para ella hace años, y ahora se encarga de toda la repostería. Harriett le permite experimentar y divertirse, probando cosas nuevas y ofreciendo exclusivas por tiempo limitado.

—¿Es por eso que hay cola? —pregunté.

La mujer asintió. —Así es. Normalmente el especial del día se agota antes de la hora de comer, así que la gente hace cola para poder probarlo. ¿De dónde venís vosotros dos?

McJenna me miró como un ciervo deslumbrado por los faros.

Sonreí y negué con la cabeza. —No'somos visitantes. Nos mudamos aquí a principios del verano.

—Oh, pues bienvenidos. ¿Dónde vivís? Nosotros estamos en la calle Peach. Hay muchos estudiantes de instituto en nuestra calle. Es una zona estupenda para familias. Soy Jill, por cierto.

Me ofreció su mano y se la estreché. —Hola, Jill. Yo soy'-Xavier. Y esta es McJenna.

—Encantada de conoceros a los dos. Este es mi marido, Anthony.

Anthony sonrió y me estrechó la mano, un hombre de pocas palabras que dejaba que Jill hablara por los dos.

—¿Has conocido a muchos chicos desde que os mudasteis? —preguntó Jill a McJenna.

—No, la verdad es que no. Mi padre ha estado trabajando mucho. No he tenido la oportunidad de salir realmente y conocer el pueblo —dijo McJenna.

—¿Vivís en algún barrio residencial? —preguntó Jill.

—Cariño, quizás no quieran decirle a unos completos desconocidos dónde viven —dijo Anthony con suavidad.

Jill dio un respingo. —¡Dios mío, lo siento muchísimo! Ni

siquiera lo pensé. Aquí todo el mundo se conoce, así que nunca se me ocurrió que os parecería extraño. Os pido disculpas.

—No pasa nada. No es para tanto. En realidad, ahora mismo estamos viviendo en la Finca MacKellar.

—¿La Finca MacKellar? ¿Como la mansión al otro lado de la cala? —preguntó Jill.

Dudé y asentí, sin estar seguro de cómo iba a continuar el resto de la conversación.

—Vaya, con razón no habéis conocido a nadie. Es un sitio bastante aislado. Precioso, pero imagino que difícil para un joven. Deberíais salir y conocer más el pueblo. Conocer a gente antes de que empiecen las clases —dijo Jill.

—Eso es parte de lo que estamos haciendo hoy.

Todos avanzamos cuando las personas delante de nosotros cogieron sus golosinas y encontraron mesas.

—Eso está bien. Es difícil mudarse, pero mudarse a un sitio tan aislado no es bueno. Vosotros-

—Jill, cariño. Dales un respiro —dijo Anthony. —Estoy seguro de que Xavier y McJenna van a arreglárselas. Y la futura mamá que conocieron por casualidad en el pueblo no va a solucionarles todo.

Las mejillas de Jill se sonrojaron y me miró con una disculpa en los ojos. —Me he pasado de la raya. Lo siento mucho. Suelo hacerlo a menudo.

Negué con la cabeza. —No pasa nada. De verdad. Es un ajuste para nosotros estar aquí, y luego estar en la Finca, ha sido más difícil de lo que esperábamos.

—¿Dónde está trabajando usted? —preguntó Jill.

—Cariño, ¿en serio? —exclamó Anthony.

—Lo siento —dijo Jill—. —Debería dejar de hablar.

—No pasa nada. Estoy trabajando en el teatro. Preparándolo para abrirlo de nuevo'—le dije.

—¡Oh, qué bien! Me muero por ver qué está pasando allí.

No he ido desde que era niña, pero estoy realmente emocionada de que vaya a abrir de nuevo.

—Estamos pensando en otoño. Creo que va a ser genial. Estamos realmente ilusionados. —Sonreí a McJenna, a quien realmente no le podía importar menos, pero de todas formas me devolvió la sonrisa.

—Es inteligente. Después de que los turistas de verano se vayan a casa y algunos lugares queden más tranquilos. Será una buena atracción nueva para los lugareños—dijo Jill.

—Me alegra oír eso.

—¡Siguiente! —llamó la mujer tras el mostrador.

—Nos toca, cariño—dijo Anthony, tirando del brazo de Jill.

—Oh, necesito mi chocolate. ¡Que lo disfrutéis! Y encantada de conoceros a los dos—dijo Jill, sonriendo y despidiéndose con la mano.

Esperamos hasta que Jill y Anthony recibieron su pedido, y luego nos acercamos al mostrador para nuestro turno. McJenna preguntó cuál era la especialidad y pidió un éclair de chocolate. Yo pedí un brownie con mantequilla de cacahuete. Ambos pedimos botellas de agua y decidimos que volveríamos después de nuestra visita para comprar algunos postres para llevar a casa.

Pagué y me giré desde el mostrador para buscar un asiento. Estábamos casi llegando a una mesa cuando McJenna se detuvo.

—¡Karissa! ¡Hola! Tienes que sentarte con nosotros—exclamó entusiasmada. En voz alta. Para que todo el local la oyera. Sin dejar a Karissa ninguna posibilidad de negarse.

Dios, cómo amaba a mi hija.

6

KARISSA

Esbocé una sonrisa con los labios e intenté buscar la forma de evitar aceptar. Podría decir que estaba trabajando, pero entonces ¿por qué llevaba veinte minutos haciendo cola para comprar un postre? Sí, no tenía excusa.

Asentí, evitando mirar a Xavier. —Por supuesto—le dije a McJenna.

Ella sonrió y se volvió hacia su padre, quien ya había encontrado una mesa en el abarrotado local. Una con tres sillas. Como si ya estuviera predeterminado. Maldita sea.

McJenna me hizo un gesto con la mano para asegurarse de que los veía. Le devolví el saludo, odiándome por haber entrado allí en ese momento. Debería haber ido antes. Pero estaba trabajando. O más tarde. Pero entonces me habría perdido la especialidad. Fantástico. Iba a pasar la mañana con mi ex y su hija.

Que alguien me mate.

Revisé los mensajes en mi móvil mientras esperaba que la cola avanzara. Cuando llegó mi turno, pedí la especialidad y dudé si comprar también el croissant de chocolate que realmente quería.

A la mierda. Xavier no iba a juzgarme por comerme dos cosas. No era una mujer pequeña y no estaba intentando cambiar quién era por nadie. Si no le gustaban todas y cada una de mis curvas, que le dieran.

No. Que le den de todas formas. No necesitaba que le gustaran mis curvas. A mí me gustaban mis curvas. Y él no iba a poner sus manos sobre ellas nunca más.

Le entregué mi tarjeta a Harriett y charlé un poco mientras colocaba mi éclair y el croissant en un plato. Me dio mi agua y el plato, y me deseó que lo disfrutara.

Esperaba que Xavier y McJenna hubieran terminado para cuando llegara a ellos, pero no. Ninguno de los dos había tocado su comida. Ni un bocado.

—¿Tú también has pedido la especialidad?—preguntó McJenna cuando me senté.

—Sí. Es por eso que estoy aquí. Valentina solo lleva haciéndolo unos meses, pero es todo un éxito. Todo lo que hace está buenísimo—dije.

—¿Esto es nuevo?—preguntó McJenna.

Asentí. —Sí. Nunca antes había hecho éclairs. Ayer fueron brownies de chocolate negro con caramelo salado. Deliciosos.

—¿Vienes aquí todos los días? —preguntó Xavier.

Me tomé mi tiempo para mirarlo, fortaleciendo mi determinación frente a él. Estaba sentado justo a mi lado, demasiado cerca para mi cordura. Su voz era la misma que escuchaba en mis sueños, las voces que reproducía en mi cabeza constantemente. Especialmente cuando mi madre estaba muriendo. Él me ayudó a superarlo tanto como mis amigos, aunque no lo supiera en ese momento. Y nunca lo sabría. Me lo imaginaba allí conmigo, abrazándome en las noches cuando la pérdida era demasiado difícil de soportar.

Pero ahora estaba allí. Sentado junto a mí en la pastelería

de mi ciudad natal, actuando como si fuera completamente normal que él estuviera ahí.

—Sí. ¿Es eso un problema? —dije con tono frío. No tenía derecho a juzgarme.

—En absoluto. Solo es buena información para tener.

No estaba segura de lo que quería decir con eso, así que lo ignoré de nuevo y me volví hacia McJenna. —¿Quieres probarlo juntas?

Ella asintió, sus ojos marrón oscuro brillando de emoción. —Sí. —Cogió su éclair y se inclinó hacia delante. Lo mantuvo suspendido sobre su plato, como yo hacía con el mío. Abrimos la boca a la vez y nos inclinamos, acortando la distancia entre el éclair y nuestras bocas. Mordimos, y cerré los ojos con un gemido.

Dios mío, era mejor que el sexo. O al menos, mejor que mis recuerdos del sexo. El sexo real no había sucedido en demasiado tiempo. Pero vaya, ese éclair lo compensaba.

—Está buenísimo —dijo McJenna con la boca llena.

—Mm hm —estuve de acuerdo, asintiendo. Dejé mi éclair en el plato y me limpié la boca con la servilleta. Desenrosqué la tapa de mi botella de agua mientras masticaba y tomé un sorbo. —Increíble.

—¿Cómo decide Valentina qué añadir al menú? —preguntó McJenna. —Porque debería añadir esto sin duda.

—Acepta sugerencias. Si realmente te gusta esto, deberías hacérselo saber a Valentina o a la Sra. Harriett. Si algo recibe muchos votos no oficiales, lo añadirán.

—Esto tiene mi voto —dijo McJenna, yendo a por otro bocado.

Xavier nos observaba atentamente, sin decir nada mientras devorábamos nuestros éclairs. Cuando alargué la mano hacia mi croissant, McJenna miró hacia el mostrador.

—¿Qué es eso? —me preguntó.

—Es un croissant de chocolate. Es mi favorito de aquí.

Compro uno siempre que vengo. Incluso si voy a tomar otra cosa. Son demasiado buenos como para dejarlos pasar.

McJenna arrugó la nariz. Frunció los labios. Luego miró a su padre con el ceño fruncido. —¿Cómo es que yo no he conseguido uno de esos?

Tosí para disimular mi risa.

—No sabía que querías uno —dijo Xavier—. Volveremos. Tan bueno como es este sitio, tengo la sensación de que estaremos aquí a menudo.

—Karissa, ¿quedarás con nosotros aquí otra vez para que tenga a alguien que me diga qué pedir?

Abrí y cerré la boca, pero me encontré asintiendo. —Por supuesto. Um, ¿quieres compartir mi croissant?

—Oh, no, no podría. Gracias, pero no voy a quitarte tu comida —dijo McJenna, sorprendiéndome con su amabilidad.

—¿Qué tal un mordisco? Para que pruebes lo bueno que está. Tienes que probar todo lo que hace Valentina, y si empiezas con esto, podrás probar otra cosa la próxima vez. —Arranqué un trozo de buen tamaño y lo agité hacia McJenna.

Miró a su padre, pero él solo levantó las cejas, dejándola tomar la decisión por sí misma. Extendió la mano hacia el croissant y se lo metió en la boca, luego gimió. —Oh, vaya. Está buenísimo. Como que se derritió.

Asentí. —Sí, se derrite. Es increíble.

—Eres mi mejor clienta —dijo Valentina desde mi lado—. Creo que vendemos más solo porque le cuentas a todo el mundo lo bueno que está todo.

—No son mentiras —le dije. Valentina y yo no nos conocíamos bien, pero después de mi cirugía el año pasado, Finley me traía dulces para desayunar todos los días. Valentina preguntó por qué no venía con Finley, y Finley le contó sobre mi mastectomía doble preventiva. Valentina me trajo un paquete de cuidados una vez por semana durante los siguientes meses, hasta que pude salir y visitar Cove Bakery por mi cuenta. Habíamos estado construyendo una amistad desde entonces.

—¿Cómo te encuentras? —preguntó Valentina. Siempre lo hacía, pero con Xavier y McJenna allí, la pregunta se sintió más personal.

—Estoy bien. Gracias. —Miré a Xavier y McJenna, y luego sonreí a Valentina.

Abrió los ojos como platos y captó claramente el mensaje. —Bien. Genial. ¿Están buenos los éclairs?

—Buenísimos —dijo McJenna—. —Me encantan.

—Es su primera vez aquí. Son Xavier y McJenna Hogan. Se mudaron con Trent MacKellar.

—¡Oh, encantada de conoceros a ambos! He oído hablar mucho de vosotros. Seguro que la mayoría ni se acerca a la verdad, pero me alegra conoceros. —Valentina les estrechó la mano. Su sonrisa era genuina. Era unos años mayor que yo, lo suficiente para que no coincidiéramos en el instituto, pero había oído hablar de ella cuando era niña. Se casó con un hombre que conoció en la universidad, pero regresaron a Cala MacKellar después de terminar sus estudios para formar una familia y estar cerca de su padre.

—Creo que deberíamos preocuparnos —dijo Xavier con cautela.

Valentina se rio y negó con la cabeza. —No, en absoluto. A este pueblo le gusta hablar. Y si no conocen la historia de alguien, se inventan una.

—Eso no suena mucho mejor —dijo Xavier.

—Todo irá bien. Por supuesto, veros a los tres juntos hará que la gente piense que sois una familia feliz —dijo Valentina.

Me atraganté con el agua, tosiendo fuertemente para sacarla de mis pulmones. Golpeé la botella sobre la mesa y presioné mi mano contra el pecho, como si eso fuera a ayudar. Me cubrí la boca con la otra mano y tosí hasta que el agua desapareció y pude respirar.

—¿Estás bien? —preguntó McJenna.

Asentí. —Estoy bien. —Mi respiración se entrecortó en mis pulmones, haciéndome toser de nuevo. Inspiré profundamente, sintiendo por fin que mis pulmones funcionaban correctamente otra vez.

—¿Segura? —preguntó Valentina—. —No pretendía matarte.

—Todo bien.

Los tres me miraron como si fuera a desmayarme en cualquier momento. Justo, pero igualmente molesto.

—Bueno —dijo Xavier—, —deberíamos irnos. Tenemos que coger un barco turístico.

—Oh, ¿vais a la excursión de Elise's? —pregunté.

—Sí. Deberías venir con nosotros —dijo McJenna.

—Oh, um, no, no podría —balbuceé, buscando una excusa que no existía. No quería ir en un barco turístico, ni a ningún otro sitio, con Xavier y McJenna, por muy increíble que me pareciera ella.

—Tienes que venir. Será muy divertido. Por favor, Karissa —suplicó McJenna.

—Voy a dejaros y me iré a la parte de atrás. Un placer verte, Rissa, y encantada de conoceros, Xavier y McJenna. Espero veros a todos pronto —dijo Valentina lo suficientemente alto como para que todo el local la oyera. Me sonrió con malicia. Qué descarada. Sabía perfectamente lo que eso provocaría en el cotilleo local.

Maldito pueblo pequeño.

—Por favor, Karissa. Papá, dile que debería venir con nosotros —dijo McJenna.

—Si tiene trabajo u otros compromisos, no podemos obligarla —dijo Xavier. Evitó mi mirada como si se sintiera tan incómodo con la idea como yo.

Bueno, eso era casi una razón para ir. Si Xavier iba a estar disgustado con mi presencia, quizás debería acompañarlos.

—Por favor, Karissa. Será divertido. Y quiero hablar contigo sobre diseñar aplicaciones. Creo que me gustaría estudiar algo así en la universidad —dijo McJenna.

—¿Ah, sí? ¿Desde cuándo? —le preguntó Xavier.

McJenna se encogió de hombros. —Desde que conocí a Karissa y descubrí que es un trabajo que la gente hace.

Xavier cerró los ojos y negó con la cabeza.

—¿Sabéis qué? Suena divertido —me oí decir a mí misma. —Hace mucho tiempo que no hago una excursión turística. A Elise le molestará si es nuestra guía, pero creo que será divertido ir con vosotros.

—Genial. Mi padre nos llevará. Hemos aparcado junto al parque —dijo McJenna, entrelazando su brazo con el mío.

Ella y yo salimos por la puerta, dejando que Xavier nos siguiera después de limpiar la mesa. El sol brillaba intensamente, el aire era cálido, y no tenía nada que ver con la dulce adolescente que charlaba conmigo o con el hombre que caminaba detrás de nosotras mirándome el trasero.

Sí, lo comprobé. Y no apartó la mirada cuando lo hice.

Estaba en un buen lío.

ELISE ERA la guía en nuestro barco, y no estaba contenta cuando nos sentamos en la primera fila donde ella iba a hablar. Pero se adaptó e hizo que formáramos parte de su espectáculo.

—Para aquellos que se preguntan qué hacen los lugareños por aquí, podéis ver a tres de ellos en su hábitat natural justo aquí —dijo, señalándonos—. Los lugareños son como vosotros, disfrutando del tour y empapándose de toda la historia de la zona. Aunque, en defensa de dos de ellos, solo llevan viviendo aquí poco tiempo. Mi amiga de aquí ha vivido en Cala MacKellar casi toda su vida y podría hacer este recorrido por vosotros si no estuviera tan ocupada diseñando aplicaciones.

La multitud murmuró en apreciación a mi trabajo, y resistí el impulso de hacerle un corte de mangas a Elise. Ella solo me sonrió con aire de suficiencia.

El recorrido en barco nos llevó alrededor de las Mil Islas, ofreciéndonos una vista desde el agua del puente de las Mil Islas que conducía a los conductores hacia Canadá. Elise nos señaló la línea imaginaria que separaba EE. UU. y Canadá en el agua. Y mostró a los visitantes las casas, cada una más interesante que la anterior en nuestro paseo por el río.

Cuando atracamos en el Castillo Boldt, Elise agradeció a todos por hacer el recorrido y les dio breves instrucciones para subir al Castillo. Ella tenía que salir a hablar con la gente, pero nos dijo que la siguiéramos para poder charlar antes de que fuéramos a explorar.

—No sabía que ibais a estar aquí —dijo Elise cuando tuvimos un minuto.

—McJenna me convenció. Nos encontramos en Cove Bakery esta mañana —expliqué.

—Me da tanta envidia. ¿Cuál era la especialidad hoy? —preguntó Elise.

—Éclairs —dijo McJenna—. Estaban realmente buenos.

—¿Y no me habéis traído uno? —bromeó Elise.

McJenna se rio y negó con la cabeza. —No creo que hubiera llegado hasta aquí.

—¡Qué crueldad! Sois crueles —dijo Elise—. ¿Es vuestra primera visita al Castillo?

McJenna asintió. —Mi padre ha estado trabajando mucho. Se tomó el día libre hoy para que pudiéramos pasar tiempo juntos. Finley dijo que deberíamos venir aquí.

—Fue una gran recomendación. ¿Qué más tenéis planeado para hoy? —preguntó Elise.

McJenna miró a Xavier, y él negó con la cabeza. —No lo hemos decidido. Comeremos en algún sitio y ya veremos qué hacemos después.

—O'Kelley's siempre es buena opción, y Cracked seguro que ya lo conocéis. También está Bob's Burrito Barn y Will Work For Burgers. El favorito de Rissa es Rolled Up, que es de sushi y otras comidas asiáticas. Está realmente bien.

—Eso suena bien —dijo McJenna. —A mí también me gusta el sushi.

Le sonreí. ¿Estaría intentando juntarnos a su padre y a mí? Me costaba imaginar que a una adolescente le importara, pero empezaba a pensar que eso era exactamente lo que estaba pasando. No me había hecho ni una sola pregunta sobre el diseño de aplicaciones, como dijo que quería hablar. Solo preguntas personales sobre mi vida en Cala MacKellar.

La chica era una casamentera en potencia. Igual que mi madre.

—Podemos decidirlo cuando volvamos a tierra. Pero creo que debemos dejar que Elise se vaya. ¿Vamos a ver el castillo? —preguntó Xavier.

—Sí, vamos —dijo McJenna. Saludó con la mano a Elise y le dio las gracias por la visita. Xavier hizo lo mismo. Yo intenté escabullirme también, pero Elise negó con la cabeza.

—Vas a contármelo todo el domingo —me siseó. —Nos debes todos los detalles.

Puse los ojos en blanco y negué con la cabeza. Genial. Justo lo que quería hacer. Explicar a todas mis amigas por qué estaba pasando el rato con mi ex y su hija cuando ni siquiera yo lo sabía. ¿Podría alegar locura temporal? ¿Loca por él?

No. Eso solo lo empeoraría. Tenía que inventarme algo. Menos mal que tenía tres días.

SEGUÍ A MCJENNA y Xavier por los terrenos del castillo hasta la casa principal. McJenna se maravillaba ante la casa que nunca acogió a una familia y su belleza.

Volvimos a salir para recorrer el resto de los jardines y ver los otros edificios, y Xavier ralentizó sus pasos para acompasar su ritmo al mío.

—Siento que te haya enredado para pasar el día con nosotros —dijo en voz baja.

—¿No querías que me uniera a vosotros? —pregunté, intentando no sonreír.

—No es eso. Simplemente sé que soy la última persona del pueblo con la que quieres pasar tiempo.

Asentí. —Quizás no el último.

Se rio entre dientes. —Mira, Karissa, sé que tenemos mucha historia y muchas heridas. Y siento haber venido y habértelo soltado así. Sabía que debería habértelo dicho, pero temía que te enfadaras y Trent nos retirara la invitación, y J necesitaba esto.

—¿De verdad crees que Trent habría hecho eso?

Me miró con las cejas oscuras levantadas. Había olvidado lo expresivo que podía ser sin decir palabra. Y mi suposición era que ahora mismo estaba diciendo que Trent habría hecho exactamente eso.

—Si la elección era entre yo o Finley, no había elección. Es como un hermano para mí, pero ella es el amor de su vida. Nunca le he visto enamorarse de una mujer. Ha tenido citas, pero siempre con mujeres que no sabían quién era o con mujeres que salían con él por quién era. Nunca ha tenido a alguien como ella en su vida, y desde la primera vez que se conocieron, pude notar que ella era diferente para él.

Asentí lentamente, mirando hacia el agua y el pueblo al

otro lado. —Puedo entender eso. Aun así no creo que os hubiera dicho que no vinierais.

Xavier se encogió de hombros. —No lo sé. Tenía demasiado miedo de que lo hiciera. Y tenía demasiado miedo de perder el valor cuando descubrí que Finley te conocía. Mencionó tu nombre una vez, y no pude respirar. Sabía que habías vuelto a casa después de la universidad, pero nunca me permití buscarte, así que no sabía que seguías aquí. Oír que tú y Finley erais compañeras de piso me hizo sentir que mudarme era definitivamente lo correcto.

Vaya. Qué cara más dura.

—¿Por qué? ¿Por qué pensarías eso? ¿Creías que podías simplemente entrar en el pueblo y que me lanzaría a tus brazos? ¿Que estoy tan desesperada por tener un hombre en mi vida que olvidaría que hiciste planes conmigo y luego te alejaste de ellos?

—No, no es...

—¿Sabes qué, Xavier? Creo que tenías razón. Creo que eres la última persona con la que quiero pasar el día. Por favor, dile a McJenna que me he despedido.

No esperé a que respondiera y me alejé. Por suerte, había un barco atracando justo cuando me dirigía hacia los muelles. El momento perfecto para alejarme de Xavier.

Gilipollas.

7

Fue estúpido permitir que me afectara, pero maldita sea, lo consiguió. Estaba enfadada, herida y me sentía ridícula por pensar que quizás podríamos ser amigos o algo así.

Estuve rumiando durante todo el viaje de vuelta a la orilla y, tan pronto como el barco atracó, bajé a toda prisa y empecé a buscar entre mis matches. ¿Impulsivo? Sí. Pero necesitaba demostrarme a mí misma, tanto como a Xavier, que podía conseguir una cita. Una que no fuera con él.

Uno de los chicos con los que había estado conversando me había preguntado si podríamos quedar alguna vez, y yo le había estado dando largas. No me gustaba la idea de conocer a alguien después de haber intercambiado solo unas pocas conversaciones, pero a la porra. Necesitaba salir y sentirme bien conmigo misma. Necesitaba recordar quién era. Era guapa, inteligente, divertida y tenía mucho que ofrecer a un hombre.

Que le den a Xavier por hacerme sentir diferente. Tanto antes como ahora.

Mi match accedió a encontrarse conmigo para cenar en

O'Kelleys esa noche a las siete. Alejé el nudo en el estómago y me dije que iba a ser genial. Habíamos tenido buenas conversaciones y me hacía reír. Iba a ser una buena noche.

Para cuando entré en O'Kelleys, estaba nerviosísima. Hacía mucho tiempo que no salía en una cita. Creé Book Boyfriends Wanted para honrar a mi madre y su capacidad para emparejar a la gente. Funcionaba bien y había emparejado a muchos lugareños con alguien con quien realmente conectaban. Pero a mí no. Porque yo me resistía a la magia.

Sí, creía que había magia en mi aplicación. Creía que mi madre estaba eligiendo las parejas, uniendo a personas que realmente se necesitaban mutuamente. ¿Pero yo? Estaba cerrada. No dispuesta a encontrar a esa persona especial. Porque ya la había encontrado y me había dejado.

Pero no estábamos hablando de él. No cuando tenía una cita con otro hombre.

Me senté al final de la barra y esperé. Mi cita dijo que llevaría vaqueros y una camiseta negra con una franja roja. Me gustó que me dijera lo que llevaría puesto en lugar de preguntarme qué llevaría yo. Significaba que yo era quien controlaba que realmente nos conociéramos.

Hudson me miró con el ceño fruncido cuando le dije que había quedado con alguien y me trajo un refresco con un toque de zumo de arándanos y una rodaja de lima.

—¿Es tu ex? —preguntó.

—Dios mío, espero que no. —Ni siquiera había considerado que Xavier pudiera ser el chico con el que estaba hablando.

—¿No va a venir aquí esta noche?

—¿Por qué habría de estarlo?

—Los chicos suelen venir. Ian empezó a traer a Trent cuando se mudó aquí, y Trent ha empezado a traer a Xavier. Parece un tipo bastante agradable, pero te hizo daño, así que tiene una batalla cuesta arriba aquí.

Negué con la cabeza y di un sorbo a mi bebida. —Es historia antigua. No queda nada entre nosotros, y no quiero que dejéis de ser amigos suyos por mi culpa.

Hudson arqueó una ceja oscura y esperó a que dijera algo más.

Me limité a devolverle la mirada.

Finalmente se rindió y se encogió de hombros, alejándose para atender a otros clientes.

Vale, sí, de acuerdo. Quería decirle que no fuera amigo de Xavier, pero eso no era justo. Habría sido infantil por mi parte. Y no iba a hacer eso. Iba a ser civilizada. Por el bien de Finley.

Un hombre entró vistiendo vaqueros y una camiseta negra con una franja roja que cruzaba el pecho y bajaba por los brazos. Se detuvo justo dentro de la puerta y miró alrededor. Era guapo y me resultaba familiar, pero no lograba ubicarlo. Sin duda lo había visto por el pueblo. Su pelo rubio era más bien largo, rozando su barbilla antes de que se lo colocara detrás de las orejas. Parecía unos años mayor que yo. En forma sin estar musculado, y alto sin ser anormal. Era bastante corriente, y eso estaba perfectamente bien para mí. Porque no era Xavier.

Esperé hasta que su mirada se cruzó con la mía y le saludé con la mano. Me devolvió la sonrisa y caminó hacia mí, sin apartar la mirada mientras se movía entre la moderada multitud del jueves por la noche.

Cuando llegó hasta mí, dijo: —Hola, soy NerdyByNature, también conocido como Brantley. ¿Es usted Reina?

Extendí la mano y estreché la suya. Era agradable conocer al hombre que tenía un martillo como foto de perfil. —Lo soy. Encantada de conocerle. También me llamo Karissa.

—Karissa Thomas, ¿verdad?

Asentí. —Pueblo pequeño.

Rió conmigo. —Lo entiendo. La mayoría de las personas

que conozco tienen hijos que o bien juegan para mí o están saliendo con chicos que juegan para mí. Soy entrenador de campo a través y béisbol en el instituto.

—Oh, es verdad. Brantley Pierce, ¿no es así?

Él asintió. —Sí. Aunque espero que conocernos en persona no estropee las cosas. Ha sido divertido hablar con usted.

—Igualmente.

Sonrió y mantuvo mi mirada. Sus ojos verdes brillaban levemente, captando la sutil iluminación del bar. Realmente era atractivo. El tipo de hombre con el que no me importaría establecerme. Era evidente que le gustaban los niños y tenía un trabajo estable. Era amable, simpático y divertido.

Y con todo eso, seguía sin sentir esa chispa instantánea que deseaba. Como la que sentí cuando conocí a Xavier hace tantos años.

Pero no necesitaba una chispa. Tenía treinta y ocho años. Los treinta y nueve me miraban fijamente, lo que significaba que los cuarenta estaban a la vuelta de la esquina. No podía permitirme ser exigente. No si quería compartir el resto de mi vida con alguien.

—¿Buscamos una mesa? preguntó Brantley.

Asentí y dejé que me guiara hacia un reservado al otro lado del bar. Nos sentamos y, casi inmediatamente, un camarero se acercó para preguntarnos si queríamos pedir algo.

—¿Quiere tomar algo para comer? Aún no he cenado nada, pero sin compromiso —dijo Brantley.

—Me vendría bien comer algo. Tampoco he cenado nada.

Brantley asintió y me indicó que pidiera primero.

—Un sándwich de pollo a la plancha con queso cheddar, lechuga, tomate y kétchup. Patatas fritas. Y agua, por favor.

El camarero asintió y se volvió hacia Brantley. —Todo eso suena genial. Que sean dos.

El camarero asintió de nuevo y se marchó.

—Bueno, aunque la reconozco, realmente no la conozco. ¿Puedo hacerle las aburridas preguntas de la primera cita? —preguntó Brantley arrugando la nariz y con una sonrisa encantadora.

—Por supuesto. Siento lo mismo. Creo que usted es un poco mayor que yo, ¿verdad?

—Creo que sí. Tengo cuarenta y cuatro años.

—Treinta y ocho —le dije—. Pronto treinta y nueve.

—Y temiendo los cuarenta, ¿no es así?

Me reí. —¿Cómo lo supo?

—A mí me pasó lo mismo. Mis padres tenían cuarenta años cuando me gradué del instituto y me di cuenta de que yo no estaba ni cerca de tener lo que ellos. Me hizo pensar en todas las cosas que quería tener pero que no tenía.

—¿Y las tiene ahora?

Una sombra de sonrisa cruzó sus labios antes de negar con la cabeza. —No todas.

Me pregunté en qué estaría pensando al decir eso, pero ese tipo de preguntas no eran para una primera cita, así que no pregunté.

—Perdí a mi madre hace unos años —dije—, y eso realmente me hizo ver la vida de manera diferente. Ella era como mi pilar.

—Ella está en el mural del lateral de Cracked, ¿verdad? ¿El que da a la plaza?

Asentí. —Así es. Trabajó allí toda la vida. Mucha gente del pueblo la conocía.

—Siempre me daba consejos. Se la echa mucho de menos por aquí. Lamento su pérdida.

—Gracias —dije.

Hicimos una pausa en nuestra conversación de no-primera-cita mientras el camarero nos traía las bebidas y un aperitivo que, sin duda, Hudson había enviado. Cuando levanté la vista, vi que nos observaba. Sonreí y alcé mi bebida, y él me respondió con un gesto de cabeza.

—¿Eres amiga de Hudson? —preguntó Brantley.

—Sí. Nos llevábamos tres años de diferencia en el colegio, pero vivo calle abajo y paso mucho tiempo aquí. Hice una pausa e incliné la cabeza. —Probablemente eso no es algo que debería admitir, ¿verdad? Que paso mucho tiempo en un bar?

Brantley se rio. —No recibirá ningún juicio por mi parte. Lo entiendo. Especialmente cuando sois amigos. Parece un buen tipo.

—¿Y usted? Además de entrenar, ¿a qué se dedica?

—Doy clases de física en el instituto. Me mantengo bastante ocupado durante el curso escolar. Los veranos son un buen descanso, pero la mayoría de los años imparto clases en la escuela de verano y colaboro como voluntario con los equipos deportivos del pueblo.

—Vaya, ¿en serio?

—Sí. No me gusta quedarme quieto. Mi mente me juega malas pasadas cuando no tengo algo en que ocuparla.

—Entiendo eso. Siento que siempre estoy pensando en formas de mejorar mis aplicaciones o en nuevas que podría desarrollar.

—No sabía que diseñaba aplicaciones. Eso es realmente impresionante, dijo Brantley.

Casi admití que diseñé la aplicación que ambos usamos para conocernos, pero por alguna razón, me lo guardé para mí. —Me gusta lo que hago.

—Eso marca una gran diferencia. Tuve un trabajo que realmente no me gustaba durante un tiempo. No regresé aquí directamente después de la universidad y trabajé cerca de Syracuse en un distrito más grande. Lo odiaba. La política del distrito era nefasta. Cuando surgió el puesto aquí, Valentina me lo envió para que me presentara.

—¿Conoce a Valentina? pregunté. No me sorprendía dado el tamaño del pueblo, pero el hecho de que le hubiera enviado una oferta de trabajo indicaba que eran mucho más cercanos que simples conocidos.

Dio un sorbo a su agua y asintió, evitando mi mirada. —Sí, nos graduamos juntos y, eh, acabamos en la misma universidad. Nos unimos, siendo los únicos dos de aquí. De hecho, yo le presenté a Dawson.

—¿De verdad? ¿Usted y Valentina salieron alguna vez?

Negó con la cabeza inmediatamente y se limpió la boca con la servilleta. —No. Siempre fuimos solo amigos.

Asentí, preguntándome si estaba percibiendo algo que no existía o si tenía razón y Brantley sentía algo por Valentina.

—¿Qué demonios está pasando?

Levanté la mirada hacia Xavier, que se cernía sobre nuestra mesa con los puños apretados y ojos furiosos.

—¿Puedo ayudarle? —preguntó Brantley, atrayendo la atención de Xavier hacia él.

—Xavier, ¿qué demonios te pasa? —le pregunté.

—¿Lo conoces? —preguntó Brantley.

—Sí, y no tengo ni idea de por qué cree que puede interrumpir nuestra cena. —Miré fijamente a Xavier, esperando una explicación.

—Estuviste conmigo hoy más temprano, ¿y ahora estás con este tipo?

Resoplé con una risa y negué con la cabeza. Ambos hombres esperaban a que dijera algo.

—Me encontré contigo en la Pastelería Cove esta mañana, y tu *hija* me invitó a hacer un tour en barco con vosotros porque quería saber más sobre mi trabajo. Estás actuando como si hubiéramos tenido una cita, cosa que no fue así.

—¿Y estás en una cita con él? —espetó Xavier.

—Sí. Y no tienes ningún derecho a actuar como si fuera asunto tuyo. No estamos saliendo ni acostándonos ni siquiera somos amigos, Xavier. Lo nuestro terminó hace muchísimos años.

—Y ahora vivo aquí.

—Escuche —dijo Brantley, poniéndose de pie—, creo que debería irse. Ella ha dicho que no quiere que se entrometa, y debe escucharla.

—Tú no tienes ningún derecho a hablarme sobre ella. No la conoces en absoluto.

Brantley asintió. —Tiene razón. No lo conozco. Pero estoy aquí intentando conocerla a usted, y estoy escuchando lo que tiene que decir. Y una de las cosas que ha dicho es que quiere que se vaya. Así que, por favor, hágalo.

Xavier ignoró a Brantley y se dirigió furioso hacia la puerta, sin mirar atrás en ningún momento.

Brantley volvió a sentarse un minuto después y extendió la mano para coger la mía. —¿Está bien?

Asentí, apretando su mano. —Gracias. Lo siento mucho por él.

—No tiene nada de qué disculparse. —Soltó mi mano y sonrió. —No podemos hacer que las personas nos quieran o que pasen página. Pero lamento que tenga que lidiar con alguien que no acepta que usted no está interesada.

Permanecí en silencio durante un minuto, reflexionando sobre lo que había dicho.

—¿O quizás sí está interesada?

Negué con la cabeza inmediatamente. —No. Hay demasiada historia entre nosotros para que pueda existir un presente o un futuro.

—La verdad es que no creo que eso sea cierto. Pienso que puede ser difícil superar lo que ocurrió en el pasado, pero si dos personas están destinadas a estar juntas, deberían estarlo. Sin importar qué.

—No creo que deba estar con él. Especialmente cuando se comporta así. Ni siquiera sé quién era ese.

—Era un hombre celoso porque vio a la mujer que ama en una cita con otra persona.

Resoplé. —Él no me ama. Quizás esté celoso, pero solo porque pensó que mudarse aquí después de diecisiete años separados arreglaría todas las mentiras que me contó cuando estábamos en la universidad.

—Vaya. Sí, no la culpo por no perdonarle.

Solté una risita. —Terminemos nuestra cita y no nos preocupemos más por él.

Brantley sonrió y asintió. —Me parece bien.

—No puedo creer que hiciera eso—exclamó Elise el domingo por la noche en el club de lectura.

Acababa de ponerlas al día sobre todo lo que había pasado con Xavier el jueves. Desde que McJenna me invitó a sentarme con ellos en Cove Bakery y a unirme a la visita guiada, hasta Xavier cabreándome, y luego mi cita con Brantley y la interrupción de Xavier.

—Pues lo hizo. Realmente se puso en evidencia—dije.

—Vaya—dijo Sofia. —Tengo que admitir que estoy un poco celosa de que ningún hombre se haya puesto así por mí, pero también es verdad que no podría soportar tanta atención. ¿Qué le dijiste?

—Le dije que no estábamos juntos y que no tenía ningún derecho a decirme lo que podía hacer. Y Brantley le pidió que se marchara—les conté.

—Bien por ti. Y por el entrenador Pierce—dijo Goldie. —Mi hijo corre campo a través con él. No puedo pensar en él como Brantley.

—¿Es buen tipo?—le preguntó Finley a Goldie.

Goldie asintió. —Por supuesto. Paul le adora. Dice que es muy motivador y servicial. A Paul siempre le ha gustado correr, pero el entrenador Pierce ofrece consejos para hacerlo más fácil y ayuda a los chicos que no son corredores naturales.

—Yo sería una de esos chicos—dijo Blake. —Solo correría si fuera cuestión de vida o muerte. Y quizás ni siquiera entonces.

El resto nos reímos y asentimos en señal de acuerdo.

—Brantley dijo que conoce a Valentina—les conté. Estaba claramente tanteando el terreno porque ya sabía que éramos mejores como amigos.

—¿La de Cove Bakery?—preguntó Piper.

—Sí. Dijo que se graduaron juntos y que él le presentó a su marido—dije.

—Interesante. No sabía que tenía su edad. Pero le he visto por allí. Gavin y yo intentamos ir al menos una vez por semana. ¿Habéis probado sus especialidades? —preguntó Piper.

—Buenísimas.

—Estoy enganchada.

—Todo lo que prepara es increíble.

—Creo que a Brantley le gusta Valentina —les dije.

—Está casada —dijo Melody.

—Lo sé, pero es la sensación que me dio —dije. —Es un buen tipo. Me daría pena pensar que está suspirando por ella.

—¿Dices eso para que no te presionemos a tener una segunda cita con él? —preguntó Finley.

Negué con la cabeza. —No. Definitivamente somos mejores como amigos. Es agradable, y es guapo, pero nuestra cita fue simplemente pasable.

—Te mereces algo mejor que simplemente pasable —dijo Zoey. —Yo me conformé con lo pasable durante mucho tiempo, y no valió la pena. No cuando podía haber tenido lo que tengo ahora.

—Pero tú tienes a Cameron y Alexis —dijo Piper.

Zoey asintió. —Y jamás cambiaría a mis hijos, pero no era feliz.

—Estoy un poco cansada de estar sola —admití. —No he tenido una relación seria desde que Xavier y yo rompimos, y eso fue hace una eternidad. Quiero lo que todas vosotras tenéis. Una pareja con la que compartir la vida.

Las solteras asintieron conmigo, y las que tenían pareja parecieron avergonzadas.

—No quiero que ninguna de vosotras se sienta mal por ser feliz. Me habéis inspirado a intentarlo. A salir ahí fuera. Y fui a mi cita con Brantley con la mente abierta. Pero cuando Xavier nos interrumpió, me di cuenta de que no quiero estar con alguien que no está seguro. Pasé demasiados años con Xavier antes de que cambiara de opinión sobre todo y me dejara. No estoy dispuesta a arriesgarme de nuevo, pero tampoco estoy dispuesta a tener en mi vida a alguien que no me haga sentir como él lo hace.

—¿Como él lo *hace*? —preguntó Finley.

—Como él lo hacía —clarifiqué—. Ahora lo único que hace es enfadarme.

La mentira fue bastante fácil de contar, pero ninguna se la creyó. Me había delatado. Y conociendo a mis amigas, no iban a dejar que me saliera con la mía para siempre.

Pero por ahora podía fingir que cuando Xavier se acercó a nuestra mesa mi corazón no se aceleró de emoción, mis palmas no sudaron de anticipación y mi interior no se tensó de deseo. Algún día quizás tendría que confesarlo, pero por ahora, era mi secreto.

8

XAVIER

—¿Qué me estás diciendo exactamente? Contuve toda la ira que pude, aunque el idiota al otro lado del teléfono se merecía toda mi furia.

—No podemos hacer lo que nos pediste. Simplemente no es posible.

—¿Entonces por qué coño aceptasteis el depósito de mi pedido? —ladré.

Genevieve se levantó de un salto y se acercó a mí. Arqueó las cejas y agitó la mano como si quisiera que le entregara el teléfono.

—¿Qué? —le solté con brusquedad.

—Dame el teléfono. Ahora.

Suspiré y se lo entregué. —A ver si puedes sacar alguna respuesta de esos imbéciles.

—¿Sr. Álvarez? Sí, soy Genevieve. Yo fui quien hizo el pedido con usted. Mire, este es un proyecto importante. Un proyecto caro. Y no es aceptable no tener un cartel fuera del teatro. Lo entiende, ¿verdad?

Casi me río del tono condescendiente de su voz. Casi. Si no estuviera tan enfadado, quizás lo habría hecho.

—Sí, bueno, el problema que tenemos es que ha estado sentado sobre ese pedido durante semanas. Reteniendo nuestro dinero, ganando intereses con nuestro dinero. Hemos estado bajo la suposición de que ese depósito eventualmente se compensaría cuando nos entregara lo que prometió cuando hice el pedido con usted. Ya que dijo que lo haría. Si ahora nos está cancelando, nos debe el depósito completo más un veinte por ciento por hacernos perder el tiempo.

Oí sus gritos antes de que Genevieve apartara el teléfono de su oído. Puso los ojos en blanco y esperó hasta que se calmó, lanzándome una mirada fulminante cuando intenté recuperar el teléfono.

—Francamente, Sr. Álvarez, me importa una mierda lo que usted piense. Nos ha robado. Cogió nuestro dinero sin intención de entregar el producto por el que pagamos. Puede aceptar devolvernos hasta el último céntimo que le pagamos, más intereses, o la próxima llamada que recibirá será de nuestro equipo legal.

Me quedé mirándola, preguntándome qué equipo legal iba a lanzar contra él, ya que no teníamos ninguno. Sonrió e inclinó la cabeza, exudando dulzura.

—Muchas gracias, señor Álvarez. Agradezco su ayuda. Estaré esperando a que llegue ese cheque y le informaré exactamente cuando lo reciba. Que tenga un buen día.

Colgó, hizo un gesto obsceno al teléfono y me lo devolvió.

—Va a enviar un cheque hoy mismo.

—¿El veinte por ciento? —pregunté.

Se encogió de hombros. —Vamos a necesitar pagar a alguien para que acelere esto. Va a costar más. No estaríamos lidiando con esto si él no hubiera aceptado un trabajo que no era capaz de hacer. No tengo paciencia para gente que roba a empresarios que trabajan duro. Y supuse que el jefe probablemente tiene algunos abogados en marcación rápida si realmente necesitáramos que alguien interviniera.

—¿Qué dijo cuando le contaste eso?

—Se calló rápidamente. Tengo la sensación de que no es del todo legal. Siento haberlo contratado. Esto puede salir de mi cheque.

Negué con la cabeza. —Esto no es culpa tuya. Pensábamos que teníamos a alguien que iba a hacer el trabajo por el que le pagamos. No tienes de qué preocuparte. Solo necesitamos encontrar a otra persona que pueda hacer un cartel para nosotros.

—Preguntaré por ahí. ¿Quizás los chicos de David puedan hacer algo?

—Tal vez, pero tiene que ser lo que permita el ayuntamiento. Y resistente a la intemperie y todo eso.

—Me informaré. Por cierto, tienes que ir a la tienda de Al y conseguir los suministros.

—Oh, vaya. Gracias. Voy a comer algo mientras estoy fuera. ¿Quieres algo?

Genevieve negó con la cabeza. —Teddy y yo hemos traído comida para comer juntos. Pero gracias.

Saludé con la mano y me dirigí a la puerta. Cuando Trent y yo trabajábamos juntos, necesitábamos nuestro espacio y nunca comíamos juntos. Claramente era una situación diferente cuando trabajabas con alguien de quien estabas enamorado.

El trayecto por el pueblo fue rápido. El tráfico estaba concurrido para Cala MacKellar, pero seguía sin ser nada comparado con Niagara Falls. Me estaba acostumbrando a poder llegar a cualquier parte del pueblo en menos de diez minutos. Mucho menos en muchos casos.

Aparqué en el estacionamiento junto a Ferretería Al y miré el letrero sobre la puerta. Era sencillo pero efectivo. Lo suficientemente brillante para ser claro sin resultar estridente. Me pregunté quién habría hecho su letrero y si seguirían en el negocio. Estaba bastante desgastado y definitivamente llevaba allí un buen tiempo.

Me guardé las llaves en el bolsillo y salí del coche. Aún no había adoptado la costumbre de dejar las llaves dentro, pero no lo cerré con llave. Era lo más cercano al estilo de vida de un pueblo pequeño que había logrado hasta ahora.

Todavía no estaba seguro de cómo había accedido al plan de Genevieve para que pintáramos el vestíbulo y creáramos un tablón de anuncios para el pueblo, pero ahí estaba yo, en Ferretería Al comprando la pintura que Genevieve había encargado y recogiendo todos los materiales que me había pedido. Había algunas personas haciendo cola, así que esperé mi turno para preguntar al dependiente sobre el pedido. Cuando me preguntó qué necesitaba, le dije que venía a recoger el pedido de Genevieve.

Se rio.—¿Tú eres el chico nuevo, eh? —Me tendió la mano.

La estreché automáticamente.—¿Chico nuevo?

—Eres el que está arreglando el teatro. Eso es genial. ¿Trabajas para Trent MacKellar?

—Eh, sí. Soy Xavier Hogan.

—Encantado de conocerte. Soy Knox Randall. Soy el dueño de este lugar. Si necesitas cualquier cosa, házmelo saber. Estaré encantado de ayudar. Sé que el equipo de David ha estado pidiendo cosas, pero si necesitas algo más, puedo conseguirlo, aunque no lo tenga en stock. —Knox rodeó el mostrador y señaló el pasillo en el extremo más alejado de la tienda.

—Gracias. Lo agradezco. Todavía estoy aprendiendo a moverme por aquí y a entender cómo funcionan las cosas.

—Te entiendo. Probablemente todos saben más de ti de lo que tú mismo has contado nunca. Y la mitad seguramente no es verdad.

Me reí, preguntándome si ese sería el caso.

—¿De verdad ligaste con Genevieve durante tu entrevista? —preguntó Knox.

—¿Qué? No. Por supuesto que no. Eso es ilegal, y ella lleva alianza de matrimonio. Yo no soy así.

Knox asintió y se detuvo frente a una jaula. Buscó entre un gran llavero antes de abrir la puerta.—Supuse que ese rumor no era cierto. ¿Por qué iba a trabajar para ti? ¿Y qué hay de Trent MacKellar? ¿Tuvisteis algo vosotros dos? Ese es otro rumor. O que tú y Trent no estabais seguros de quién era el padre del bebé de Finley hasta que nació y resultó bastante obvio.

—Nada de eso es cierto —dije con firmeza—. Vaya, este pueblo.

—Sí. Todos los tíos que entran aquí son peores que las mujeres en la peluquería. Quieren contarme todo lo que creen saber. También está ese rumor sobre Karissa y tú. Que salísteis en la universidad y le rompiste el corazón cuando decidiste no mudarte aquí.

Me quedé paralizado, sin saber cómo responder a eso.

Knox levantó una bolsa de suministros y se volvió para entregármela.

Vacilé, todavía impactado por lo que había dicho, y él se detuvo.

—Vaya. ¿Eso pasó de verdad? ¿Conocías a Karissa?

—Yo, em... Fue hace mucho tiempo.

—Por lo que he oído, hicisteis planes para que te mudaras aquí y luego la abandonaste. ¿Es eso cierto?

Mis mejillas se encendieron bajo la fría mirada del otro hombre. Lo que pasó entre Karissa y yo hace años no era asunto de nadie. Excepto cuando ambos vivíamos en su ciudad natal y todos querían protegerla.

—Mierda. No me esperaba esa. ¿Has venido por ella?

Negué con la cabeza. —Ella no está interesada.

—No puedo culparla.

—¿Has cometido alguna vez un error? ¿Has hecho algo de lo que te arrepentiste casi inmediatamente, pero no pudiste cambiarlo?

—Claro, por supuesto.

—Así es más o menos como ocurrió. Me ofrecieron un trabajo al salir de la universidad. Un trabajo muy bueno. El tipo de trabajo que pensé que nunca conseguiría. Tuve que elegir.

—Y elegiste el trabajo —dijo Knox.

Asentí. —Así es. Había estado buscando trabajo, pero no había nada por aquí. Nada de nada. Solicité otros trabajos para tener experiencia para cuando encontrara algo y estuviera preparado. No pensé que me lo ofrecerían.

—¿Mereció la pena?

Contuve la respiración. Era la gran pregunta que la vida nos plantea. ¿Mereció la pena? Cualquiera podría preguntarse eso sobre cualquier experiencia vivida. Cosas a las que dijimos sí o no. Lo difícil era que nunca sabías qué habría pasado si hubieras elegido la otra opción.

—No lo sé.

—Tienes una hija, ¿verdad? —preguntó Knox.

Asentí.

—No la tendrías si hubieras elegido de otra manera.

Sonreí pensando en McJenna. La sonrisa en su cara cuando fuimos a la excursión valía todo. Y su entusiasmo al planear otra salida para la semana siguiente era especial. Había estado interrogando a Finley sobre cosas que hacer y estaba haciendo planes para las últimas semanas del verano.

—Creo que ahí tienes tu respuesta —dijo Knox—. Mira, lo entiendo. No es fácil, pero hay que tomar decisiones difíciles en la vida. Muchos de nosotros aquí no comprendemos que alguien quiera vivir en otro sitio. Yo crecí aquí. Mi padre era el dueño de este lugar. Cuando se jubiló, era obvio que me haría cargo. Nunca pensé en hacer otra cosa porque me encanta. Pero no siempre es fácil vivir en el mismo lugar donde he vivido siempre. Estoy soltero porque crecí con todas las mujeres solteras del pueblo. Nunca me he casado ni he tenido hijos. Amo mi pueblo y mi trabajo, pero hay veces que he considerado irme para tener más vida privada. Pero no quiero marcharme. Algunos dirían que estoy estancado, pero no sé. Simplemente me encanta estar aquí. Donde puedo ir a la trastienda y mantener una conversación con alguien nuevo en el pueblo, y sé que mis clientes que entraron mientras estábamos aquí atrás dejaron dinero o una nota en el mostrador para que sepa lo que se llevaron.

—¿En serio?

Knox se rió. —Sí. Te lo garantizo. Y eso es lo que me encanta de estar aquí. Todos se conocen, y es el hogar. ¿Entiendes?

Asentí lentamente, preguntándome si alguna vez sentiría que era mi hogar. Me gustaba la idea, pero Karissa era la clave. Si me diera otra oportunidad, no la desperdiciaría de nuevo. Ella era mi hogar.

—Entonces, ¿necesitas algo más? —preguntó Knox, cerrando la jaula de nuevo y llevando algunos de los suministros a la entrada.

—De hecho, necesitamos a alguien que haga un cartel para el exterior del teatro. Pensábamos que ya estaba solucionado, pero la empresa se echó atrás esta mañana.

—Eso no es bueno. Mmm, ¿qué tipo de cartel estáis buscando?

—Me gusta mucho el que tenéis fuera. Algo así estaría genial. Madera o metal con letras claras. Probablemente necesitaríamos luces ya que el teatro estará abierto por la noche. Pero nada demasiado llamativo. Sencillo y elegante es lo que dice Genevieve.

Knox asintió pensativo y se frotó la barbilla. —Creo que podría hacerlo.

—¿Tú?

—Sí, yo hice ese cartel. ¿De qué tamaño estáis buscando?

—Vaya, ¿en serio?

—Bueno, a menos que prefieras contratar a un constructor general o a una empresa de rotulación.

—No. Solo quiero algo que se vea bien y que cumpla con todas las normativas municipales y requisitos legales. Tenemos las especificaciones del cartel que ya habíamos encargado. Genevieve puede enviártelas para que les eches un vistazo. Estamos abiertos a ideas.

Knox asintió. —Me parece bien. Hoy cierro aquí a las cinco, pero mañana cierro a las tres. ¿Qué tal si paso por el teatro después y lo concretamos todo? ¿Te viene bien?

—Por supuesto. Gracias. De verdad. Y tienes mucho talento.

Las mejillas de Knox enrojecieron bajo su barba incipiente. —Gracias. Vamos a cobrarte todo esto.

—Genevieve estará encantada de poder empezar.

Knox se rio ante mi tono poco entusiasta. —Me lo imagino.

Genevieve era mucho más creativa de lo que yo sabía y al final del día, por fin pude ver su visión. La exposición que quería montar sería un lugar para celebrar Cala MacKellar, una adición perfecta al teatro instalado y gestionado por dos hombres que realmente no formaban parte del pueblo.

Trent estaba en camino de conseguirlo, pero yo era un forastero según los estándares de todos.

Llegué a casa para la cena y me senté a hablar con Finley, Trent y McJenna. Nuestra dinámica había cambiado desde que Finley se mudó, pero se estaba integrando muy bien en nuestra mezclada familia.

—¿Todavía estás usando la aplicación para hablar con mujeres? —preguntó Finley después de que McJenna abandonara la mesa.

Negué con la cabeza. —¿No hay nada secreto por aquí?

—No. La verdad es que no —dijo Finley sin el menor remordimiento—. Mira, me caes bien, Xavier, pero lastimaste a mi amiga al aparecer aquí. No quiero que vuelvas a hacerlo. Ella es la reina de esa aplicación, y merece que la traten bien.

Asentí. —Lo sé. Cuando estábamos juntos, la traté bien. Al menos, creo que lo hice. Cambiar las cosas como lo hice fue una mierda, y lo sé, pero era joven y creía que sabía lo que estaba haciendo.

—¿Cuál es tu excusa para volver aquí? —preguntó directamente.

La miré fijamente durante un largo minuto. Finley no me había cuestionado tan directamente antes. Claro, me preguntó qué demonios estaba pensando, pero esto era diferente. Esto era indagar.

—Vine aquí por McJenna. Para darle una vida mejor. Pero sabía que eso era posible porque Karissa está aquí. Porque ella nunca llamaría hogar a este lugar a menos que fuera tan especial como ella.

—Así que todavía la amas. No era una pregunta. Era una afirmación. Una verdad.

Una que no podía negar.

—Nunca dejé de hacerlo. Denise era lo opuesto a Karissa en todos los sentidos, y yo quería que el dolor parase. Sabía que me arrepentiría para siempre de no venir aquí con ella, pero Denise era una forma de aliviar ese dolor. Solo un poco. La quería a su manera, y McJenna ha sido lo mejor que me ha pasado. No me arrepiento de lo de Denise porque me dio a J, pero muchas veces he deseado que fuera hija mía y de Karissa.

—¿Qué vas a hacer para recuperar el corazón de mi amiga?

—¿Perdona? —solté de repente.

—Creo que ella todavía te quiere. No creo que nunca dejara de hacerlo, tampoco. Y creo que vosotros dos estaríais bien juntos. Si ella alguna vez soltara su ego magullado y su orgullo herido.

—No puedo obligarla a hacer esas cosas.

—No, pero puedes hacer que se enamore de ti otra vez. Ella quiere permitirse amarte. Solo tienes que dejar de cabrearla para que lo haga.

—¿Y cómo hago eso?

Finley se encogió de hombros. —Si lo supiera, no te estaría preguntando cuál es tu plan.

Tenía razón. Necesitaba un plan. Una forma de volver al corazón de Karissa.

—Gracias, Finley —dije, levantándome de la mesa.

Subí a mi habitación e ignoré la sensación de angustia en mi estómago. Ella era la que yo quería. Lo que significaba que registrarme en una aplicación de citas, incluso si era la que ella había creado, era una mala idea. Necesitaba eliminarla.

Abrí la aplicación para cerrar mi cuenta, pero apareció un mensaje de una de las mujeres con las que había estado chateando durante las últimas semanas.

REINA

Nunca me dijiste. ¿Te llamas Novato porque eres nuevo en la zona o nuevo en las citas online?

Dudé. Podía ignorar el mensaje, pero...

Finley dijo que Karissa era la reina. ¿Podría ser ella quien me estaba enviando mensajes? ¿Durante semanas?

NOVATO

Ambas cosas, en realidad. No llevo mucho tiempo viviendo aquí, y nunca había pensado en las citas online hasta que me mudé. Pero un amigo tuvo muy buenos resultados y no pude resistirme.

REINA

Bueno, eso es bueno saberlo.

NOVATO

¿Has conocido a alguien aquí?

REINA

Algunas personas. Aunque me gusta que seamos anónimos. Gran foto de perfil.

NOVATO

¡JAJAJA! Gracias. Supongo que soy espinoso como un puercoespín.

REINA

Quizás solo estás incomprendido.

NOVATO

Me gustaría pensar que sí. Soy un tipo bastante sencillo. Me gusta pasar tiempo con las personas que quiero y disfrutar de la vida.

REINA

¿Y qué hay del trabajo? ¿Te gusta tu empleo?

NOVATO

Sí, pero he aprendido que hay mucho más en la vida que el trabajo. Me ha costado en el pasado, y no estoy dispuesto a perder a nadie más que me importe por culpa del trabajo.

REINA

Yo soy lo contrario. He puesto a la familia y
amigos por delante de todo y me ha costado
caro.

NOVATO

No creo que eso sea algo malo. Estar ahí
para las personas que te importan.

REINA

Quizás. Pero podría haberme perdido algo
que podría haber sido maravilloso. Una vida
que desearía haber vivido. No tengo
arrepentimientos, pero sí me pregunto qué
podría haber sido.

NOVATO

Eso es normal. A mí me pasa igual. Quizás
aparezca una segunda oportunidad en tu
camino.

REINA

Quizás tengas razón.

9

KARISSA

Apagué el móvil y sonreí. Novato era divertido. Era agradable charlar con él. Familiar de alguna manera, pero diferente. Me hacía reír y me hacía sentir que podía hablar con él. Como compartirle que una parte de mí seguía deseando haber elegido a Xavier en lugar de mi ciudad natal todos esos años atrás.

Era un desastre cuando volví a casa después de la universidad. Mi madre intentó estar ahí para mí, pero yo estaba inconsolable. Quería a Xavier, pero también quería la vida que había planeado. La vida que ambos habíamos planeado. Mi padre murió cuando estaba en el instituto, y yo quería vivir en Cala MacKellar cerca de mi madre y criar a mi familia junto a ella.

Construí una vida por mi cuenta. No la vida que pensé que tendría con Xavier, pero una buena vida. Con los años, me hice amiga de Finley, Blake, Elise y Laura. Todo facilitado por mi madre. Finley y yo nos fuimos a vivir juntas, mi madre retomó su relación con Eddie, y la vida siguió adelante.

Pero durante todos esos años, deseé que Xavier estuviera

allí para compartirlo conmigo. Hice cosas de las que esperaba que se hubiera sentido orgulloso. Creé cosas de las que quería hablarle. Me construí la mejor vida que pude, pero era una vida solitaria.

Y se iba a volver aún más solitaria.

Me acosté en mi apartamento demasiado silencioso e intenté decidir qué debería hacer con la habitación de Finley. Podría trasladar allí mi escritorio, pero no siempre me sentaba en un escritorio para trabajar. Podría convertirla en otra cosa, pero no tenía aficiones.

Podría haber sido una habitación infantil.

El pensamiento se desvanecía tan rápido como había aparecido, pero aún así dolía. Siempre había querido tener hijos. Sabía que a los treinta y ocho años todavía era posible, pero después de mi operación hace un año y mi falta de perspectivas románticas, había renunciado a ese sueño.

Me acosté e intenté no pensar en todas las cosas que Xavier y yo habíamos planeado y que nunca pude tener. Hijos. Una casa. Una pareja en mi vida. Vacaciones, amor y risas. Tenía algo de eso, pero era diferente. Y después de todo este tiempo, yo también era diferente.

Me desperté a la mañana siguiente lista para mi día. Tenía una reunión con un cliente potencial que quería que diseñara una aplicación para su empresa de comercio electrónico. Era una compañía más pequeña y supondría un pago menor que el proyecto que perdí la semana anterior, pero necesitaba ingresos, así que no podía permitirme ser exigente.

Después del desayuno y la ducha, me arreglé el pelo y me puse una blusa color melocotón que complementaba mi piel oscura y siempre me hacía sentir bien. Mi madre me la compró cuando estábamos en Hawái para su boda. Era mi versión de un traje de poder.

Cuando llegó la hora de mi reunión, me senté en mi escritorio para que el propietario de la empresa viera la pared sólida detrás de mí en lugar de mi cama sin hacer y la ropa sucia.

Sonreí mientras el ordenador marcaba, los pitidos y timbres me pusieron tensa a medida que el tiempo pasaba esperando a que el propietario respondiera.

Tres tonos. Cuatro. ¿Y si no iban a contratarme también por los rumores que circulaban? Quizás simplemente iban a ignorarme en lugar de contestar la llamada.

—¡Hola! ¡Hola! ¡Perdón! Un momento. La imagen estaba borrosa. ¿Una camiseta? No, pantalones. Podía ver bolsillos. Y detrás de la persona que caminaba rápidamente por un pasillo, vi un perro intentando perseguirla.

Se cerró una puerta y movieron el ordenador. Finalmente, una persona apareció en pantalla.

—Hola, Srta. Thomas. Siento muchísimo no estar preparada para su llamada. Es un placer conocerte. Soy Bex.

—Encantada de conocerte. Y por favor, llámame Karissa.

—Karissa. Excelente. Mi hijo pequeño está enfermo hoy y mi mujer no ha podido cogerse el día libre, así que estoy intentando trabajar mientras cuido a un niño enfermo. Y a un perro inquieto que cree que es hora de jugar porque mi hijo está en casa. Ha sido un día complicado.

—Podemos reprogramar la entrevista si lo necesitas. Lo entiendo perfectamente.

—No, no. He estado muy emocionada por conocerte. Me encantan las aplicaciones que has diseñado. He estado analizando algunas de ellas y estoy muy impresionada contigo.

Me recliné, sintiéndome mucho mejor sobre la llamada. —Muchas gracias. De verdad. Lo agradezco mucho.

—Tienes talento. No hay forma de negarlo. Probablemente esté fastidiándolo todo por emocionarme tanto, pero no podía fingir indiferencia. Simplemente no soy así.

Solté una pequeña risa, apreciando la honestidad de Bex.

—Yo tampoco soy así. He estado investigando sobre tu empresa. Me encanta lo que estáis haciendo.

—Gracias. Me apasiona crear productos que celebren la diversidad familiar. Hay muchas empresas que comenzaron con una sola idea y han crecido, y ahora entiendo por qué. Nunca preví el tipo de crecimiento que he experimentado en los últimos ocho meses.

—Esas son excelentes noticias. Estás dando a la gente una forma de expresarse. De compartir quiénes son. No me sorprende que esté despegando.

—Gracias. Ha sido muy divertido. Pero los clientes están preguntando por una aplicación, para empezar con el comercio electrónico.

—¿Qué otras cosas estás considerando? —pregunté. Quería asegurarme de construir un marco para futuras expansiones si era algo que pudiera hacer.

—Quizás una comunidad, un lugar donde la gente pueda compartir cómo utilizaron nuestros diseños en sus vidas. Un espacio donde la gente pueda conectar. Tal vez algo donde podamos ofrecer sugerencias de otras empresas que tengan la misma misión de mostrar al mundo que todas las familias son normales, sin importar cómo estén formadas.

—Me encanta —le dije, garabateando ideas—. Parece que tienes muchos planes.

—Definitivamente tengo síndrome de objeto brillante —Bex se rio, echándose hacia atrás sus largas trenzas francesas gemelas.

—Bueno, me encanta lo que estás haciendo, y me encantaría trabajar en una propuesta y volver a contactarte en unos días, si te parece bien.

—Oh, sí. Mmm, ¿te puedo hablar con franqueza?

Asentí para que continuara.

—Eres la única persona con la que quiero trabajar. No estoy entrevistando a otros diseñadores. Eres tú o nadie. Mi mujer dijo que no debería decirte esto, pero quiero que tú hagas esto. Estoy abierta a cualquier interpretación creativa que quieras hacer. Puedo enviarte mi logo y los códigos hexadecimales para los colores y cualquier otra cosa que necesites, pero eres tú.

—Vaya —suspiré, reclinándome en mi silla. Dejé mi bolígrafo sobre el bloc de notas que estaba usando. Ya había tenido empresarios que me habían dicho que querían trabajar conmigo antes, pero todos habían entrevistado a otros junto conmigo y, la mayoría de las veces, elegían a otra persona. Esto era diferente.

—No sé qué puedes hacer con mi presupuesto, así que si eso es una preocupación, quizás podamos elaborar algún tipo de plan paso a paso basado en tu tarifa por hora. No te estoy pidiendo un descuento. Solo quiero asegurarme de que sea perfecto, incluso si eso lleva un poco más de tiempo.

—Mmm, vale. Gracias. Realmente lo agradezco. Y si ese es el caso... ¿Has dicho que estabas abierta a ideas?

—Sí, absolutamente. Sé que necesita vender cosas, pero eso es todo.

—Déjame pensar en esto y probar algunas cosas, y puedo tener algunas opciones para que las veas en una semana. ¿Te parece bien?

—Absolutamente. Sí. Eso sería maravilloso. ¿Cómo te pago por ese trabajo?

—Te prepararé una propuesta. Normalmente mi coste por proyecto es más bajo que un coste por hora, pero veré qué puedo hacer. Tengo tu presupuesto y me aseguraré de ajustarme a él.

—¡Ay, Dios mío, gracias! Estoy tan contenta de trabajar contigo. Muchísimas gracias, Karissa.

—De nada, Bex. Gracias a ti por la oportunidad.

—Eres la mejor. Hablamos pronto.

—Adiós.

Colgué el ordenador y me quedé mirando la pantalla durante un largo minuto. Había ido a la reunión con temor, preguntándome si iba a sacar algo de ella. Y conseguí un trabajo y una gran fan. Iba a ser un buen día.

¿Quieres acompañarme a comer hoy?

ME QUEDÉ MIRANDO el mensaje más tiempo del que debería. Una de mis mejores amigas quería quedar para comer. ¿Por qué lo estaba dudando? Adoraba a Finley y quería verla más, no menos.

Finalmente, le contesté que me encantaría acompañarla y le pregunté si quería que trajera algo.

Voy a hacer un pedido. ¿Italiano?

Siempre me apunto a italiano. ¡Gracias!

Gracias por acompañarme. ¡Nos vemos pronto!

Sonreí y me admití a mí misma que estaba feliz por Finley. Sí, las cosas habían cambiado, y no estaba segura de qué iba a hacer con la habitación vacía de mi piso, o si me iba a quedar allí, pero quería que ella fuera feliz. Con Trent y George. Se lo merecía.

Terminé mi trabajo de la mañana y me cambié los pantalones de pijama por unos que combinaban con mi blusa color melocotón. Los pantalones negros de lino eran perfectos para el día de verano. Me sentía realmente bien mientras caminaba las pocas manzanas desde mi apartamento hasta la tienda de Finley.

—¿Karissa? —escuché a mis espaldas mientras me acercaba a la tienda.

Me giré y encontré a McJenna a media manzana detrás de mí. —Hola, McJenna. ¿Cómo estás?

Negó con la cabeza. —He estado mejor. Vine a trabajar con Finley hoy e intentaba conocer gente, pero no hay nadie de mi edad por aquí. Y luego me perdí. Y estoy muerta de hambre y de calor y...

—Vaya, tranquila. ¿Estás bien?

Se encogió de hombros, pareciendo más una niña que una adolescente descarada.

—¿Por qué no vienes conmigo? Iba a comer con Finley.

—¡No! No quiero que me odie por volver tan pronto.

—A Finley no le importará.

—No pasa nada. Iré a comer a algún sitio. Estaré mejor después.

Enlacé mi brazo con el suyo y la arrastré conmigo hacia Book Boyfriends Unlimited. —Estará bien. Tenemos mucha comida en camino. Y nos dará a todas la oportunidad de hablar.

McJenna dudó, pero se mordió el interior del labio y asintió.

Finley estaba con un cliente cuando entramos, pero nos sonrió a ambas y nos saludó con la mano. Llevé a McJenna a los sofás de la parte trasera donde nos reuníamos para el club de lectura. —Voy a buscar unas bebidas.

Asintió y empezó a pellizcarse las uñas.

Cogí tres botellas de agua y las llevé de vuelta a donde McJenna estaba hablando con una señora mayor.

—No la conozco, señora. No voy a decirle dónde vivo,— dijo McJenna.

—Hola, señora Zachary,—dije, reconociendo quién era y acercándome rápidamente. —Esta es McJenna Hogan. Su padre es el mejor amigo de Trent MacKellar. Están viviendo con él y Finley en la Finca.

—No le digas dónde vivo,—espetó McJenna.

—No pasa nada —le aseguré—. Conozco a la señora Zachary desde que nací. En un pueblo pequeño, la gente quiere saber quién es quién.

—Me preguntó si vivía aquí y dónde cuando le dije que sí.

—No te reconoce —dije.

—Siento haber causado problemas —dijo la señora Zachary—. Solo intentaba ser buena vecina.

—Lo sé, señora Zachary. McJenna todavía se está adaptando a vivir en un pueblo donde todos saben quién es —dije.

—Vosotros sois rarísimos —murmuró McJenna.

—Sí, lo somos —dijo la señora Zachary—. Y nos gusta la vida así. La próxima vez que te vea, McJenna, te saludaré. Y tienes que presentarme a tu padre. He oído que es un buen partido.

Los ojos de McJenna se abrieron de par en par mientras la mujer se daba la vuelta y se alejaba cojeando con su bastón guiándola.

—¿Acaba de...?

—Sí —respondí.

—Qué asco.

Resoplé. Otro peligro de vivir en un pueblo pequeño. Incluso los mayores necesitaban citas. Y la carne fresca era carne fresca.

—¿Agua? —le pregunté.

—Sí, por favor. Necesito sacarme eso de la cabeza. ¿Puedo echármela por encima?

—Solo si quieres que Finley te eche para siempre.

Asintió con firmeza. —Buen punto. Es mi única aliada. Creo que necesito caerle bien.

—¿Yo no soy tu aliada?

McJenna se encogió de hombros. —No sé. Me dejaste plantada la semana pasada en ese sitio del castillo.

Cerré los ojos y suspiré. Tenía razón. Fue una mierda por mi parte. —Lo siento por eso. No tuvo nada que ver contigo.

—Lo sé. Mi padre dijo que te enfadó.

Mis cejas se alzaron. —¿Dijo eso?

—Sí. Él cree en decirme la verdad. Incluso si no es algo que realmente quiera oír.

—Vaya. Vale. Le doy crédito por eso. Pero aún así lo siento. Y quiero ser tu aliada.

Volvió a encogerse de hombros pero no respondió antes de que Finley se uniera a nosotras.

—He cambiado el cartel. Vamos atrás a comer. Me alegro de que te unas a nosotras, J. ¿Tienes hambre?

—Podría comer algo, pero no pasa nada si no tenéis suficiente. Me encontré con Karissa fuera. Ella me invitó.

—Y le dije que siempre tenemos comida suficiente— dije yo.

—Así es—confirmó Finley. —Venga. Vamos a comer.

Finley nos guió hasta la sala de descanso donde la comida estaba en la encimera. Cogió platos de papel de uno de los armarios y cubiertos de plástico. Abrimos los recipientes de comida, que incluían una docena de palitos de pan, una ensalada que serviría para cuatro, y nuestros dos platos principales. Lasaña y manicotti.

Finley cortó la lasaña en tres trozos y yo dividí los manicotti. Añadimos palitos de pan a cada plato y una generosa porción de ensalada.

—Vaya, no estabas de broma—dijo McJenna cuando pusimos los platos en la mesa. —Esto es un montón de comida.

—Lo es. Y hay más—le dijo Finley. —Nos encanta pedir en Gino's. Está delicioso y siempre es demasiada comida.

—Está realmente bueno—dijo McJenna con la boca llena de lasaña.

Finley y yo sonreímos y asentimos.

Todos nos lanzamos a comer. De nuevo, perdí la oportunidad de pasar tiempo con Finley, pero no podía decir que me molestara que McJenna estuviera allí con nosotras. Parecía estar más que un poco perdida cuando la vi en la calle. La comida y la compañía parecían estar haciendo maravillas por ella.

Cuando terminamos de comer y limpiamos la sala de descanso, Finley le preguntó a McJenna cómo le iba y si había conocido a alguien por el pueblo.

—No, a nadie. Probablemente todos se conocen entre ellos. Ninguno va a querer pasar el rato conmigo.

—Eso no es cierto. Vamos a por un postre. Finley tiene que volver al trabajo, pero podemos ir a por cupcakes. Además, hoy he conseguido un nuevo trabajo y quiero celebrarlo porque me encanta la empresa con la que voy a trabajar —dije.

—Qué envidia. Saluda a Valentina de mi parte —dijo Finley.

Asentí. Nos despedimos con la mano y nos dirigimos hacia la pastelería Cove mientras Finley dejaba entrar a un cliente.

Estaba mucho más tranquila que la última vez que vi a McJenna allí con Xavier. Fuimos directamente al mostrador y saludamos a Harriett.

—¿Cómo estáis hoy, chicas? —preguntó Harriett alegremente.

—Estamos bien. ¿Y tú? —pregunté.

—Oh, voy tirando. ¿Qué os pongo?

—Un cupcake de masa de galleta para mí —dije—. ¿Y tú?

—¿Tenéis alguno de esos éclairs? —preguntó McJenna.

Harriett y yo nos reímos.

—Esos se agotaron enseguida. Estaban buenos, ¿verdad? —preguntó Harriett.

—Buenísimos.

—Déjame ver qué tiene Valentina en la trastienda. Quizás tenga algo especial para ti. —Harriett se levantó para ir a la parte de atrás, pero no llegó muy lejos antes de que Valentina se abriera paso a través de las puertas con una bandeja en las manos.

—Te dije que me llamaras si necesitabas algo —reprendió Valentina a su jefa—. —Necesitas descansar esa rodilla.

—Estoy bien. Se me queda rígida si me siento demasiado tiempo.

—El médico dijo que no la forzaras. Ahora, ¿para qué ibas a la parte trasera? —Valentina nos miró y sonrió—. —Hola, Karissa. ¿Qué tal estás?

—Bien, Valentina. ¿Recuerdas a McJenna? —dije.

—Es un placer verte de nuevo, McJenna. No pudimos hablar mucho antes. ¿Vas a ir al Instituto Cala MacKellar este otoño?

—Sí. Estaré en segundo curso.

—Mi hija mayor también estará en segundo. Se llama Bianca. Deberíais conoceros —dijo Valentina.

—No estaba segura de la edad de Bianca y Sam. McJenna no ha conocido a nadie. Se mudó aquí después de que comenzara el verano —le dije a Valentina.

McJenna miraba al suelo, probablemente deseando morirse de vergüenza.

—Y obviamente, está muy contenta de que te esté contando esto porque se siente tonta —dije.

Valentina se rió, con una risa ronca. —Lo entiendo. Mis hijas se morirían si hablara con alguien de su edad. ¿Qué te parece esto, McJenna? Bianca viene aquí conmigo los viernes por la mañana para trabajar. Todos los viernes está aquí hasta las once. ¿Por qué no pasas el viernes un poco antes de las once? Prepararemos un encuentro que nadie más sabrá para que tú y Bianca os conozcáis. ¿Te parece bien?

McJenna me miró y asintió. Luego miró a Valentina. —¿Estás segura?

Valentina sonrió. —Por supuesto.

—¿No se lo dirás?

—No a menos que quieras que lo haga. Quizás le diga que te conocí hoy, pero no que vas a estar aquí el viernes.

—Vale —dijo McJenna—. —Gracias.

Valentina le apretó la mano. —Es un placer, cariño. Ahora, ¿qué dulce esperas que tenga en la trastienda? He oído a Harriett decir que podría tener algo especial allí atrás.

McJenna me miró.

—Esperaba un éclair —susurré.

—Oh, una chica de mi mismo gusto —dijo Valentina. —Creo que tengo uno o dos por ahí. Pero no puedes decirle a nadie de dónde los has sacado o me meteré en problemas. Estoy probando algunos sabores. ¿Fresa, chocolate o limón?

—Ya probé el de chocolate, así que fresa —dijo McJenna, con una sonrisa amplia y brillante.

—Marchando —dijo Valentina. Regresó un minuto después con un éclair en un plato para McJenna. Se lo entregó y dijo: —Te veré el viernes. Tendré algunas cosas nuevas para que pruebes. Si estás dispuesta a ser mi catadora.

—Eh, ¿y por qué a mí no me haces esa oferta? —pregunté.

—Porque a ti te gusta todo —me dijo Valentina.

Asentí. —Es verdad.

McJenna inhaló el dulce aroma del éclair y asintió a Valentina. —Seré tu catadora.

Sonreí. Aquello era una expresión mucho mejor que la que tenía cuando la encontré. Y el viernes sería aún mejor.

10

Me sumergí en el trabajo durante los dos días siguientes. Terminé el proyecto en el que había estado trabajando y lo entregué a la empresa una semana antes de la fecha límite. Estaban tan contentos con el resultado que me dieron una bonificación por completar todo lo que me habían pedido antes de lo previsto y dentro del presupuesto.

En cuanto terminé, me dediqué a mi propuesta para Bex. Había tenido ideas surgiendo desde que hablamos, pero sabía que necesitaba terminar mi otro proyecto antes de poder sumergirme realmente en el suyo.

A mediados del viernes por la mañana, me moría por un descanso. Y llegó justo a tiempo para la reunión previamente concertada de McJenna con Bianca. Yo era su excusa para estar allí, lo que significaba que tenía que ponerme en marcha.

Estaba vestida pero aún no me había ocupado del maquillaje, ni decidido si quería hacerlo, cuando mi teléfono sonó con una alerta de Book Boyfriends Wanted.

NOVATO

Si tuvieras un superpoder, ¿cuál sería?

Me reí a carcajadas con la pregunta. Me había estado haciendo todo tipo de preguntas extrañas, intentando conocerme. Era divertido y esclarecedor.

REINA

Me encantaría ser invisible.

NOVATO

¿En serio? ¿Por qué?

REINA

Así podría esconderme de la gente y hacer lo que quiera sin que nadie me pida nada.

NOVATO

¡JAJAJA! Estaba pensando que era para poder espiar a la gente sin que supieran que estabas ahí. Por eso me gustaría tenerlo.

REINA

¿A quién espiarías?

NOVATO

A mi hija, para empezar. Siempre me pregunto qué estará pensando y nunca siento que lo sé.

REINA

Eso debe ser difícil. Yo era muy cercana a mi madre durante mi infancia y se lo contaba todo, pero mi padre siempre estaba en la sombra. Teníamos buena relación, pero era diferente.

NOVATO

Soy todo lo que ella tiene, pero nunca siento que sea suficiente.

Me recordó a Xavier y McJenna. Padre e hija solos contra el mundo.

NOVATO

Pero estoy haciendo lo mejor que puedo.

REINA

Y estoy segura de que ella lo sabe. ¿Cuál sería tu superpoder?

NOVATO

Leer mentes. Definitivamente. Así no tendría que preguntarme qué ocurría con ella. O con cualquier otra persona.

REINA

No está mal. A menos que descubrieras algo malo. Como que tu jefe te odia o que tu novia te estaba engañando.

NOVATO

Preferiría saberlo. La vida es demasiado corta para la deshonestidad.

Estaba completamente de acuerdo con esa afirmación.

REINA

Lo siento, pero tengo que irme. He quedado con un amigo. ¿Hablamos luego?

NOVATO

Lo estoy deseando.

Guardé el móvil y salí corriendo de mi piso. Ya no había tiempo para maquillaje si quería llegar puntual. McJenna me había enviado un mensaje de que estaba en la tienda de Finley. Me apresuré calle abajo, cruzando los dedos para que no llegáramos tarde a Cove Bakery.

—Vámonos —dije, saludándola con la mano cuando me acerqué.

Estaba de pie fuera de la puerta, mirando a ambos lados

esperándome. Abrió la puerta y le gritó algo a Finley, luego se apresuró hacia mí. —Pensé que no vendrías.

Negué con la cabeza. —Nunca te haría eso. Me enredé con el trabajo y no me di cuenta de la hora. Lo siento. Pero todavía vamos bien. Tenemos tiempo de sobra.

McJenna no parecía convencida, pero Cove Bakery estaba casi vacío cuando llegamos.

Ambas pedimos croissants de chocolate y pagamos nuestros caprichos. Ocupamos una mesa mientras Harriett fue a la parte trasera para buscar a Valentina.

Estábamos a mitad de nuestros croissants de chocolate cuando Valentina y Bianca se acercaron. Bianca se parecía mucho a su madre, con piel morena y pelo ondulado. También tenía la misma sonrisa y los mismos ojos marrones.

—Hola —dijo Valentina—. Me alegro de veros de nuevo. He oído que mis catadoras estaban aquí.

McJenna se quedó callada inmediatamente, con los labios curvados en una sonrisa tensa mientras su mirada iba de Valentina a Bianca.

—Estamos listas —dije—. Necesitábamos algo dulce hoy. McJenna ha estado en casa de Finley esta mañana mientras yo terminaba algo de trabajo.

—¿Conoces a Finley Jameson? —dijo Bianca.

McJenna asintió. —Se va a casar con mi tío Trent.

—Eso es genial. Me encanta su tienda. Estoy obsesionada con la lectura, y tiene tantas cosas bonitas allí. Ah, por cierto, soy Bianca.

—McJenna. Encantada de conocerte.

—Igualmente. ¿Estás de visita por el verano?

McJenna negó con la cabeza. —No, me he mudado aquí después de terminar el curso. El año que viene estaré en segundo de secundaria.

—¡Qué bien! Yo también. Deberíamos quedar. ¿Me puedes dar tu número? Si a tu madre le parece bien.

Negué con la cabeza. —No soy su madre, pero estoy segura de que a su padre le parecerá bien. Conozco a tu madre. Él también ha venido por aquí. Es imposible resistirse a venir aquí.

Bianca gimió. —Ya lo sé, ¿verdad? Todas mis amigas quieren trabajar aquí cuando sean mayores, pero no saben lo difícil que es estar aquí y no comerse todo. Creo que he engordado cinco kilos desde que empezó el verano.

McJenna se rió. —A mí me ha pasado lo mismo, pero es solo por estar sentada todo el rato.

—Tienes que salir con nosotras. Mamá, ¿puede venir McJenna a casa este fin de semana? —Bianca dirigió una mirada suplicante a su madre.

Valentina simplemente se rio. —No tengo ningún problema con eso. Creo que tu padre estará fuera de la ciudad, pero no pasa nada. ¿Por qué no dejas que McJenna le pregunte a su padre?

—Sí, ¿quieres venir? En realidad termino de trabajar aquí en un ratito. ¿Quieres pasar la tarde conmigo? Podemos ir a comer algo y dar un paseo. Algunos de mis amigos van a estar en el parque más tarde. Si te apetece.

McJenna sonrió y asintió. —Sí, sería genial. Gracias.

—¡Yuju! Estoy emocionada.

—Primero, tienes que terminar de limpiar —dijo Valentina, con voz firme pero no severa—. Y estas dos necesitan terminar sus dulces. Son bocados de s'mores. Base de galleta graham, nubes y chocolate. En forma de galleta. Hasta ahora he recibido buenas críticas, pero vosotras dos me diréis si son lo suficientemente buenos para venderlos.

McJenna cogió uno y se lo llevó a los labios. Le dio un mordisco y gimió. —¡Madre mía! —Lo apartó, y el chocolate y la nube pegajosa dejaron un hilo entre su boca y el dulce. Se lo volvió a llevar a los labios para darle otro mordisco—. Está buenííísimo.

Valentina soltó una risita. —Eso es un sí. ¿Karissa?

Cogí el otro y le di un mordisco. La dulzura de la nube y el amargor del chocolate combinaban perfectamente. La galleta graham tenía justo la resistencia suficiente para mantener todo unido, pero no tanta como para que se escurriera como un s'more normal. El centro blando y pegajoso era perfecto, como una galleta ligeramente poco hecha pero crujiente por fuera.

—Vaya —dije—. Es perfecto.

—¿De verdad? —preguntó Valentina.

—Te dije que estaba buenísimo, mamá. Papá no sabe de lo que habla —dijo Bianca.

La sonrisa de Valentina se apagó ligeramente. Sus ojos perdieron ese brillo de entusiasmo. Se recuperó, volviendo a sonreír, pero sus ojos decían que las palabras de Bianca le habían dolido. No por Bianca, sino por su marido.

—Cualquiera que diga que esto no es increíble está equivocado —dijo McJenna, metiéndose el resto en la boca—. Está buenísimo.

—Estoy de acuerdo. Estas se venderían muchísimo, le dije a Valentina.

Sonrió con más intensidad, iluminándosele los ojos de nuevo. —Gracias a las dos. Creo que tendrán que ir al menú con semejantes elogios.

—Sin duda.

—Os dejaremos terminar, y luego podéis ir a dar una vuelta, dijo Valentina. —Gracias por venir.

Valentina nos guiñó un ojo y empujó a Bianca de vuelta a la cocina, ambas sonriendo.

—Es muy simpática, dijo McJenna. —¿Crees que le caeré bien?

—Creo que ya le caes bien, le dije. —Parece que le gusta leer tanto como a ti.

McJenna sonrió. —Eso es bueno. La mayoría de mis otras amigas pensaban que era una empollona por leer.

—Ser empollona no es lo peor del mundo. Pero que alguien te quiera por quien eres es lo mejor del mundo.

McJenna sonrió ampliamente. Tenía la sensación de que no había mucha gente que creyera en ella. Estaba segura de que Xavier lo hacía, y Trent también, pero aparte de ellos, intuía que nunca le habían dicho lo inteligente y capaz que era. Podía hacer cualquier cosa que se propusiera. No tenía ninguna duda de eso.

Terminamos nuestros dulces y luego Bianca volvió a salir sin el delantal. Le preguntó a McJenna si estaba lista para irse, y se marcharon.

Valentina salió un minuto después y se sentó conmigo. —Gracias por traerla aquí. Creo que han conectado.

—Yo también lo creo. Gracias. Está muy ilusionada.

—Bianca también. Le encanta hacer nuevas amigas.

—Bien. McJenna realmente necesita a alguien que sea su amiga. Ha tenido un verano aburrido.

Valentina se rio. —Pues ya no más con Bianca cerca. Esa niña no puede quedarse quieta más de unos minutos. Hará que McJenna eche de menos su tranquilidad.

Me reí. —No estoy tan segura. Podrían ser una gran pareja.

—Eso espero. Parece una buena chica. Y su padre es bastante atractivo.

—Oh, no. No empieces con eso.

—¿Empezar qué? Intentó hacerse la inocente, pero no me engañaba.

—Voy a darte las gracias y me marcho antes de meterme en líos contigo. ¡Adiós, Valentina!

—¡Adiós, Karissa! ¡Hasta pronto!

Me reí y salí, buscando a las chicas. Estaban en la acera,

hablando animadamente, ambas con grandes sonrisas en sus caras. Eso era bueno de ver.

McJENNA ME ENVIÓ un mensaje más tarde ese día, agradeciéndome por ir con ella a conocer a Bianca. Le dije que había sido un placer. Me alegraba que por fin se sintiera un poco más como en casa en Cala MacKellar.

Mi padre también te da las gracias.

Dile a tu padre que no hay de qué.

Quizás podría invitarte a cenar para agradecértelo.

¿Eso lo pregunta tu padre o tú, McJenna?

¿Importa acaso?

Buenas noches, McJenna. Hablamos más tarde.

Odiaba admitir que la idea de salir con Xavier tenía cierto atractivo. No quería seguir sintiendo atracción por él, ni seguir enamorada de él, pero últimamente me costaba mantenerme enfadada.

Finley hablaba de Xavier en cada oportunidad que tenía. No creo que lo hiciera a propósito, pero siempre me estaba contando algo increíble que él hacía. Como padre, como persona, como amigo o en el trabajo. Realmente no quería escucharlo, pero me lo contaba de todos modos.

Para ser justa, también presumía de Trent y de lo buen padre que era, pero parecía haber muchos más momentos en los que Xavier era la estrella que Trent. O quizás me estaba imaginando cosas.

Pensé en contactar con Finley para ver qué hacía durante el fin de semana, pero resistí el impulso. Tenía que acostumbrarme a estar sola, y necesitaba empezar ahora.

El viernes por la noche fue tranquilo para mí, una película y a la cama temprano. El sábado salí a dar un paseo temprano para estar al aire libre y disfrutar del aire fresco. Me di el capricho de desayunar en Cove Bakery y volví a casa mientras me comía mi croissant y un muffin de arándanos.

Trabajé un poco en la propuesta para Bex y luego me acomodé para el resto del día. Estaba contenta de no tener que salir de casa otra vez.

No había decidido si quedarme en mi apartamento o si mudarme. Los alquileres en la zona eran difíciles de encontrar al ser un pueblo pequeño, pero normalmente había casas en venta. Había mirado algunas veces a lo largo de los años, pero nunca lo había considerado seriamente. A medida que los cuarenta se acercaban cada vez más, sabía que quería algo sobre lo que tuviera control. Un lugar donde supiera quién estaba allí y quién no. Mis vecinos no eran malos, pero tampoco eran todos geniales. Como el tipo de la planta baja que no siempre pensaba que necesitaba llevar zapatos para recoger su correo. O ducharse. O la mujer del último piso a la que le gustaba gritar por teléfono, con el altavoz puesto, cuando subía y bajaba las escaleras.

Pasé aproximadamente una hora mirando posibilidades, pero sin enamorarme de ninguna. Ni siquiera me gustaban más que donde estaba. El gasto adicional de impuestos, mantener el exterior y tener que ocuparme de todo era intimidante. Quería más, pero no estaba segura de estar realmente preparada para ello.

Dejé el ordenador a un lado y encendí Netflix. Había una película que quería ver, y era una buena noche para ello.

La película iba por la mitad, y no era tan buena como esperaba, cuando sonó mi teléfono.

NOVATO

¿Qué es lo que más valoras en la vida?

REINA

La honestidad. Sin duda.

NOVATO

Esa es buena.

REINA

¿Y tú?

NOVATO

El amor. Y la familia. Pero para mí van juntos.
Amo a mi familia.

REINA

¿Tenéis una relación cercana?

NOVATO

Con mis padres, no. No hemos estado en
contacto desde que nació mi hija. Pero tengo
un amigo que es como un hermano para mí,
y haría cualquier cosa por él.

En serio, cuanto más hablaba Novato, más pensaba que podría ser Xavier.

La tentación de comprobarlo era fuerte. Podría tener la respuesta en pocos minutos. Sabría todo sobre él, hasta su dirección IP.

Pero les prometí a mis amigas que no lo haría. Por ellas. Pero por mí...

No, no podía. No quería hacerlo. En realidad no. Si fuera Xavier, cambiaría todo. Pero si no lo era, estaría violando la privacidad de un tipo perfectamente agradable. Un tipo con el que realmente disfrutaba hablando.

NOVATO

¿Tienes una relación cercana con tu familia?

REINA

Ambos padres han fallecido. Sin hermanos.

Por alguna razón, no quería contarle sobre Eddie. Aunque Eddie era mi padrastro y le adoraba, sentía que estaría revelando información que le permitiría descubrir quién era yo.

NOVATO

Lo siento. Eso es duro.

REINA

No más que tú sin contacto con los tuyos.
Los míos no tuvieron elección. Parece que
los tuyos son simplemente gente de mierda.

NOVATO

¡JAJAJA! Dices las cosas como son. No
puedo decir que no esté de acuerdo.

REINA

Endulzar las cosas solo es bueno si es
azúcar de verdad y está cubriendo algo
como chocolate.

NOVATO

Entonces, ¿supongo que tienes un dulce
diente?

REINA

No. Tengo dulces dientes. ¡Todos ellos!

NOVATO

Tengo una niña que es igual. Apenas puedo
sacarla de una pastelería.

REINA

Una chica según mi corazón.

NOVATO

¿Qué es algo que siempre has querido hacer
pero nunca hiciste?

REINA

Eso es difícil sin ponerse demasiado
personal. ¿Estás seguro de que quieres
saberlo?

NOVATO

Quiero saber cualquier cosa que quieras
contarme.

Sonreí ante su respuesta. Era algo muy típico de Xavier. Podría equivocarme, pero una parte de mí realmente esperaba que fuera él quien estuviera al otro lado del teléfono, enviándome mensajes.

Decidí buscar nuevas conexiones porque estaba decidida a olvidarme de él y seguir adelante. Pensé que eso era lo mejor para mí. Pero cada vez que me daba la vuelta, allí estaba él. Me estaba castigando por amarle al no permitirme amarle.

Quizás el chico con el que estaba chateando no era Xavier. Quizás era otra persona. Al final del día, no importaba porque yo quería que fuera él. Lo que me indicaba que necesitaba empezar a pensar seriamente en darle otra oportunidad. En darnos otra oportunidad.

REINA

Siempre he querido tener una familia. Un
marido, hijos, una casa con jardín donde
poder invitar a amigos y familiares y disfrutar
juntos de la vida.

NOVATO

¿Y crees que es demasiado tarde para
todo eso?

REINA

En parte. No estoy segura de querer tener un bebé a mi edad. Y no, no te voy a decir cuántos años tengo. El marido y la casa siguen siendo cosas que me encantaría tener, pero también tengo mis costumbres muy arraigadas. Tendría que encontrar a alguien dispuesto a descubrir cómo encajamos en la vida del otro.

NOVATO

Yo también lucho con eso. Encontrar a alguien que no quiera cambiarlo todo, especialmente con mi hija. Ella es lo primero para mí, siempre lo será. Es difícil pensar en cambiar eso.

REINA

No deberías tener que hacerlo. La persona adecuada sabrá que tu hija es tu prioridad.

NOVATO

Te sorprendería cuántas mujeres no estarían de acuerdo con esa afirmación.

REINA

¿Cuál ha sido la peor cita que has tenido?

NOVATO

Vaya, ¿estás lista para esta historia?

Me acomodé y me reí mientras me contaba sobre una mujer que quería enviar a su hija a un internado después de su primera cita. Luego otra que se negaba a reconocer a la niña en absoluto. Y una tercera que decidió que ambos eran demasiado trabajo antes incluso de que empezara la cita.

Empezaba a entender sus preocupaciones.

Hablamos durante horas, compartiendo historias de relaciones y citas fallidas, los sueños que abandonamos en algún momento del camino, y cómo esperábamos que fueran nuestros futuros.

Cuando me quedé dormida a primera hora de la mañana, con el móvil todavía en la mano, realmente quería saber quién era él. Y si quizás por fin había encontrado la magia.

XAVIER

—Lo único que digo es que ninguno de nosotros estaríamos aquí sin Karissa —dijo Trent, alzando su copa.

El resto le imitamos, incluso McJenna con su refresco. Finley y Trent estaban sentados a un lado de la mesa cuadrada. Blake e Ian se situaban junto a Finley. McJenna y yo estábamos frente a ellos, con yo al lado de Trent. Karissa se sentó junto a McJenna con Hudson en el mismo lado que ella. Karissa y McJenna definitivamente habían establecido un vínculo desde que Karissa presentó a J a Bianca el día anterior y mi pequeña tenía una amiga en la ciudad. Éramos como una gran familia feliz, más o menos.

—Por Karissa —dijimos todos a la vez, lo que nos hizo reír.

Acerqué el vaso a mis labios y bebí un sorbo de agua. Por el rabillo del ojo, vi cómo Karissa intentaba no sonreír. Tenía todos los motivos para estar orgullosa del trabajo que había hecho para crear su aplicación. Definitivamente estaba hecha con algún tipo de magia, ya que nos volvió a unir a ella y a mí.

Bueno, estaba bastante seguro. En realidad no había recibido confirmación, pero era difícil imaginar que ella no fuera Reina.

—Gracias a todos por estar aquí esta noche —dijo Trent, captando de nuevo la atención de todos—. Finley y yo queremos una boda que realmente se sienta como nosotros. Queremos que George participe de alguna manera, y queremos que todos vosotros forméis parte de ella. Espero que estéis dispuestos a ayudarnos.

—Por supuesto —dijo Blake en nombre del grupo. Se inclinó y apretó la mano de Finley—. Haremos cualquier cosa para que sea un día perfecto.

—Gracias —dijo Finley.

Trent le sonrió, todo en él transmitía lo feliz que estaba. Nunca le había visto tan relajado con otras personas que no fueran J y yo. Normalmente mantenía la guardia alta, preguntándose qué querría la gente de él, pero con este pequeño grupo de familiares y amigos de Finley, Trent era el tipo que yo conocía. Ella le veía, realmente le veía, y él se lo permitía.

Mientras les observaba, decidí que quería hacer algo especial para ellos. Claro, yo era el padrino de Trent, lo que significaba que tendría un papel en la boda, pero quería algo que demostrara lo mucho que ambos significaban para mí. El único problema era que no tenía ni idea de qué podría ser.

—Parece que todos nuestros amigos se están casando —dijo Karissa.

—Y todos tenemos que agradecerte a ti y a Book Boyfriends Wanted por ello —dijo Finley.

—Esa es la magia de mamá —dijo Karissa.

—¿Mamá? —preguntó McJenna.

—Mi madre era increíble conectando a la gente. Nos unió a todos —Karissa señaló a Blake y Finley—. Soy mayor que ellas, así que no nos conocíamos de pequeñas, pero mi madre trabajaba con Blake, y Blake y Finley crecieron juntas. Ella nos presentó a todas. Y empujó a Ian para que por fin le confesara a Blake que estaba enamorado de ella.

—¿En serio? —pregunté. Mirándolos a los dos, no podía imaginar a Blake e Ian no estando juntos. La forma en que hablaban y se respondían, era como si pudieran leerse la mente.

—Sí —respondió Ian—. Ella estaba saliendo con otro durante mucho tiempo, y yo solo estaba tonteando... esto... haciendo el idiota. La última vez que visité Georgia, me dijo que más me valía confesarle mis sentimientos a Blake o que necesitaba pasar página.

—Eso requiere valor —dije.

Karissa negó con la cabeza. —Así era mamá. Veía cosas que los demás no podíamos ver. Después de la universidad, me dijo...

Karissa agachó la cabeza, la sonrisa en su rostro desvaneciéndose. Me dijo todo lo que necesitaba saber sobre lo que su madre opinaba de mí. Que yo no valía la pena y que necesitaba encontrar a alguien más. Y tenía razón. Karissa merecía algo mejor que yo. Pero las cosas habían cambiado. Yo había cambiado. Ya no era ese hombre. Y se lo iba a demostrar.

—¿Qué te dijo? —preguntó McJenna, sin percatarse de la tensión alrededor de la mesa.

—Em, J, quizás podamos hablar de eso más tarde —dijo Finley en voz baja, tratando de suavizar la situación.

—Está bien —dije—. Karissa puede decirlo. No es ningún secreto que yo no era quien ella necesitaba en su vida en aquel entonces.

—¿Y ahora sí lo eres? —preguntó Ian.

Me volví para mirarlo. Solo nos habíamos visto unas pocas veces, pero tenía la sensación de que Ian era el tipo de persona que apreciaba la honestidad. Aunque fuera demasiado cobarde para mostrársela a Blake cuando suspiraba por ella.

—Creo que nunca seré lo suficientemente bueno para Karissa. Es una mujer increíble. Es inteligente, creativa, apasionada y deslumbrante. No tengo mucho que ofrecerle a ella o a cualquier otra mujer. Pero si soy o no alguien que ella necesita en su vida es una decisión que debe tomar ella. Ni yo, ni tú, ni nadie más. Mi intuición me dice que Karissa no necesita a nadie en su vida, pero querer algo y necesitar algo no son la misma cosa. —Di un sorbo a mi agua y mantuve la mirada fija en la de Ian.

Alzó las cejas y asintió en señal de aprobación por mi respuesta.

—Mi madre me dijo que Xavier podría ser alguien destinado a estar en mi vida solo por un breve período de tiempo, o que quizás nos encontraríamos de nuevo algún día. Me dijo que solo yo sabría si era correcto alejarme más de una vez, pero que siempre debería estar abierta al amor en cualquier forma que llegara —dijo Karissa, rompiendo el silencio.

Todos guardamos silencio mientras la mirábamos. Karissa forzó una sonrisa, desviando la mirada del resto.

—¿Estás abierta a amar a mi padre otra vez? —preguntó McJenna.

Los ojos de Karissa se abrieron de par en par antes de que yo desviara la atención hacia mí.

—Creo que ya la hemos acribillado bastante por esta noche. Finley, cuéntanos qué planes tienes para la boda —dije.

Finley se aferró al cambio de tema y se lanzó a explicar. Los demás la siguieron, haciendo preguntas y manteniendo la atención en la boda en lugar de en Karissa.

Cuando terminamos de comer y recogimos la mesa, Blake e Ian se excusaron para marcharse. Hudson no tardó en seguirlos, alegando que necesitaba comprobar cómo iba el bar. McJenna subió a su habitación, probablemente para enviar mensajes a Bianca, dejándonos a Finley, Trent, George, Karissa y a mí. No pasó mucho tiempo antes de que George empezara a quejarse.

—No te vayas todavía —le dijo Finley a Karissa mientras llevaba a George al interior. Trent iba justo detrás de ella, relevándose con el bebé lloroso.

—Lo siento por lo que te ha preguntado McJenna —le dije a Karissa cuando nos quedamos solos.

—No pasa nada.

Negué con la cabeza. —Sí que pasa. No debería haberte puesto en un compromiso. Yo tampoco debería haberlo hecho. Tenías todo el derecho a no contar lo que te dijo tu madre. Es solo que me dio la sensación de que no lo habrías dudado ni un segundo si yo no hubiera estado aquí.

Se volvió para mirarme y estudió mi rostro durante un largo minuto. —No lo habría pensado dos veces. Y hay una parte de mí que no tiene problema con que sepas lo que dijo. Pero no soy la misma persona que era entonces. Soy mucho más desengañada y cínica de lo que solía ser. Apenas teníamos edad para beber, y estábamos haciendo planes para un futuro que nunca debía ser. Esa chica ingenua ya no existe. Ha perdido a sus padres y al amor de su vida y ha madurado.

—¿Yo era el amor de tu vida? —pregunté, con el corazón acelerado mientras mi respiración se detenía por completo.

Ella miró hacia el agua, con la vista fija más allá de mí. Esperé, necesitando la respuesta. Finalmente, asintió. —Creía que lo eras.

—¿Pero ya no lo crees?

—No sé si puedo perdonarte. Si puedo superar lo que pasó. No es que lo que hiciste fuera horrible, pero fue muy difícil aceptar que estabas planeando un futuro sin mí cuando yo pensaba que estábamos planeando un futuro juntos. Hay una parte de mí que quiere estar abierta al amor como mi madre siempre me dijo, pero he perdido a demasiadas personas. No estoy segura de que vaya a poder confiar en ti de nuevo.

—¿Y si empezamos con algo pequeño?

—¿Como qué?

—Quiero hacer algo por Trent y Finley. Por su boda. Aún no sé qué, pero algo que les demuestre lo mucho que significan para mí. ¿Estarías dispuesta a ayudarme a decidir qué hacer? ¿O qué regalar si me decido por eso?

Se tomó un largo momento para considerar mi pregunta. —Sí, te ayudaré.

Exhalé un suspiro que no sabía que estaba conteniendo. —Gracias. Y quizás podamos trabajar en reconstruir esa confianza y conocernos de nuevo. ¿Qué dices?

—Puedo intentarlo.

Sonreí ampliamente, sin poder contenerme.

Ella se rio, sonriendo conmigo. —Para ya.

—No puedo evitarlo. Estoy feliz de que estés dispuesta a intentarlo. ¿Qué tal una cena? ¿El martes por la noche?

—Acabamos de acordar ser amigos.

—Sí, y para conocernos de nuevo. Si vas a ayudarme, supongo que también necesitaremos reunirnos en algún lugar que no sea donde viven Trent y Finley para hablar. Entonces, ¿cenamos?

Ella soltó otra risa y asintió. —Vale. Cenemos.

—Perfecto. Pasaré a recogerte a las siete.

Ella arqueó las cejas. —Puedo ir a cenar por mi cuenta.

Me encogí de hombros. —Lo sé, pero quiero recogerte. Ver dónde vives. Echar un pequeño vistazo a quién eres ahora.

—¿Crees que te voy a mostrar eso después de una sola cita?

—¿Ah, así que ahora es una cita?

Ella se rio otra vez y negó con la cabeza. —Voy a dejar de hablar.

Sonreí y me recliné en mi asiento. Tenía una cita. Con mi Reina.

APENAS PODÍA CONTENERME de contar a todos los que conocía sobre mi cita con Karissa. Tuve la sensación de que ella no quería que nadie se enterara cuando Finley y Trent regresaron y ella se excusó para marcharse de inmediato. Trent me preguntó qué le había dicho, pero le contesté que habíamos tenido una buena conversación y lo dejé ahí.

Esperar a nuestra cita fue doloroso, pero lo hicieron más llevadero nuestros chats en línea. Especialmente el de la noche anterior a nuestra cita.

REINA

¿Crees en las segundas oportunidades?

NOVATO

Absolutamente.

REINA

¿Por qué? Si alguien te hizo daño, ¿por qué le darías otra oportunidad?

NOVATO

Las cosas cambian. No confiaría ciegamente, pero me resultaría difícil rechazar de plano a alguien que me importa.

REINA

¿Hay alguna situación en la que lo harías?

Contuve la respiración cuando leí esa línea. Sentí como si ella quisiera rechazarme pero estuviera dudando.

NOVATO

En mi caso, no. Si alguien volviera a mi vida
y quisiera reconciliarse, iría despacio, pero
no diría que no. Necesitaría un motivo para
decir que no.

REINA

¿Y si hubiera alguien en tu vida que no
confiara en esa persona?

Pensé en J y Denise. La única razón para dejar que Denise volviera a mi vida sería darle una oportunidad de tener una relación con J, pero nunca obligaría a mi hija a tener una relación con la madre que la abandonó a la primera de cambio.

NOVATO

Dependería. Si confiara en esta otra persona,
esperaría que pudiera ser honesta conmigo
sobre sus razones. Pero no elegiría a alguien
que me hizo daño por encima de alguien que
no lo hizo.

REINA

El amor nos hace hacer locuras.

NOVATO

Siempre.

No podía evitar preguntarme si Karissa estaba preguntando sobre nosotros. Si estaba pensando en darme otra oportunidad, una oportunidad real.

Cada vez que la veía, actuaba más y más como la mujer que solía conocer. Me encantaba ver cómo eso surgía en ella. Verla ser fiel a sí misma en lugar de ocultar quién era.

La honestidad siempre fue importante para Karissa, por eso mi decisión de aceptar el trabajo y dejarla fue tan mala. Era la decisión correcta en ese momento, pero debería haber sido sincero con ella desde el principio sobre mi búsqueda de trabajo fuera de la zona. El hecho de que ahora estuviera hablando conmigo sobre ello y dispuesta a intentar empezar de nuevo me hacía sentir que las cosas estaban cambiando. Dios, esperaba que así fuera.

Tal vez necesitaba pedirle a su madre un poco de ayuda mágica en esa área.

Cuando finalmente llegó el momento de recoger a Karissa para nuestra cita, ella estaba de pie en la acera frente a su apartamento. Se acercó a mi coche y entró antes de que pudiera salir y abrirle la puerta.

—Iba a hacer eso.

—Sí, pero entonces todos en el pueblo nos verían juntos y sabrían que estamos saliendo.

—Y no quieres que nadie lo sepa. No estaba enfadado, ni dolido, no realmente. Ella tenía sus razones, y yo estaba invadiendo su espacio seguro. No me importaba actuar con cautela.

—No es eso. No del todo. He pasado años deseando que las cosas hubieran sido diferentes entre nosotros. Que estés aquí ha sido difícil de maneras que nunca imaginé porque somos diferentes. Si te hubieras mudado aquí después de un año, o incluso dos, probablemente te habría perdonado y olvidado y habría construido una vida contigo. Pero no lo hiciste. Y ha pasado mucho tiempo. Y todavía hay una parte de mí que quiere perdonar y olvidar, pero hay una parte más ruidosa que quiere hacerte sufrir.

Una carcajada se me escapó.

Karissa suspiró. —Ya lo sé. Es una locura, pero...

Puse mi mano sobre la suya. —No. No es una locura. Tú eras mi mundo. Estaba dispuesto a hacer cualquier cosa por ti. Planeaba mudarme aquí e iba a renunciar a mi sueño de ser productor de televisión, pero ese trabajo... Me dije a mí mismo que podía aceptar el trabajo y tenerte a ti. Que me elegirías de la misma manera que yo estaba dispuesto a elegirte. Cuando te enfadaste, no quise hablar del tema. Decidí que lo nuestro era unilateral porque no estabas dispuesta a renunciar a nuestros planes por mí, de la forma en que yo siempre decía que renunciaría a mis planes por ti.

—Pensaba que nuestros planes eran tus planes —dijo ella suavemente.

—Lo sé. Te quería demasiado para decirte lo contrario. Éramos jóvenes y no quería agitar las aguas. Creía que podría hacer que todo funcionara, encontrar alguna solución, pero no pude encontrar nada hasta que busqué más lejos. Y no pude ver más allá de lo que yo quería después de haberlo dejado de lado durante tanto tiempo. Arruiné lo nuestro y lo siento muchísimo, Karissa.

Ella negó con la cabeza. —Parece que ambos lo hicimos.

Mi mano seguía sobre la suya, y ella puso su otra mano sobre la mía, entrelazando nuestros dedos. Sonreí y la mantuve agarrada mientras conducía hacia el sur, a un restaurante fuera del pueblo para que nadie nos viera juntos.

Hablamos sobre la boda y sobre Finley y Trent durante los veinte minutos de trayecto. Cuando llegamos al restaurante y nos sentamos, ella me miró y se mordió el labio inferior.

—Tengo algo que necesito decirte —dijo.

Intenté no entrar en pánico, pero esas eran palabras que ningún hombre quería oír. —Vale.

—Yo soy Reina.

—¿Perdona? —No estaba seguro si quería decir lo que yo creía o si se refería a otra cosa.

—Creo que estamos emparejados en mi aplicación. En Book Boyfriends Wanted. Mi nombre de usuario es Reina. Tú eres Novato, ¿verdad?

—¿Cómo demonios lo has descubierto?

Ella se rió. —No estaba completamente segura, pero mencionaste a una hija adolescente y sus dificultades para encontrar amigos. Esa fue mi primera pista. Estuve segura después de que habláramos sobre las segundas oportunidades la otra noche.

—Intentaba no darme a conocer —admití.

—¿Sabías quién era yo?

—Pensaba que eras tú. Finley dijo algo un día sobre que eras la reina de la aplicación. Creí que lo decía porque tú la diseñaste, pero luego estuvimos charlando y me pregunté si me lo estaba diciendo por si nos emparejaban.

Karissa se rio suavemente. —Probablemente, conociéndola.

—¿Es por eso que empezaste a hablar más conmigo? ¿Por la aplicación?

Karissa dudó, luego asintió. —La aplicación es buena. Y si nos emparejaron después de todo este tiempo, quizás aún hay algo entre nosotros. Pensé que era mejor averiguarlo. Pero necesito que seas sincero conmigo.

—Lo seré. Te lo prometo.

—Sobre la madre de McJenna.

—¿Denise? ¿Qué pasa con ella?

—Si ella vuelve, no quiero estar en medio de un triángulo amoroso.

—¿Por qué te preocuparía eso?

—Tu mensaje de la otra noche. Dijiste que siempre le darías a alguien una segunda oportunidad. Si ella regresara...

—No. Eso es... no. Si ella volviera, nunca me interpondría para que tuviera una relación con J, pero ¿Denise y yo? Lo nuestro terminó hace mucho tiempo. Ella era... Estuve con ella porque no se parecía en nada a ti. Intentaba olvidarte. Pasar página. Cuando se quedó embarazada, me dije a mí mismo que era el Universo intentando que me comprometiera y no volviera contigo como había estado pensando. Creí que podía construir una vida con Denise. Me dije a mí mismo que la amaba, y sé que una parte de mí lo hacía, pero no era lo mismo que contigo. Cuando se fue, realmente no me importó. Estaba demasiado cansado para que me importara. Pero sabía que no podía presentarme aquí y pedir tu perdón con el bebé de otra mujer. Tenía que poner a McJenna primero.

—Y lo hiciste. Es una niña increíble. Inteligente, fuerte y tan amable.

—Gracias. Haría cualquier cosa por ella. Y ese cualquier cosa significó renunciar a la vida que quería. La vida a la que renuncié al no estar contigo.

—¿Qué quieres decir?

—Rechacé ascensos y oportunidades laborales que me habrían obligado a cambiar de horario o de ciudad a lo largo de los años. J no lo sabe. Quería que ella tuviera estabilidad. Que supiera que era lo más importante para mí. Hacer por ella lo que no pude hacer por ti.

Karissa puso su mano sobre la mía, y yo giré la mía para agarrar la suya. Sonrió. —Ella era por quien debías estar ahí. Yo tenía a mi madre. Y ahora también tengo a Eddie.

—¿Quién es Eddie?

Sonrió ampliamente. —Mi padrastro. Es increíble. Y va a hacerte pasar un interrogatorio de tercer grado.

—Puedo soportarlo. Lo que sea para demostrar que no soy el hombre que fui una vez. Por ti.

Karissa se rio. Dios, ese era un sonido hermoso. Me alegraba volver a escucharlo.

12

KARISSA

Saber que Xavier había descubierto quién era yo en la aplicación fue un alivio. Me preocupaba que se enfadara porque no se lo dije cuando lo averigüé. Y saber que no estaba interesado en una segunda oportunidad con la madre de McJenna hizo que fuera más fácil dejarle entrar en mi vida.

No es que estuviera lista para casarme con él y construir un futuro juntos, pero estaba dispuesta a averiguar si seguíamos siendo tan compatibles como antes.

Xavier y yo hablamos durante el resto de la cena, poniéndonos al día sobre nuestras vidas a lo largo de los años. Era extraño escuchar sobre él después de las historias que me había contado a mí misma sobre quién era. Me había imaginado una vida entera para él, un futuro feliz y lleno de todo lo que él siempre había deseado. Esa no era la realidad, y en lugar de sentirme reivindicada, me entristeció que estuviera en el mismo lugar que yo, deseando que las cosas hubieran sido diferentes.

—Nunca cambiaría el tener a J —dijo él—, pero definitivamente desearía haber tenido hijos con alguien que fuera una compañera de verdad. Trent es genial, pero solo podía contar con él hasta cierto punto.

—¿A qué te refieres? —pregunté.

Xavier se encogió de hombros. —Sexo.

Una carcajada se me escapó.

—Es verdad. Tener una hija y criarla nunca fue fácil. Trent hizo que todas las partes importantes fueran más sencillas porque estaba allí para compartir la crianza y ayudar con la disciplina y los deberes y cosas así, pero para mí fue solitario.

—¿No saliste con nadie?

Negó con la cabeza. —Estaba demasiado ocupado. Tomé la decisión de poner a J en primer lugar en todos los aspectos, y eso significó que no hubiera relaciones para mí.

—¿Ninguna? ¿En absoluto? ¿Desde su madre?

Xavier asintió. —Tuve algunas aventuras de una noche, y algunos coqueteos, pero nada que llegara a más.

—Excepto la que quería enviarla a un internado después de vuestra primera cita —dije.

Se rio. —Sí, ella fue quien me convenció de que ni siquiera podía arriesgarme a tener una cita. No estaba dispuesto a que otra persona pensara que debía estar por delante de mi hijo.

—Eso es admirable' —le dije. Realmente lo era. No muchos hombres sacrificarían su vida personal por su hijo. No mucha gente lo haría.

—No sé si es para tanto, pero fue la decisión correcta para mí. Tengo tendencia a lanzarme de cabeza. Si lo hubiera hecho y J hubiese salido herido en el proceso, nunca me lo habría perdonado. Era mejor no lanzarme en absoluto.

—Tiene sentido.

Dejé los cubiertos en el plato y lo aparté. La cena había sido increíble. Y la compañía aún mejor.

—¿Y tú? ¿Alguna relación en los últimos diecisiete años más o menos? —preguntó Xavier.

Negué con la cabeza.

—¿Ninguna? —Su voz y cejas levantadas indicaban que pensaba que estaba mintiendo.

—Nada serio. He tenido algunas citas, pero siempre que estábamos al borde de algo serio, nunca me sentía preparada para dar el salto.

—Siempre te gustó pensar bien las cosas. Y hacer las cosas a tu manera.

Me reí. Tenía razón. No había cambiado.

—Creo que por eso me enamoré tan profundamente de ti. Me hacías ver las cosas de manera diferente. Yo me lanzaba y luego descubría las cosas desde dentro, pero tú te mantenías al margen y comprendías antes de empezar.

—Tú me acelerabas.

—Y tú me frenabas.

Nos sonreímos mutuamente. Mi mente regresó a la primera noche que pasamos juntos. Llevábamos saliendo unos meses. Todas mis amigas estaban teniendo relaciones sexuales sin pensarlo dos veces, pero yo no estaba segura de que fuera lo correcto para mí. Fue la única vez en que Xavier no tuvo prisa. Nunca dijo nada al respecto. Me dejó tomar la decisión, y cuando le dije que quería, aun así fue despacio. Fue una noche que nunca olvidé.

—¿En qué estás pensando? —preguntó. Su voz se volvió más grave, el rumor vibrando a través de todo mi cuerpo. Incluso desde el otro lado de la mesa, lo sentía.

—En nuestra primera vez —confesé.

—Fue una noche especial.

Asentí.

—Supe que te amaba esa noche.

—¿Después de hacer el amor?

Sonrió y negó con la cabeza.—No. Antes. Estabas tan

asustada. No parabas de moverte nerviosamente toda la noche, y sabía que algo pasaba. Pensé que ibas a romper conmigo, y lo único en lo que podía pensar durante toda la noche era en cómo convencerte de que me dieras otra oportunidad. De que siguieras saliendo conmigo. Nunca me había sentido así antes, ni después, y supe que eso era amor para mí. No querer vivir sin tenerte en mi vida.

—Pero lo hiciste—dije. Las palabras salieron sin pensarlo, rompiendo el encanto de la conversación.—Lo siento. No debería haber dicho eso.

—Es la verdad. No vamos a escondernos de ella. Nunca lo hicimos, y si intentamos hacerlo ahora, acabaremos con lo que esto podría ser antes incluso de empezar.

Tomé aire y lo contuve. Tenía razón. No quería seguir echándoselo en cara, sin embargo. Eso tampoco lo haría más fácil.

—No es justo para ti. Ambos tomamos decisiones entonces que nos separaron. Ambos ocultamos cosas y dijimos cosas. Somos personas diferentes ahora. Y realmente quiero que empecemos de nuevo, tanto como podamos.

Asintió lentamente.—Me gustaría mucho eso.

Salimos del restaurante y decidimos dar un paseo por la ciudad. Era una noche preciosa, y no quería que la velada terminara todavía. Parecía que él pensaba lo mismo.

Xavier me cogió la mano, y luego preguntó si estaba bien.

—Sí—dije, sonriéndole.

Caminamos en silencio durante unos minutos. Entonces él dijo: —Háblame de tu madre. Siento no haber estado aquí para ti cuando falleció.

—Gracias. Fue duro verla sufrir, pero no duró mucho. Cuando se dio cuenta de que tenía cáncer de mama, ya estaba más allá del tratamiento. Solo duró unos meses. Y disfrutó de esos pocos meses.

—¿A qué se dedicaba?

Me reí. —De todo. Trabajó hasta que no pudo soportar las largas horas. Intentó trabajar a media jornada, pero no quería marcharse cuando terminaba su turno. Eddie y yo la convencimos para que dejara el trabajo y pudiera tener tiempo libre, pero simplemente decidió dedicarse a sus aficiones.

—¿Qué tipo de aficiones?

—Hacer de casamentera siempre fue una de sus aficiones, pero empezó a pintar e intentó escribir una novela romántica, y fue a un estudio para hacer cerámica.

—Vaya. Eso es impresionante.

—Era horrible, —dije, conteniendo apenas la risa.

—¿En cuál?

—¡En todas!

Xavier se rio a carcajadas conmigo. —No. Tenía que ser buena en algo.

—Para nada. Era malísima. Intentó una de esas clases de pintura donde te van guiando paso a paso. El instructor le preguntó si había seguido alguna de sus instrucciones.

—No puede ser.

—Pues sí que lo hizo. No tenía ojo para eso. Parecía que lo había hecho un niño pequeño.

—Vaya.

—Sí. La cerámica no era mejor. Si se hubiera conformado con un trozo de arcilla, podría haber dicho que era una roca, pero quería hacer algo. Me hizo una taza para mi escritorio. Para poner bolígrafos o lo que fuera. La cosa se tambalea. Ni siquiera estoy segura de lo que se suponía que era, pero tiene una cara. Y es de los colores más raros que hayas visto jamás. Debió de mezclarlos ella misma, pero todos parecen tonos de marrón.

—¿En serio?

—Oh, sí. Es como una caca hueca sobre mi escritorio. Dijo que era una pieza con mensaje, pero realmente no estoy segura de qué mensaje se supone que transmite.

Xavier negó con la cabeza y volvió a reírse. —Siempre sonó como alguien que habría sido muy divertida.

—Sí, lo era —dije en voz baja—. La echo de menos. Han pasado cuatro años desde su boda. Ella y Eddie se casaron en Hawái. Cuando se reencontraron, pensaron que tenían tiempo para estar juntos. Ninguno tenía prisa, pero cuando supieron lo del cáncer, quisieron casarse. Mamá siempre quiso conocer Hawái, así que la llevamos allí para su boda. Un amigo de un amigo de Laura vive allí y trabaja en una empresa de planificación de bodas. Él y su mujer renunciaron a su propia boda para que mamá y Eddie pudieran casarse. Sawyer y Kiana tendrán para siempre mi gratitud y mi corazón por eso.

—Es un recuerdo muy especial.

—Lo es. Laura, Finley, Blake, Elise e Ian vinieron conmigo. Todos los amigos de Laura también estaban allí. Y los amigos de Hawái. Acabó siendo algo grande, y perfecto para mamá. Estaba en su elemento, y adoraba Hawái. Cuando murió, me dijo que allí es donde pasaría la eternidad. En Hawái.

—¿Has vuelto desde la boda?

Negué con la cabeza. —Me encantaría, pero no me he tomado el tiempo.

—Deberíamos ir. Xavier aclaró su garganta. —Me refiero a que me encantaría ir si alguna vez quieres volver.

Solté una pequeña risa y sonreí. —Suena bien.

Permanecimos en silencio mientras seguíamos caminando. Hawái flotaba en mi mente. Mamá tenía razón. Era perfecto allí. Y si ella y Eddie pudieron reencontrarse y tener una segunda oportunidad, quizás Xavier y yo también podríamos.

Deambulamos un poco más y luego decidimos volver a casa. Xavier insistió en acompañarme hasta mi apartamento, cogiéndome de la mano mientras subíamos las escaleras. Cuando llegamos a la puerta, le pregunté si quería entrar.

—Por mucho que me encantaría ver el portalápices con forma de excremento, estoy intentando no apresurar las cosas. Quiero que sepas que estoy aquí, que voy en serio con esto y que estoy dispuesto a esperar a que me alcances. Así que, sí, me encantaría entrar, pero no voy a hacerlo. Esta noche no.

Me sentí un poco decepcionada, pero eso me hizo desearlo aún más. De nuevo, estaba pensando en mí.

—Pero espero poder conseguir un beso tuyo.

Asentí e incliné la cabeza hacia atrás para mirarlo mientras se acercaba.

Todo ocurrió a cámara lenta, como si el tiempo se detuviera para que el momento durara más. Me sostuvo la mandíbula con la mano, sus dedos rozando la sensible piel detrás de mi oreja. Respiré su aroma, el olor familiar del hombre que una vez conocí, trayéndome recuerdos olvidados. Se inclinó, deteniéndose cuando nuestros labios apenas estaban separados, dejándome a mí cerrar la distancia entre nosotros.

El primer roce de sus labios era tan familiar como su aroma, suave y firme y perfecto. Lamió la línea de mi boca, pidiendo más. Me abrí para él, saboreándolo.

Mis brazos rodearon su cintura, acercándolo más a mí. Se apoyó contra mí, presionando mi espalda contra la puerta mientras cubría mi cuerpo. Noté que se endurecía entre nosotros, pero mantuvo sus caderas alejadas de las mías. Me moría por llevarlo dentro conmigo y no dejar de besarlo nunca.

Justo cuando tuve ese pensamiento, él se apartó y puso algo de distancia entre nosotros.

—Voy a perder todo sentido del honor si no me detengo ahora.

Me reí. —Siento lo mismo.

—Entonces definitivamente es mejor que te dé las buenas noches y te agradezca por salir conmigo.

—Nunca hablamos sobre algo para Finley y Trent.

Sonrió y negó con la cabeza como si hubiera olvidado por completo el motivo de nuestra cena. —Supongo que tendremos que repetirlo entonces.

Mis labios se curvaron hacia arriba, y las mejillas me dolían de sonreír tanto. —Supongo que sí.

Me apretó la mano, luego me soltó y dio otro paso atrás. —Buenas noches, Karissa.

—Buenas noches, Xavier.

—Hablamos pronto, Reina.

Me reí mientras él saludaba con la mano y se alejaba.

Xavier Hogan había vuelto a mi vida. Quizás esta vez para quedarse.

TRES DÍAS DESPUÉS, seguía sonriendo cuando entré en O'Kelley's para mi comida semanal con Trinity. Ella estaba sentada en la barra, hablando con Hudson cuando llegué.

—¿Qué pasa con esa cara? —preguntó Hudson.

—Se llama sonrisa —dijo Trinity—. Tuvo una cita. Y por lo que veo, le fue muy bien.

—¿Cómo lo sabes?

Trinity resopló. —Por favor. Nada es secreto en este pueblo, especialmente cuando te estás besando fuera de tu apartamento y mi marido, el policía, pasa por allí.

—Maldita sea. Pero te encanta decir marido, ¿verdad?

Trinity sonrió, con una sonrisa tonta y atontada que se parecía a la mía. —Sí, me encanta.

—Oh, mierda. Me largo de aquí. No puedo soportar todo esto —dijo Hudson.

—Sabes que te encanta —le provocó Trinity—. Algún día tú también tendrás esa expresión en la cara. Eres un buen partido, Hudson, y cualquier mujer tendría suerte de tener toda tu atención.

La puerta principal se abrió y captó la mirada de Hudson. Frunció el ceño, haciéndome girar y soltar una risita cuando vi a Anna Charlotte entrando. Ella y Hudson mantenían una tregua tentativa desde que ella trabajaba para Finley y su hijo trabajaba para Hudson, y se veían con regularidad.

—Vengo a recoger nuestro pedido. Finley dijo que llamó hace veinte minutos y que debería estar listo —dijo Anna con muy poca emoción.

—Pensaba que vendría ella a buscarlo —dijo Hudson. Él sí mostraba emoción, y ninguna buena.

—Y me pidió a mí que lo hiciera. ¿Vas a dejarme tener nuestra comida? —preguntó Anna. Le sonrió dulcemente, una sonrisa que algunas personas verían como amable, pero yo sabía que era puro teatro.

Me caía bien Anna, y parecía ser la única persona en el pueblo que sacaba de quicio a Hudson regularmente. Él solía ser un tipo con un temperamento equilibrado, pero con Anna, su estado predeterminado era tenso y frustrado.

Hudson agarró la bolsa de comida y se la lanzó a Anna. —Aquí tienes.

—Muchísimas gracias. Estoy tan contenta de haber podido presenciar tu sonrisa hoy.

Hudson puso los ojos en blanco. Anna hizo lo mismo, giró sobre sus talones y se marchó, con la puerta cerrándose de golpe tras ella.

—Esa mujer me vuelve loco —murmuró Hudson.

—Vale, entonces —dijo Trinity—. ¿Podemos pedir algo para comer? ¿O deberíamos sentarnos a una mesa y esperar a que venga alguien?

—No, yo os tomaré el pedido. ¿Qué queréis las dos?

Trinity pidió una hamburguesa con queso frito, y yo pedí un sándwich de pollo con patatas fritas. Ambas pedimos agua y nos fuimos a un reservado para poder sentarnos y hablar mientras preparaban nuestra comida.

—¿Qué crees que pasa entre ellos? —preguntó Trinity.

—¿Entre Hudson y Anna? Nada. Creo que se sacan mutuamente de quicio.

—James y yo éramos iguales. Apenas podía soportar estar en la misma habitación que él antes de que empezáramos a acostarnos. Y después.

Solté un bufido. —Tú y James sois interesantes.

—¿Y tú y Xavier sois qué?

Me detuve con el vaso de agua a medio camino de mis labios. Dejé el vaso en la mesa. —No lo sé exactamente. Fue solo una cita, pero se sintió bien.

—¿En serio? —Alargó la palabra en un tono burlón.

—No ese tipo de bien. Solo nos besamos. Me refería a la cita. Pasar tiempo con él. No he bajado la guardia con nadie desde él.

—¿Y estás lista para dejarlo entrar de nuevo?

Negué con la cabeza. —No lo sé. Una parte de mí piensa que es la nostalgia lo que me está volviendo un poco loca, y otra parte piensa que es simplemente la conexión que tenemos. Siempre he sentido que estábamos destinados a estar juntos.

—Quizás lo estéis.

—Sí, pero quizás no. ¿Por qué estuvimos los dos solos durante tanto tiempo si debíamos estar juntos?

—No puedo responder a eso, pero ¿necesitas una respuesta? ¿Es eso lo suficientemente importante como para impedirte descubrir hasta dónde pueden llegar las cosas ahora?

Me encogí de hombros. —No, supongo que no. Siento que nos hemos perdido muchas cosas. Como si la vida hubiera sido diferente, mejor, si hubiéramos estado juntos todo este tiempo.

—Quizás, pero quizás no. Nunca se sabe lo que podría haber pasado. Tal vez no habrías estado aquí para tu madre, y puede que no nos conociéramos. Tú y Xavier podrías no haber permanecido juntos. Y McJenna no existiría. Sé que es difícil dejar ir lo que podría haber sido, pero no creo que te haga bien anhelar eso.

—Lo sé. Tienes razón. Él era mi gran arrepentimiento. No irme con él. Me dije a mí misma que su vida era mejor por ello, pero siempre lamenté no haber sido lo suficientemente valiente para elegirlo.

—Te elegiste a ti misma, Rissa. Eso es aún más valiente. La mayoría tomamos el camino fácil y ponemos a alguien más en primer lugar, alguien a quien amamos. Es más difícil mantenerse fiel a lo que realmente queremos en el fondo. Por eso casi me fui de aquí cuando me mudé por primera vez. Quería algo diferente cuando conocí a la señora Georgia, pero mudarme aquí fue por ella. Cuando descubrí que se había ido, la elección fácil era regresar a donde estaban mi madre y mi abuela. Seguía siendo diferente, pero era una versión más segura de lo diferente. Quedarme aquí fue una decisión difícil, pero había una parte de mí que sabía en el fondo que aquí era donde debía estar.

—Nunca lo había visto de esa manera, —admití.

—La vida no es una línea recta. Tú y Xavier no estabais preparados el uno para el otro cuando teníais veintitantos. Puede que no lo estéis ahora, pero a menos que lo intentes, no lo sabrás. Creo que deberías darle una oportunidad. Y a ti misma.

Sonreí. —Gracias, Trinity. Creo que podrías tener razón.

—¡Por supuesto que tengo razón! Igual que la tengo sobre Hudson y Anna. Ya lo verás.

—¿Estás reemplazando a mamá y haciendo de casamentera ahora?

—Bueno, compartimos el mismo cumpleaños.

—Cierto. Muy cierto.

13

*D*espués de comer con Trinity, me senté en la barra y hablé con Hudson durante unos minutos. Fruncía el ceño a todo el que pasaba, y parecía necesitar un descanso.

—¿Qué te pasa?

—¿A qué te refieres?

—Me refiero a que pareces a punto de arrancarle la cabeza a alguien. ¿Qué demonios te ocurre?

—Estoy bien —espetó.

—Sí, y también lo pareces.

—Finley sabe que Anna me saca de quicio. ¿Por qué enviaría a esa mujer aquí para recoger su comida?

Mis cejas se dispararon hacia arriba. —¿En serio? ¿Esta actitud es todavía por Anna? ¿Qué problema tienes con ella?

—Simplemente me pone de los nervios. No me llevo bien con ella. Y Finley lo sabe.

—No te enfades con Fin. ¿Cuándo fue la última vez que tuviste un día libre?

—No tengo días libres. Soy el dueño del local.

—Hudson, necesitas tiempo libre.

—Rissa, te quiero, pero por favor no me digas cómo llevar mi vida.

Vi el agotamiento y la frustración en su mirada, pero más que nada había determinación. Iba a hacer las cosas a su manera, sin importar lo que dijera cualquier otra persona. Punto.

Asentí. —Entendido. Lo siento. Que tengas un buen día.

Asintió secamente y volvió a limpiar la barra.

Quizás Trinity tenía razón sobre Hudson y Anna. Pero yo no iba a meterme en medio. Ya tenía suficientes cosas en mi vida.

Pasé el resto del día trabajando en la aplicación que estaba desarrollando para la empresa de Bex. Estaba increíblemente contenta con el progreso que estaba haciendo y me encantaba la libertad que Bex me daba para desarrollar la idea que ella había elegido. Mi bloqueo creativo definitivamente estaba llegando a su fin.

Estaba terminando mi jornada cuando mi móvil vibró con una alerta. De Book Boyfriends Wanted.

NOVATO

¿Qué estás haciendo ahora mismo?

Sonreí. Era algo muy típico de Xavier. No esta noche, no la semana que viene. Ahora mismo.

REINA

Acabo de terminar de trabajar.

NOVATO

¿Eso significa que no estás ocupada?

REINA

Sí, significa que no estoy ocupada.
¿Por qué?

NOVATO

¿Puedo enseñarte algo?

REINA

Vale.

NOVATO

Espérame frente a tu edificio en cinco
minutos. ¿Te da tiempo suficiente?

REINA

Me las arreglaré.

Por suerte, no me había cambiado después de salir a comer y todavía llevaba ropa adecuada para estar en público. Cogí mi bolso, cerré mi apartamento con llave y bajé. Xavier estaba llegando justo cuando salí por la puerta principal, y me subí al coche.

—Hola —dijo, sonriendo mientras esperaba a que me abrochara el cinturón.

—Hola. ¿Adónde vamos?

—Bueno, primero, espero poder recibir un beso tuyo. Después vamos al teatro.

—¿Vas a enseñarme el teatro? —exclamé. Me había estado preguntando qué estaba haciendo con él, pero no quería preguntar.

—El beso para después —dijo, riéndose mientras ponía el coche en marcha.

—Lo siento. —Ya se estaba alejando de la acera—. Estoy muy emocionada. No he oído nada sobre lo que estás haciendo.

—Eso es bueno. Queremos que sea una sorpresa, así que no puedes contarle a nadie lo que te voy a mostrar. Pero quería conocer tu opinión.

Me rebotaba en el asiento como una niña impaciente. Xavier negó con la cabeza y sonrió, permitiéndome estar emocionada y rara.

Cuando nos detuvimos frente al teatro, quedé impresionada. Ya había cambiado mucho. Las viejas ventanas sucias habían desaparecido, reemplazadas por cristales nuevos y enmarcados de forma que ya no daban al vestíbulo del teatro.

—¿Vas a hacer algo con esas ventanas? —señalé las ventanas antes de entrar.

—Sí —dijo Xavier—. Van a tener los carteles de las películas y cualquier otra cosa que decidamos para atraer a la gente al teatro.

—¿Como escaparates?

—Exactamente. Todavía estamos trabajando en ideas, pero vamos a centrar todo en los carteles de películas y partir de ahí.

—Está genial. Buena idea.

Xavier se rio y me abrió la puerta. —No me llevo ningún mérito por eso. Todo fue idea de Genevieve. Ella ha sido el genio creativo en este proyecto.

—Bueno, es bueno saberlo. Vaya. —Jadeé y miré alrededor. El lugar era muy diferente. Todo el suelo era nuevo, las paredes tenían una capa fresca de pintura, y todo el espacio estaba abierto y acogedor. El antiguo puesto de aperitivos estaba al otro lado de la sala y completamente fuera de lugar en la renovada habitación.

—Es muy diferente. Obviamente, no sé cómo era cuando estaba en funcionamiento, pero quería cambiarlo todo. Trasladamos el puesto de aperitivos para mejorar el flujo de tráfico. Uno nuevo llegará en unas semanas, pero esa es la ubicación. Ahora mismo, es nuestro espacio de oficina. Cuando la gente entre, queremos que se mueva por la zona, así que tener el puesto de aperitivos allí les animará a seguir avanzando en vez de quedarse cerca de la puerta.

—Inteligente —le dije. El vestíbulo se veía mucho más amplio con el cambio. Todo el espacio parecía el doble de grande que antes—. ¿Esto es baldosa?

—Suelo de tablones de vinilo. Muy duradero y fácil de limpiar. Pusimos el mismo suelo en las salas de cine también.

—Vale, tiene sentido. ¿Siguen siendo dos salas de cine?

—Sí. No dio más explicaciones, solo una única palabra.

—¿Por qué me da la sensación de que esa respuesta tiene trampa?

—La tiene. Pero primero, terminemos por aquí. ¿Qué te parece? ¿Qué cambiarías aquí fuera?

Di un paso atrás hacia la puerta y miré alrededor. Quería darle mi opinión sincera, así que no iba a contenerme.

En general, parecía aceptable. Era aburrido, pero supuse que eso cambiaría una vez que tuvieran películas para mostrar y pudieran decorar según las proyecciones. Pero se sentía un poco vacío.

—¿Vais a poner algo más por aquí?

—¿Como qué?

Me encogí de hombros. —¿Asientos? ¿Videojuegos? ¿Algo más? ¿Vais a ofrecer fiestas aquí y quizás tener una sala para ello?

—Hablamos sobre poner asientos, pero decidimos no hacerlo porque solo tenemos dos salas. Los horarios estarán organizados para que no haya solapamiento entre cuando la gente llegue a una película y cuando salgan de la anterior. Probablemente a las seis y a las nueve o a las cinco y a las ocho. Algo así.

—Es una buena idea. Pero el dinero en un cine normalmente se gana con las consumiciones. ¿Estás seguro de que deberíais hacer eso?

—Hablaremos de eso en un minuto.

—¿Y qué hay de las fiestas?

—Vamos a ofrecer fiestas en horarios fuera de las sesiones habituales, como las tardes de fin de semana. Si alguien quiere una fiesta durante la proyección de una película normal, podemos hacer que funcione.

—¿Cómo?

—Vamos a la primera sala —dijo enigmáticamente.

Le seguí hasta la sala y me detuve en cuanto entramos. —¿Qué demonios?

Se rio suavemente. —¿Qué te parece?

—Um, esto no se parece a ningún cine en el que haya estado antes.—Los suelos eran del mismo vinilo gris que el vestíbulo, pero el resto de la sala estaba llena de color. Franjas entrecruzadas cubrían las paredes, haciéndolas brillantes y vibrantes. Los apliques de pared eran todos diferentes, cada uno de un color que combinaba con la franja sobre la que estaba colocado y cada uno único. No había butacas, y por la extravagante mesa y sillas arrinconadas en una esquina, estaba claro que no iba a haberlas.

—Esa es la idea—dijo Xavier. —Queremos que este sea un tipo de lugar especial. Este cine es para familias. Vamos a proyectar exclusivamente películas con clasificación G o PG. Nada que sea inapropiado para espectadores de todas las edades. La mesa que tenemos aquí será un tipo de asiento, pero vamos a tener opciones de asientos flexibles para que la gente sienta que está viendo una película en casa y esté cómoda.

—¿No crees que eso hará que la gente hable? Cuando estoy en el cine, estoy callada, pero cuando estoy en casa, hablo.

—Hemos pensado en eso. Para algunos, podría ser así, pero vamos a oscurecer bastante este espacio, lo suficiente como para que la gente sienta que está en un cine. Tendremos iluminación en el suelo que guiará a las personas hacia la puerta si necesitan salir durante la película. Vamos a tener mesas y asientos más relajados como pufs y sillones reclinables. Cada familia tendrá su propia sección para que se anime a los niños a permanecer cerca de sus padres o tutores.

—Esto es interesante—dije. Caminé por el espacio, asimilándolo todo. Era grande sin el mobiliario. No estaba completamente convencida, pero yo no era una experta en lo que necesitaban las familias con niños pequeños. Tener un espacio donde pudieran explorar un poco quizás no fuera mala idea.

—Si alguien quiere una fiesta, vamos a tener una opción de asientos para grupos. Tendrán que reservarla con antelación para que podamos prepararlo todo, pero estamos pensando que estará en un lateral.

Me acerqué a la mesa que había en un lado y me senté en la silla. Era de plástico rojo moldeado para parecer una mano. Una azul estaba al otro lado de la mesa amarilla. —¿Vais a poder acomodar a tantas personas aquí como en un cine normal?

Xavier negó con la cabeza. —No. Pero el antiguo cine quebró porque necesitaba vender el ochenta por ciento de sus asientos y solo vendía cerca del cuarenta. Con esta distribución, también necesitamos vender el ochenta por ciento, pero el número total es mucho menor. Vamos a ofrecer paquetes familiares de entradas que incluyan las palomitas y bebidas, y vamos a hacer que sea más una experiencia venir aquí en lugar de simplemente aparecer y ver una película.

—Por eso no queréis nada en el vestíbulo.

—Exactamente. El vestíbulo no es la atracción. El cine lo es. Queremos que la gente entre, compre sus aperitivos, encuentre su asiento y vea la película. Estamos considerando tener una forma para que los clientes puedan pedir comida desde sus asientos y que se la lleven para que no tengan que salir durante la película para rellenar.

—Eso sí que es una gran idea.

Xavier sonrió y se apartó el pelo oscuro de la frente.

—Esto no es lo que esperaba. Lo estás haciendo mucho más divertido que un cine normal. Creo que va a funcionar bien.

—Gracias. Eso espero. ¿Quieres ver la sala para adultos?

Levanté una ceja. —¿Sala para adultos?

—No es lo que piensas. La otra sala es donde vamos a proyectar películas con clasificación PG-13 y R. No tan familiar.

Asentí para que me guiara y puede que me quedara mirando su trasero mientras le seguía hacia la otra sala.

—Vaya —suspiré. Esta gritaba "para adultos". Desde los ricos colores en las paredes hasta el sofá bajo en la esquina.

—Queremos una sensación diferente aquí. La otra sala era divertida y peculiar, pero esta es sofisticada y elegante. Al menos, eso es lo que me dice Genevieve.

—Realmente lo es. Me acerqué y pasé la mano por la moqueta de pelo corto que revestía las paredes. Estaba montada en franjas horizontales que llevaban mi mirada por todo el espacio. Las luces de sala eran lo suficientemente brillantes para ver lo enorme que era este cine comparado con el otro. Los apliques a juego eran todos negros con pantallas ámbar, dando un brillo seductor a cada zona.

—Vamos a servir alcohol aquí, solo permitido en esta sala. La gente tendrá que ir al mostrador para pedirlo, no habrá servicio a domicilio para eso, pero será una opción. Los asientos aquí serán informales pero elevados. Sin opciones de asientos a nivel del suelo. Algunas mesas altas, algunos sofás, lo que encontremos.

—¿No lo tienes todo elegido ya? pregunté.

Xavier negó con la cabeza. —Estamos valorando opciones. No queremos que todo sea igual, pero todos los sofás van a mantener esta temática de vino, gris y negro.

—¿Sabes que esos son los colores del Instituto de Cala MacKellar?

Xavier asintió. —Sí, lo sabía. Por eso los elegimos.

—Buen plan.

—Eso mismo pensé. Se acercó a mí. —Entonces, ¿qué te parece?

Me dirigí al sofá y me senté. Pasé la mano por el firme cojín, la tela suave bajo mi palma. Miré hacia la pared donde estaría la pantalla, imaginando una película proyectándose solo para nosotros.

Xavier se sentó en el sofá junto a mí. No dijo nada mientras yo meditaba mis palabras.

—Me va gustando. Creo que va a ser un éxito rotundo.

—¿De verdad?

Asentí. —Sí. Es diferente, pero en el buen sentido. Es especial. No hay nada parecido por aquí cerca. Creo que es muy inteligente tener las salas diseñadas de forma distinta y hacer una más orientada a los niños. Eso va a ser un gran éxito entre los padres. Y esta va a ser realmente relajante para los adultos.

—Eso es justo lo que buscábamos. Extendió el brazo por el sofá y cogió mi mano. —Gracias por venir aquí esta noche. Realmente quería otra opinión, pero no quería hablar con Trent sobre ello. Es su dinero, pero él sigue diciéndome que confía en mí para tomar las decisiones correctas.

—Definitivamente has tomado las decisiones correctas. Va a ser estupendo tener un sitio al que ir por las noches sin tener que salir del pueblo.

—Bien. Y quizás pueda traerte aquí a una cita alguna vez.

—Quizás —dije.

Se inclinó más cerca y me echó la cabeza hacia atrás. Sus labios rozaron los míos, el fantasma de un beso que era mucho más. Acercó su cuerpo y deslizó su mano sobre mi cadera. Se acercó para otro beso, su lengua saliendo para probar la mía mientras abría mi boca para él.

Mis manos rodearon su cuello, acercándolo más. Él no dudó en cerrar la distancia entre nosotros. Su mano apretó mi cadera.

Estaba tan perdida en nuestro beso que no presté atención a lo que estaba haciendo hasta que sus dedos rozaron el borde exterior de mi pecho. Me aparté, sorprendida al descubrir que toda su mano estaba cubriendo mi seno.

Él se quedó inmóvil. Me miró fijamente, frunciendo el ceño con confusión.

Me levanté de un salto del sofá y caminé nerviosa hasta el otro lado del teatro.

Mierda. Mierda, mierda, mierda.

No planeaba que las cosas llegaran tan lejos. Que él me tocara. Que los tocara.

Había pasado casi un año desde mi mastectomía doble, y aparte de mi médico, yo era la única que los había tocado. El doctor dijo que podría ser incómodo o diferente, que podría tener una sensibilidad aumentada o ninguna, pero hasta ese momento, no pensé en ello.

Hasta que Xavier cubrió mi pecho y no sentí nada, me había dicho a mí misma que la sensación volvería. Pero no había vuelto.

—¿Estás bien? —preguntó con cautela. Seguía en el sofá, observándome mientras yo tenía mi pequeño ataque de pánico.

—Mis pechos son falsos —solté de golpe.

—¿Perdona?

Tomé aire y lo dejé salir lentamente. —Mi madre murió de cáncer de mama. El médico dijo que si tenía el gen, era muy probable que me pasara lo mismo. Me hice la prueba. Tengo el gen, así que tomé la decisión el año pasado de hacerme una mastectomía doble preventiva. No había evidencia de cáncer, pero no quería esperar hasta que la hubiera. Pero para seguir sintiéndome yo misma, decidí ponerme implantes.

—Vale. —Xavier se levantó del sofá y comenzó a caminar hacia mí.

—No sentí nada cuando me tocaste. Nada en absoluto.

—Oh.

—Entiendo si no quieres continuar con esto o si solo quieres distanciarte. Es extraño y ya no me siento realmente yo misma porque no lo soy...del todo, y—

—Karissa —dijo con firmeza. Sus manos me agarraron los bíceps, sujetándome hasta que le miré.

—¿Sí?

—Tomaste una decisión que probablemente te salvó la vida. Una elección que te permitió tener una vida. No hay razón para avergonzarse de eso o disgustarse por ello. ¿Y qué clase de hombre se enfadaría contigo por hacer eso?

Me encogí de hombros. —Es que no he... bueno, ya sabes, desde entonces, y no estaba segura, y luego no sentí nada y simplemente, no lo sé.

—Podemos ir despacio. No tenemos que hacer nada. Y si no te sientes cómoda con algo, paramos.

—Es que antes yo solía...

—Lo sé —dijo él.

—Y ahora...

—Está bien. Hay muchas formas divertidas de provocarte y prepararte para un orgasmo además de jugar con tus pechos. Y estoy encantado de explorarlas todas. Cuando estés lista.

Me atrajo hacia sus brazos y me reí contra su pecho. Respiré hondo, sintiendo como si me hubieran quitado un gran peso de encima.

No sabía cómo reaccionaríamos ninguno de los dos cuando llegáramos a ese punto, pero resultó ser menos importante de lo que pensaba. Él no había salido corriendo y, aunque era decepcionante no poder sentir nada, me divertiría mucho descubriendo nuevos lugares donde pudiera sentirlo todo. Con Xavier.

14

XAVIER

—¿**Q**ué estás haciendo? —preguntó Genevieve justo detrás de mí.

Cerré el portátil de golpe, pero evidentemente no antes de que ella viera lo que había en mi pantalla.

—¿Estás comprando una casa? Pensaba que vivías con el señor MacKellar. ¿Qué está pasando?

Me giré para mirarla, riéndome hasta que vi la expresión de terror en sus ojos. —Eh, tranquila.

—¿Tranquila? ¿No sabes que nunca debes decirle a una persona que está alterada que se tranquilice? No ayuda en nada. ¿Qué demonios está pasando? ¿Voy a perder mi trabajo?

—Genevieve, todo está bien. Te lo prometo. ¿Por qué estás perdiéndolo así?

—Porque estoy embarazada —soltó de golpe, y después rompió a llorar.

Me llevó un poco más de tiempo de lo que debería para que sus palabras calaran y llegaran a mi cerebro, y para que mi cerebro realmente respondiera. Cuando finalmente lo hizo, atraje a mi llorosa asistente hacia mis brazos y la abracé hasta que dejó de sollozar encima de ambos.

Se apartó y sorbió, luego enderezó los hombros y me miró. —Lo siento. No quería soltarlo así.

—No pasa nada. Te lo prometo. ¿Cómo te encuentras?

—Como si me hubiera arrollado un tren.

Me reí entre dientes, y ella consiguió esbozar una pequeña sonrisa. —¿De cuánto estás?

—Casi trece semanas. Se supone que no debemos decírselo a nadie todavía. Se me ha escapado.

—Está bien. No diré ni una palabra.

—Sí, pero eres mi jefe. Y estamos llegando al final de este proyecto, y si las cosas no salen bien, y no puedes permitirte pagarme, y-

—Genevieve, siéntate —le dije, señalando la silla que acababa de dejar libre. —No vas a perder tu trabajo. Trent ha aprobado que sigas con tu salario actual con evaluaciones trimestrales para hablar de aumentos. No tienes nada de qué preocuparte.

—Entonces, ¿por qué estás mirando casas en venta? ¿Te está despidiendo? No creo que pueda hacer esto sola. Especialmente estando embarazada. Y me gusta trabajar para ti.

—No me voy a ninguna parte —dije con calma, teniendo cuidado de evitar también su pregunta.

—¿Estás seguro? ¿Habéis discutido? ¿Te está echando? Podemos conseguir que la gente boicotee el teatro. No, espera, eso significaría que nos quedamos sin trabajo. Mierda. ¿Qué necesitas que haga?

—Tu trabajo, Genevieve. Eso es todo. No hay nada malo entre Trent y yo. No me está despidiendo ni cerrando el teatro ni nada por el estilo. No tienes nada de qué preocuparte.

—Entonces ¿por qué estás mirando casas? ¿Te mudas?

—No.

Detuvo su charla nerviosa y me miró fijamente, dándose cuenta por fin de que había estado esquivando su pregunta todo el tiempo. Cruzó los brazos sobre el pecho y me miró con esa expresión que todos los niños temen de su madre.

Y cedí.

—Necesito poder mantenerme por mí mismo. Hace una eternidad que no tengo mi propio sitio. En la universidad, tenía compañeros de piso. Después de la universidad, viví solo durante un tiempo, pero realmente fue solo alrededor de un año. Me mudé con la madre de McJenna poco después de empezar a salir porque se quedó embarazada. Y después de que ella se marchara, me mudé con Trent. Él ha estado pagando todo durante mucho tiempo, y aunque me asegura que no le importa, a mí sí.

Genevieve permaneció en silencio durante un largo minuto. —Te doy mucho crédito. La mayoría de la gente se contentaría con dejar que otros se encarguen de las cosas.

Me encogí de hombros. —He intentado mudarme durante años, pero cada vez que lo mencionaba, él se disgustaba. Los tres hemos sido una familia toda la vida de J. Pero ahora...

—El señor MacKellar tiene su propia familia, y sientes que la tuya necesita darle espacio.

Abrí la boca para contradecirla, pero no había nada que decir. Tenía toda la razón. Asentí.

—Déjame ver la casa.

Negué con la cabeza mientras ella alcanzaba el ordenador y lo abría.

—Pon tu contraseña y déjame verla. Antes era agente inmobiliaria. Puedo contarte los trucos para que sepas qué casas merecen realmente la pena ir a ver.

Tecleé mi contraseña mientras ella hablaba, y giró el ordenador hacia ella. Miró la casa que estaba examinando, con techos altos y un gran jardín trasero.

—Esta es bastante decente. Es antigua, pero muchas por aquí lo son. Parece que está en buen estado. Pero está algo lejos del centro. No sería muy accesible a pie para McJenna. Supongo que quieres algo más cercano para que pueda ir andando al centro y quedar con sus amigos, ¿verdad?

Asentí. —Idealmente, sí. Pero no estoy seguro de poder permitirme una de esas.

—Te encontraré algo. —Tecleó y realizó otra búsqueda. Desplazó las imágenes de casas hasta encontrar una que le gustaba y abrió el anuncio—. ¿Qué te parece esta? Dos dormitorios, dos baños. Cocina decente. Salón grande. El jardín trasero es bonito y ya tiene terraza y valla. Estos suelos son increíbles. Es súper mona. ¿Qué opinas?

Empujó el ordenador hacia mí, pero ya sabía que no iba a funcionar. Solo tenía dos dormitorios, lo que significaba que no había espacio para el despacho de Karissa.

Peor aún que Genevieve descubriera que estaba mirando casas para comprar era que descubriera que planeaba que Karissa se mudara con nosotros sin que Karissa lo supiera primero.

—Um, sí, es genial. Parece bonita.

—Pero no te gusta. Vale, seguiré buscando.

Intenté decirle que no hacía falta, pero me ignoró y continuó, enseñándome anuncio tras anuncio de casas que simplemente no eran lo suficientemente grandes.

—¿Qué ocurre? No te gusta ninguna. ¿Estás seguro de que quieres mudarte?

—Solo pensaba que quizás necesitemos más espacio. Una tercera habitación no sería mala idea.

—Va a ser más caro, y a menos que haya una verdadera necesidad, creo que eso te hará superar tu presupuesto. McJenna se gradúa en tres años. ¿Por qué necesitas una tercera habitación?

Maldita sea. Sabía que iba a ser difícil de explicar, pero no esperaba que me lo preguntara directamente. —Eh, solo pensé que sería agradable tener un despacho en casa o un espacio para hacer ejercicio o algo así. Un poco de espacio extra.

—¿Pero lo necesitas? Esta última tiene un salón muy grande donde podrías poner perfectamente un escritorio en una esquina. O algún aparato de gimnasio. También puedes apuntarte a un gimnasio aquí. Es bastante asequible. Teddy es socio, si quieres ir con él alguna vez.

—Gracias.

—Entonces, ¿esta casa?

Miré las fotos otra vez y asentí. —Me lo pensaré, mentí.

Era buena. Entrecerró los ojos y me miró fijamente hasta que empecé a mover los pies y a sentirme increíblemente incómodo. —Hay algo más. ¿Te vas de verdad? ¿Empiezas un nuevo negocio? ¿Vas a tener un hijo? ¿Te vas a casar? Hizo una pausa. Abrió los ojos y me miró. —Es eso, ¿verdad? Estás planeando que alguien más viva contigo. ¿Quién es?

—No es nadie.

—¿No? ¿No es Karissa Thomas?

Mis mejillas se acaloraron bajo su atenta mirada, y una sonrisa elevó sus labios hasta que podría haber pasado por el Gato de Cheshire.

—¿En serio? No sabía que la cosa iba tan en serio entre vosotros. Solo habéis tenido tres citas.

—¿Cómo sabes eso?

Genevieve se encogió de hombros como si fuera de conocimiento común. —Pueblo pequeño, jefe. Tu primera cita fue en A-Bay. Inteligente. La segunda fue cuando la trajiste aquí el fin de semana. Y la tercera fue anoche cuando os reunisteis para cenar en O'Kelley's.

—¿Hablas en serio?

Genevieve se encogió de hombros nuevamente. —Todo el mundo lo sabe. Karissa es adorada por aquí. Su madre era una institución. La señora Georgia era amable con todos y querida por todos. Tenía un don para hacerte hablar y saber exactamente lo que necesitabas. Ella's fue quien nos juntó a Teddy y a mí. Nunca lo habría considerado dos veces. No'soy el tipo de chica que trabaja con las manos, pero la señora Georgia dijo que era un buen hombre y que empezara por una conversación. Me di cuenta de que era divertido, amable e inteligente, todas las cosas que yo quería en otra persona. Después de esa primera conversación, fue como si hubiéramos's'estado juntos desde siempre y no'podía imaginar mi vida sin él.

—Parece que era alguien especial.—Odiaba no haber conocido a la señora Georgia. Si hubiera'vuelto a Cala MacKellar con Karissa después de la universidad, lo habría hecho, pero no'tomé esa decisión.

—Era muy especial. Y Karissa también lo es. Si estropeas las cosas con ella y le rompes el corazón otra vez, te'echarán del pueblo. Espero que lo sepas.—

Me reí, pero la expresión en el rostro de Genevieve'decía que no bromeaba.

—La gente de aquí es protectora con los suyos. Ella'es una de nosotros, tú'todavía no. Te adoro, pero no todos te conocen tan bien como yo.

—No'quiero que la gente me elija a mí por encima de Karissa. Pero tampoco'quiero estropear las cosas con ella.

—Bien,—dijo Genevieve. —Entonces quizás deberías hablar con ella sobre una casa antes de comprar una para los tres.

Sonreí. —Probablemente sea una buena idea.

Dos días después, todavía estaba reuniendo el valor para hablar con Karissa sobre una casa. No estábamos'en ese punto todavía. Ni de lejos. Y lo sabía. Por eso ni siquiera consideraba hablar con ella, aunque sí estaba considerando comprar una casa.

Estaba revisando más anuncios cuando se abrió la puerta principal del teatro. Cerré el portátil antes de que alguien más me pillara y levanté la mirada.

Knox Randall estaba justo dentro de la puerta, mirando alrededor del amplio espacio abierto con una sonrisa. —Vaya. Este sitio se ve increíble.

—Gracias,—le dije, acercándome para estrecharle la mano. —¿Quieres una visita guiada?

—Por supuesto. Abrís en tres semanas, ¿verdad?

Asentí. —Se suponía que abriríamos la semana que viene, antes del Día del Trabajo, pero era demasiado.

Todo estaba encajando. El equipo de David trabajó duro para terminar todos los proyectos que les encargamos. Ya se habían trasladado a otro trabajo, lo que era una buena noticia porque significaba que la mayoría de las cosas estaban terminadas.

—El vestíbulo tiene buena pinta—dijo Knox. Se acercó al tablón de anuncios local. —¿Para qué es esto?

—Para cualquier evento local. Vamos a colocar carteles sobre otras actividades y cualquier cosa que merezca celebrarse. El instituto ganando algo, alguien consiguiendo una beca importante, lo que sea. Este fue el proyecto en el que Genevieve me embarcó hace unas semanas.

Knox asintió. —Me gusta. Integrar a la comunidad. ¿Vais a usar eso como puesto de comida?

—Definitivamente no. Tenemos un nuevo mostrador encargado. Se supone que lo entregarán en dos semanas.—El viejo puesto de comida que Genevieve y yo habíamos estado utilizando como escritorio estaba tambaleante y sucio. El cristal de una parte se había roto hace mucho tiempo. Consideramos arrancarlo el primer día, pero necesitábamos espacio para planificar y no queríamos traer una mesa que acabaríamos tirando a la basura eventualmente.

—Genial. ¿Qué comida vais a vender?

—Estamos tramitando una licencia de alcohol. Debería estar a tiempo. Genevieve ha estado hablando con algunos de los restaurantes locales sobre suministrar pedidos de comida. Hablamos de vender comida aquí, pero decidimos que sería mejor apoyar a otros negocios, así que estamos intentando que acepten recibir pedidos a través de nuestra web y entregar todo a la vez, ya que los horarios de las películas están establecidos. También vamos a ofrecer aperitivos, chucherías y palomitas y cosas así, pero queríamos tener un tipo de experiencia de cena y espectáculo para los clientes.

—Eso es diferente. Será un buen sitio para una cita.

—Eso es lo que esperamos.—Caminé hacia la sala para adultos. —Esta es una de nuestras salas. Todavía estamos esperando que lleguen algunos de los asientos, pero aquí es donde vamos a proyectar películas para mayores de 13 años.

—¿Sin niños?

—Tenemos otra sala que será para toda la familia.

—Este es un lugar extraño. Hacen las cosas de manera diferente en la ciudad.

Me reí. —En realidad, todo esto fue idea de Genevieve. Creo que es brillante.

—¿Mesas y sillas? —preguntó Knox cuando entramos en el cine.

Las luces de la sala estaban encendidas, lo que hacía que el cine estuviera más iluminado de lo que estaría durante una proyección o antes y después. Todas las luces de la sala solo se encenderían al final de la noche para la limpieza. Pero esto le daba a Knox una buena vista del cine.

—Vaya. No es lo que esperaba. Entonces, ¿puedo pedir la cena online, de algún restaurante local, y me la traen aquí, y puedo sentarme a comer mis costillas o mi filete y ver una película con mi cita? ¿En una mesa, en un sofá o lo que sea?

—Exactamente.

—Creo que me gusta. Es único.

—Habríamos tenido que hacer grandes reformas para que el cine fuera como los grandes. No tenemos el espacio vertical para hacer un patio de butacas escalonado, pero esto nos dio la opción de ofrecer un tipo de experiencia diferente. Tenemos mesas altas en la parte trasera para que la gente esté un poco más elevada y pueda seguir viendo la pantalla. El centro tiene mesas estándar. En la parte delantera está el área con asientos más bajos. Da la ilusión de un patio de butacas escalonado sin cambiar realmente la elevación.

—Inteligente. Una pregunta.

—¿Sí?

—¿Dónde está vuestra pantalla?

Me reí. —Sabía que nos habíamos olvidado de algo.

Knox arqueó una ceja mirándome.

—Están encargadas. Hay un largo tiempo de entrega para ellas, pero deberían estar aquí la semana que abramos. Genevieve ha estado en contacto con la empresa cada semana, y siguen diciendo que todo va según lo previsto, así que estamos cruzando los dedos.

—Sé cómo va eso.

Asentí. —¿Quieres ver la otra?

—Sí, ¿por qué no? Podría ser la única vez que entre ahí.

—¿No tendrás hijos? —pregunté mientras íbamos a la sala de al lado.

—Bueno, ya veremos. Por ahora, no parece que vaya a suceder.

—Nunca se sabe —le dije a él. Desde luego yo no planeé tener un hijo cuando lo tuve, pero entendía la decepción cuando quieres algo y no sucede. Trent vivió con eso durante años antes de conocer a Finley. Yo también, después de alejarme de Karissa.

Knox se rio cuando entramos en la sala familiar. En la parte trasera había mesas altas con tronas y soportes para sillas de coche para los adultos que necesitaran un lugar donde sentar a sus niños. Al igual que en la otra sala, después venían mesas de altura estándar y sofás, también con tronas y soportes para sillas de coche. En la parte delantera había pufs, sofás bajos y futones. Todos los asientos eran fáciles de limpiar y de colores vivos para que fuera divertido para las familias.

—Esto es genial. Me gusta. ¿Puedo entrar aquí?

—Por supuesto. Queríamos que las familias estuvieran cómodas, pero eso no significa que los adultos no puedan estar aquí también.

—Esto es curioso. Definitivamente entiendo un poco más la visión. Y si te traen la comida, es fácil para los padres disfrutar de una noche fuera. Esto es bastante genial.

—Estoy de acuerdo.

Knox deambuló por la sala unos minutos más, y luego regresó al vestíbulo. —¿Querías letreros para las salas? ¿Algo para que la gente sepa a cuál ir?

—Nunca lo había pensado, pero no es mala idea. —Cerré las puertas para que pudiera ver el exterior—. —Intentamos hacer que las puertas fueran difíciles de confundir, pero cuando están abiertas, no es tan fácil distinguir qué sala es cuál.

—Podría hacer algo rápido, si quieres. Sin coste.

—No, te pagaremos. Me gusta la idea. ¿Has traído el cartel para fuera?

—Sí, está en la camioneta. Quería mostrártelo, pero volveré mañana para colocarlo en lo alto, si te parece bien.

—Será genial. Sí. Vamos a echarle un vistazo.

Seguí a Knox afuera y me quedé impresionado por el

cartel que había creado. MacKellar Theater estaba escrito en grandes letras de bloque recortadas de una gruesa plancha de madera. Las letras estaban perfiladas en blanco con una malla ajustada detrás de las aberturas.

—Esto se ve genial —le dije a Knox.

—Gracias. La malla oculta las bombillas cuando está iluminado. Hay un panel entre los dos lados para que no veas ambos al mismo tiempo. Así, independientemente de la dirección desde la que conduzca la gente, verán las palabras.

—Eso es genial. Nunca se me habría ocurrido.

Knox asintió, sin aceptar el elogio que merecía.

—Es impresionante. ¿Puedo sacar una foto para Trent?

—Sí, tío, por supuesto. Lo que quieras. Si quiere algo diferente, puedo hacerlo.

Negué con la cabeza mientras escribía un mensaje rápido a Trent. —No, esto es perfecto. Le va a encantar. Guardé el móvil en el bolsillo y me acerqué para verlo mejor. El cartel estaba inclinado en la parte trasera de la camioneta de Knox y sobresalía por encima de la cabina. Calculé que medía al menos un metro ochenta de largo, quizás más, y un metro veinte de alto. Las letras eran grandes y serían fáciles de leer desde lejos. Era exactamente lo que esperábamos conseguir.

Mi teléfono vibró en mi bolsillo. Leí el mensaje de Trent y sonreí.

—Trent dice que es increíble. Te lo agradece mucho y quiere invitarte a una cerveza si estás libre esta noche. Vamos a ir a O'Kelley's con algunos otros chicos del pueblo si te apetece unirte.

—No me apetece dejar esto fuera —dijo Knox, señalando el cartel—. No quiero arriesgarme a que se dañe.

—Puedo seguirte hasta la tienda, o donde sea que dejes tu camioneta, y puedes venir conmigo si quieres. Puedo traerte de vuelta después.

Knox se encogió de hombros y asintió. —Eso servirá. Gracias, tío.

—No hay problema. Deja que cierre aquí y podemos irnos.

Knox esperó mientras yo apagaba todas las luces del interior y cerraba el local. Le seguí hasta la ferretería. Aparcó en un garaje en la parte trasera y luego se subió conmigo. Charlamos sobre el pueblo y el teatro hasta que llegamos a O'Kelley's. Era evidente que conocía a los otros chicos en cuanto entramos, cuando le dieron la bienvenida al grupo con más entusiasmo del que jamás me habían mostrado a mí. No me importaba. Knox era uno de ellos. Un local. Yo tenía que ganarme ese lugar.

—Entonces, ¿es aquí donde puedo preguntarte cómo te va con Karissa? —preguntó Knox una vez que teníamos cervezas delante—. ¿O son pura ficción los rumores de que habéis vuelto a estar juntos?

Me quedé paralizado con la cerveza a medio camino de mi boca y miré a los hombres sentados a mi alrededor. Ninguno parecía contento. Lo que significaba que tenía que dar algunas explicaciones.

15

—¿*E*stás saliendo con Karissa? —preguntó Trent—. ¿Por qué no me lo dijiste?

—Estábamos intentando mantenerlo en secreto. No queríamos tener presión sobre nosotros —le dije a mi mejor amigo. Claramente era el último en enterarse, ya que los demás tenían las mismas expresiones de enfado, pero supuse que por una razón muy distinta.

—Hace semanas que empezaron a salir —dijo Hudson.

—No, tuvieron su primera cita la semana pasada —dijo James.

—¿Estás seguro? Pensaba que llevaban más tiempo —añadió Ian.

—¿Por qué no dejamos hablar al hombre que está teniendo las citas? —dijo Sebastian por encima de todos.

Todos se giraron y me miraron.

—Vale, bueno, tuvimos nuestra primera cita la semana pasada. Fuimos a cenar. Luego, durante el fin de semana, le enseñé el teatro. Y a principios de esta semana, cenamos aquí. —Intenté actuar como si no fuera gran cosa, pero para mí sí lo era. No quería darles explicaciones, pero tampoco quería que pusieran fin a mi relación antes de que tuviera la oportunidad de empezar.

Y tenía la mala sensación de que podrían hacerlo si quisieran.

—¿Habéis vuelto a estar juntos? —preguntó Trent.

Observé a los demás y debatí cuánto compartir. Si solo fuéramos Trent y yo, le habría contado todo, pero no era así. También estaban los amigos de Karissa.

—Estamos conociéndonos de nuevo. Intentando averiguar si podemos construir un futuro juntos —dije.

—Más te vale no hacerle daño —me amenazó Rowan. Viniendo de un policía, la amenaza era muy real.

—No tengo intención de hacerlo. Cometí muchos errores en el pasado, pero mudarme aquí fue una de las pocas cosas que he hecho que no fue un error. La quiero de vuelta en mi vida. Para siempre —admití.

—¿Crees que ella quiere lo mismo? Ha estado hablando con un tío en esa aplicación que tiene. Parece que le gusta mucho —dijo Hudson.

Asentí. —Lo sé. Está hablando conmigo. Nos emparejaron en la aplicación.

La mayoría de los chicos se rieron y se recostaron en sus asientos. Los demás pusieron los ojos en blanco.

—¿Qué significa eso? —preguntó Knox.

—Significa que todo ha terminado —respondió Ian por el grupo. —Todos nosotros fuimos emparejados en la aplicación con nuestras mujeres. La aplicación de Karissa tiene una forma de conectar a personas que están destinadas a estar juntas. Si la aplicación los emparejó, no vamos a discutirlo.

—¿En serio? ¿Todos fuisteis emparejados en la aplicación con vuestras esposas y novias? —preguntó Knox.

Ian asintió. —Sí. No todos al principio, y no siempre como único emparejamiento, pero eventualmente, sí. No discutimos con esas coincidencias. Especialmente cuando ya existía una conexión.

—Ni de coña —dijo Knox.

Todos los comprometidos asintieron.

—Joder. Quizás necesite apuntarme a esa aplicación. Knox sacó su móvil.

—Book Boyfriends Wanted —le dijo Ian. —No te arrepentirás.

Trent me dio un codazo. —¿No ibas a contarme lo de Karissa?

Me encogí de hombros. —No quería gafarlo. Todo el mundo parece saberlo todo, y no quiero que ella salga herida. Tampoco quería que nadie le dijese cómo debería sentirse o qué debería pensar sobre volver a estar conmigo. Sé que nuestro pasado es tan público como nuestro presente.

—Karissa no va a dejar que nadie le diga qué hacer. Es demasiado inteligente para eso. Deberías saber eso de ella. Hudson me miró con furia.

—Sé que lo es, pero también sé que no siempre es fácil cuando todos los demás tienen una opinión sobre lo que deberías hacer o cómo deberías sentirte. Ella es una persona reservada, y que todos se metan en su vida no es lo que quiere. Así que intentamos mantenerlo entre nosotros.

—¿Finley lo sabe? preguntó Trent.

Me encogí de hombros. —No he hablado con nadie. No sé si Karissa lo ha hecho o no. Eso depende de ella.

—Pero tú estás en esto, ¿no? preguntó Trent.

Asentí. —Lo estoy. Ella es la única con quien quiero pasar el resto de mi vida. Si no es ella, no es nadie, al menos en lo que a mí respecta.

—Entonces espero que sea ella.

—Yo también.

LA SEMANA siguiente fue la última semana completa del verano. Había pasado rápido. Todavía estaba un poco decepcionado porque el teatro no abría esa semana, pero sabía que era lo mejor. Había muchos otros eventos en el pueblo para el fin de semana festivo que se aproximaba, y los turistas seguían acudiendo en masa a la zona. Estaba más tranquilo que durante la mayor parte del verano, pero seguía habiendo mucho movimiento.

Me tomé el lunes libre para poder pasar tiempo con McJenna antes de que empezara el colegio. Por fin estaba ilusionada por empezar las clases desde que conoció a Bianca y ésta le presentó a otros compañeros con los que iría al colegio. Todos habían recibido sus horarios y estaban comparando clases. J coincidía con Bianca en la hora del almuerzo, lo que significaba que ya no tenía que preocuparme de que mi hija se sentara sola en la cafetería durante todo el año.

—¿Qué vamos a hacer hoy? preguntó McJenna cuando bajó. Por fin había aceptado que realmente iba a estar en casa cuando le dije que me tomaba el día libre. Era un cambio agradable.

—Pensé que podríamos desayunar en Cove Bakery para empezar el día, y luego quizás ir de compras para las cosas del colegio. Ropa y material escolar y todo lo que necesites. Esta tarde, tenemos que reunirnos con el tío Trent para probarnos los trajes para la boda.

Para mi sorpresa, asintió. Que la vieran en público con su padre ya no era una tragedia como lo había sido antes. Vivir en un pueblo pequeño donde todos conocían a la familia de los demás significaba que no había razón para avergonzarse de tus padres, aparentemente.

Nos preparamos para salir y nos dirigimos al pueblo, uniéndonos a la larga fila de personas que esperaban para ver cuál era el capricho especial del día de Valentina. Charlamos con la gente a nuestro alrededor, todos preguntándome sobre el teatro y cuándo estaría abierto.

—Dentro de dos jueves —les dije—. Para dar tiempo a los niños a que vuelvan a la rutina escolar, y que el verano termine. Pensamos que nadie quiere estar dentro cuando el tiempo está tan hermoso.

—He oído que tiene mesas —dijo un hombre.

—Yo también lo oí —asintió una mujer.

—Así es —les confirmé—. Queríamos una experiencia diferente. Genevieve es muy creativa e inteligente, y ella desarrolló el concepto. Espero que vengáis todos a ver lo que ha hecho con el lugar.

—¿Por qué estás tú allí si ella es quien hace todo el trabajo? —preguntó otra mujer.

—Estamos trabajando juntos. Solo decía que ella es quien tuvo la idea —expliqué.

Algunas personas refunfuñaron, pero yo sabía que en cuanto vieran el lugar, les encantaría tanto como a mí. El teatro era increíble. Knox colocó el cartel el viernes, y quedó perfecto. La iluminación funcionaba con energía solar, así que las luces se encendían automáticamente cuando comenzaba a oscurecer.

Genevieve estaba trabajando en los escaparates mientras yo estaba fuera. Dijo que quería hacerlos sin nadie alrededor para poder concentrarse. Como iba a estar sola en el teatro, le hice prometer que se comunicaría con Teddy o conmigo durante el día, preferiblemente con ambos. Estuvo de acuerdo y dijo que Teddy le había exigido lo mismo.

McJenna y yo finalmente llegamos al principio de la cola y saludamos a la señora Harriett.

—¿Qué vais a tomar hoy? Además del especial, por supuesto —preguntó Harriett.

—Un cruasán de chocolate para mí, por favor —dijo McJenna.

—Yo también tomaré uno de esos —le dije—. Y dos botellas de agua.

Harriett nos cobró y nos entregó nuestros platos y aguas. Le dimos las gracias y buscamos una mesa.

—¿Qué es esto? —preguntó McJenna cuando nos sentamos.

Me encogí de hombros mientras cogía el dulce pegajoso. Olía a canela. —¿Quizás un rollo de canela?

—Nunca he visto un rollo de canela así —dijo J.

Ambos le dimos un mordisco y gemimos. Sabía como un rollo de canela, pero tenía un exterior crujiente, como un gofre. El glaseado cremoso le añadía un dulzor que contrarrestaba el picante de la canela. En general, estaba simplemente delicioso.

—Está realmente bueno —dijo J—. Podría ser mi favorito hasta ahora.

Habíamos ido a Cove Bakery siempre que podíamos, y J iba más a menudo sin mí. Ella hablaba maravillas de todo, así que el hecho de que dijera que era su favorito era un gran elogio.

—Tendrás que decírselo a la Sra. Valentina. Seguro que agradecerá la opinión —le dije.

McJenna asintió y terminó su cosa de gofre de canela. Estaba realmente bueno. Luego fuimos a por nuestros cruasanes de chocolate. Terminamos el desayuno y salimos rápidamente ya que había gente esperando mesas.

Paseamos por el pueblo durante un rato, entrando en todas las tiendas y viendo lo que tenían. Para cuando terminamos de comprar, mi tarjeta de crédito estaba llorando y me dolían los brazos de cargar todas las cosas nuevas de J.

—Hemos comprado muchas cosas hoy —dijo mientras cargábamos todo en la parte trasera del vehículo—. ¿Estás seguro de que podemos permitirnos todo esto? Si vas a comprar una casa nueva, quizás no deberíamos haber comprado todo esto.

—Estamos bien, J. Te lo prometo. Necesitabas material escolar y necesitabas ropa. No compraría cosas a menos que pudiéramos pagarlas. Y lo de comprar una casa es algo que resolveremos cuando llegue el momento adecuado.

—¿No estás buscando?

—Sí que estoy. Solo que no me decido sobre lo que tiene sentido ahora mismo. Y con el trabajo, no he tenido mucho tiempo para encontrar algo.

No dijo nada mientras subíamos al coche y salíamos del pueblo. El lugar al que Trent quería ir para comprar un traje estaba en otro pueblo al sur de Cala MacKellar. Condujimos durante unos minutos antes de que McJenna volviera a decir algo.

—Creo que no deberíamos mudarnos hasta después de la boda.

—Por lo menos tardaremos ese tiempo. Incluso si encontráramos algo hoy, no podríamos instalarnos hasta dentro de uno o dos meses.

—Vale, eso está bien.

—¿Por qué?

Se encogió de hombros. —Simplemente creo que deberíamos asegurarnos de estar disponibles para el tío Trent y la tía Finley.

—¿Tía Finley? —pregunté.

Se encogió de hombros. —Me dijo que podía llamarla así.

—Bien, entonces deberías hacerlo. Siempre vamos a estar ahí para ellos. ¿Qué ocurre?

McJenna se encogió de hombros. —No lo sé. Es que siento como si los estuviéramos abandonando. Quiero decir, deberíamos independizarnos, pero creo que primero tenemos que hablarlo con ellos, y no quiero soltárselo justo antes de la boda, ¿sabes?

Asentí en concordancia. —Estoy de acuerdo. Es buena idea. Hablaremos con ellos después de la boda y empezaremos a buscar una casa para mudarnos en algún momento del próximo año. ¿Te parece bien?

—Sí, me parece perfecto. —Hizo una pausa y se retorció las manos—. —Eh, ¿crees que al tío Trent le importaría si invito a unos amigos algún día?

—Él dijo que no. Yo no organizaría ninguna fiesta, pero seguro que no tiene problema con que vengan algunos amigos.

—Vale, bien. Bianca y yo estábamos hablando de hacer algo durante el fin de semana, y mencioné que el tío Trent estaba planeando su fiesta. Tenía la esperanza de poder invitarla.

—Seguro que no le importa. Preguntémosle cuando entremos.

Asintió y se desabrochó el cinturón de seguridad. La tienda de ropa formal era más grande de lo que esperaba. Entramos, observando las opciones mientras nos dirigíamos hacia la parte trasera, donde Trent estaba hablando con otro hombre.

—Gracias, Enrique. Creo que esto es perfecto —dijo Trent.

—¡Hola, tío Trent! —dijo McJenna.

—¡Eh! ¿Qué tal vuestra mañana?

—Bien. Hemos comprado un montón de cosas. Ese traje te queda bien.

Trent sonrió. —Gracias. Es mío, pero quería algunos complementos nuevos. Algo que lo haga un poco diferente de lo habitual para la boda.

—¿No vas a llevar esmoquin?

—No. El esmoquin lo uso para cosas de trabajo. Eventos elegantes. Finley y yo queríamos una boda que se sintiera como nosotros. Más informal. Todavía vamos a vestirnos bien y elegantes, pero me pondré este traje porque a Finley le gusta mucho. Pero no se lo digas porque no sabe que voy a llevar este.

—Em, vale —dijo McJenna.

Trent y yo nos reímos.

—Entonces, ¿estáis listos para equiparos? —nos preguntó Trent.

—¿Los dos? —preguntó McJenna.

Trent asintió. —Tú eres una de mis acompañantes. Tu padre es mi padrino, pero tú e Ian sois mis acompañantes. A menos que no quieras serlo.

—¡No, sí quiero! Quiero participar en una boda. ¡Qué guay!

Nos reímos de su entusiasmo.

—Bien, veamos qué tenemos para vosotros dos. ¿Vestido o traje? —preguntó Enrique a J.

J nos miró a Trent y a mí. Me encogí de hombros y señalé a Trent. —Es su boda.

—Queremos que estés cómoda. Puedes llevar lo que quieras. Si prefieres un traje como Ian y tu padre, está genial. Si prefieres un vestido, también está bien.

—Creo que un traje sería divertido —dijo J.

—Traje será —dijo Trent.

Enrique nos mostró opciones de trajes, todos a juego con el color del traje azul de Trent. McJenna se probó los diferentes modelos hasta que encontró uno que dijo que era perfecto. Tenía la cintura entallada y una camisa blanca brillante debajo. La pajarita que añadió fue el toque perfecto.

—Te queda muy bien —dijo Trent. —Perfecto.

McJenna resplandecía con el elogio. Me sorprendí a mí mismo mirando a mi hija y preguntándome cuánto tiempo pasaría antes de que tuviera que planear su boda. Todo iba demasiado rápido, y nuestra conversación en el coche demostraba que estaba creciendo incluso más deprisa de lo que me había dado cuenta.

Mientras McJenna se cambiaba de nuevo a su ropa normal, apareció Ian. Trent y yo le enseñamos el traje que McJenna había elegido antes de que Ian y yo tuviéramos que decidir lo que íbamos a llevar.

—¿Queréis que vayamos a juego? —preguntó Ian.

—Ya sabes cómo es tu hermana. Quiere que todos estén cómodos —dijo Trent.

Ian asintió. —Así es. Lo que está resultando muy conveniente para mi mujer porque Blake estaba preocupada por arruinar las fotos de vuestra boda por estar embarazada.

—Ni de lejos —dijo Trent. —¿Alguien ha sabido algo de Hudson?

—¿Hudson? ¿Por qué?

—Es uno de los acompañantes de Finley. Pero vetó la idea de llevar vestido o ir con ella, así que pensé que vendría aquí.

—No he hablado con él —dijo Ian.

Antes de que ninguno pudiera sacar el móvil, Hudson irrumpió por la puerta principal y se dirigió pisando fuerte hacia la parte trasera.

—Maldita mujer. Me vuelve jodidamente loco. Siento llegar tarde —escupió Hudson. Levantó la mirada y se detuvo cuando vio a McJenna—. Y perdón por las palabrotas.

—Nada que no haya oído antes. O dicho, probablemente —dije.

—Exacto —asintió J.

Hudson gruñó y giró la cabeza para aliviar la tensión del cuello.

—¿Día duro? —preguntó Ian.

—Sí —Hudson no dio más detalles, y nadie preguntó.

Tuve la sensación de que Hudson era alguien que no se alteraba fácilmente, pero cuando ocurría, era grave. Darle espacio parecía la decisión correcta.

Enrique nos ayudó a Ian, Hudson y a mí a encontrar trajes para la boda. Cada uno elegimos estilos diferentes, pero todos del mismo color para ir conjuntados. Con el traje de Trent, iba a quedar bien.

—¿Señor MacKellar? —dijo Enrique, señalando con la cabeza hacia el frente de la tienda.

—Oh, no, de ninguna manera. No vas a pagar por todo esto —protesté.

—Ya está hecho —dijo Trent—. Es mi boda. Finley y yo queríamos pagar todo lo que sus padres nos permitieran. Tengo más dinero del que George y J pueden gastar en toda una vida. Podemos gastarlo.

—¿Yo? ¿Por qué iba a gastar tu dinero? —preguntó J.

Me quedé helado, preguntándome lo mismo.

Trent miró alrededor, dándose cuenta de que había admitido algo que no pretendía. —Mierda. No quería que sonara así.

—¿Como qué? —pregunté.

Trent dio un paso hacia mí y extendió los brazos hacia J. Ella fue con él sin pensárselo dos veces, dejando que la atrajera a su lado. —Tú eres su padre, y nunca quiero reemplazarte. Sé que eres capaz de cuidar de ella y de todo, pero también es mía. Tú eres mi hermano, y ella es como mi hija. Así que J está en mi testamento. Y establecí un fondo fiduciario para ella hace años que recibirá cuando cumpla veinticinco. Tú eres el albacea. Y hay un fondo para la universidad. George tiene lo mismo, y vamos a hacer lo mismo para Blake y el hijo de Ian, si nos lo permiten. Finley realmente quiere hacerlo.

Ian parecía tan impactado como yo. McJenna parecía que iba a llorar. Hudson finalmente dejó atrás su mal humor. Era el único de nosotros que parecía capaz de formar un pensamiento coherente.

—Bueno, creo que eso es realmente admirable por tu

parte. Tener ese tipo de dinero es increíble, pero compartirlo con las personas que llamas familia es especial. Eso es genial.

—Gracias, tío Trent —dijo McJenna. —Es muy amable de tu parte.

—Tú eres mía, pequeña. He estado contigo desde el principio, y no me voy a alejar ahora. —Trent la abrazó fuerte.

McJenna se limpió las lágrimas de los ojos y le devolvió el abrazo. —Gracias.

—Trent, no tenías que hacer eso —dije.

—Lo sé, pero siempre he dicho que ella se siente como mi hija. Vosotros fuisteis la primera familia que tuve. Nunca antes había tenido una. Si hubiera podido establecer un fondo fiduciario para ti, lo habría hecho. Lo que es mío es tuyo, tío. Siempre.

Asentí y me moví por la habitación para abrazar a mi hermano y a mi hija. Los tres nos abrazamos. No sabía qué había hecho para tener la suerte de tenerlo en mi vida, pero me alegraba por ello.

—Sabía que tenías dinero, pero nunca imaginé que fueras tan rico —dijo Ian—. Pero estaré encantado de dejar que mi hijo disfrute de esos beneficios. Es increíble por tu parte.

Trent sonrió y estrechó la mano de Ian. —Ahora también eres mi hermano. Y tú también, Hudson. Si alguna vez necesitáis algo, hacédmelo saber. No voy a acaparar mi dinero como si no fuera a ganar más. Es mejor poder compartirlo.

—Bueno, puedes pagar mi traje —dijo Hudson—. No voy a discutir contigo.

Todos se rieron, incluido Enrique. McJenna me abrazó cuando Trent se alejó para hacerse cargo de la cuenta.

Susurró: —Definitivamente tenemos que hablar con él después de la boda y antes de encontrar una casa. No quiero que piense que le estamos abandonando.

—Yo tampoco, pequeña. Nos aseguraremos de que lo entienda. Te lo prometo.

16

KARISSA

—No puedo creer que te cases dentro de tres semanas —dijo Blake. Se limpió los ojos y arrugó la cara mientras observaba a Finley con su vestido de novia.

—Lo sé —coincidió Finley—. Es una locura pensar que hace un año ni siquiera nos conocíamos.

—¿Acaba de conocer a su prometido? —preguntó Heather, la dependienta.

Finley necesitaba arreglos en su vestido de novia. Había encontrado un vestido que le encantaba en la tienda, y el establecimiento accedió a modificarlo para ella a tiempo para la boda.

—Crecimos en el mismo pueblo, pero él es mayor que yo así que no nos conocíamos. Nos conocimos en la aplicación que diseñó mi preciosa amiga aquí presente. No fue un año fácil, pero al final, lo conseguimos. Nuestro hijo tiene tres meses —dijo Finley.

—Vaya —respondió Heather con una risita—. Sí, parece un año complicado. Pero enhorabuena. Obviamente, estabais hechos el uno para el otro.

—Son perfectos —le dije a Heather—. Y su hijo es perfecto. Es como un cuento de hadas.

—Ahora lo es —dijo Finley con una risa—. Definitivamente hubo momentos difíciles y realmente pensé que sería madre soltera.

—Vaya. Bueno, me alegro de que todo haya salido bien. Yo quiero una historia de amor así. —Heather esponjó los bordes del vestido y sujetó el dobladillo con alfileres para que Finley no tropezara con el vestido que era unos centímetros demasiado largo.

—Deberías registrarte en Book Boyfriends Wanted —le dijo Blake—. Yo también conocí a mi marido allí.

—¿En serio?

—Sí. Muchos de nuestros amigos han conocido a gente en la aplicación. Es increíble.

—Tendré que hacerlo esta noche. Trabajar aquí y estar soltera no siempre es fácil —dijo Heather.

—Seguro que sí—dije—. Yo también estoy soltera. Y fui quien creó la maldita cosa.

—No estás completamente soltera—dijo Finley—. Estás saliendo con Xavier.

Me encogí de hombros. Salir con alguien era una cosa, no estar soltera era otra. No estaba segura de que las cosas hubieran avanzado lo suficiente como para considerarme no soltera.

—¿Las cosas no van bien?—preguntó Blake.

—No, van bien. Pero es pronto. Solo llevamos unas semanas saliendo. Mañana es, como, nuestra quinta cita—dije.

—Sí, pero no es como si apenas os estuvierais conociendo —dijo Finley.

—Así se siente. Somos personas diferentes a cuando estábamos en la universidad. Sé que yo soy diferente.

—Lo resolveréis. Parece que él está completamente

comprometido—Finley giró en la plataforma para que Heather pudiera sujetar con alfileres la parte trasera del vestido. Se sonrió a sí misma en el espejo, con una mirada nostálgica en los ojos.

—Ese vestido es perfecto—le dije, esperando que pudiéramos volver a hablar de Finley y Trent y dejarme a mí fuera de la conversación.

—Realmente lo es—coincidió Blake—. Es increíble. Y qué suerte que hayas encontrado algo ya confeccionado.

—Estaba preocupada de que tendría que llevar algo que odiara. No sé cómo he tenido tanta suerte—Finley pasó la mano por el corpiño del vestido. El cuello alto se fundía con las mangas cortas y hacía que el vestido pareciera discreto por delante. El sencillo corpiño de satén era elegante y espectacular, abrazándole el pecho antes de ensancharse en la cintura. La parte trasera del vestido descendía dejando la espalda descubierta, con cintas que se cruzaban sobre su columna expuesta. Era una mezcla perfecta de sensualidad y sutileza que personificaba a Finley de muchas maneras.

—Es perfecto para ti. Aunque si no hubieras encontrado algo, Trent habría ideado alguna solución. Él quiere que este sea el mejor día de tu vida—dijo Blake.

—Lo sé. Me preocupa que se esté excediendo un poco—Finley arrugó la nariz.

—¿En qué sentido?—pregunté.

—No se lo piensa dos veces a la hora de gastar dinero. No es malo, pero hay veces que pienso que podríamos conformarnos con algo más asequible. Es que simplemente mi mentalidad no es la de gastar, —confesó Finley.

—No creo que haya nada malo en eso. ¿Has firmado ya los acuerdos prematrimoniales? —preguntó Blake.

—¿Vas a firmar acuerdos prematrimoniales? —pregunté.

Finley asintió. —Yo insistí en ello. Su abogado lo recomendó, ya que ambos tenemos negocios. Aunque el mío no es nada comparado con el suyo, sigue siendo una idea inteligente. Trent no quería, dijo que no lo necesitábamos, pero yo le dije que entonces no habría problema.

—Creo que me enfadaría si alguien quisiera que firmara un acuerdo prematrimonial, —admití.

—Le quiero, y sé que él me quiere. Y firmarlo significa que nunca tendrá que preocuparse de que quizás me haya casado con él por su dinero. Ya sabes cómo han sido siempre las cosas para él. No quiero que se preocupe nunca. Es lo mínimo que puedo hacer, —dijo Finley.

—¿Cómo se siente? —preguntó Heather, interrumpiendo nuestra conversación.

Finley se retorció y giró, observando el vestido en el espejo. —Perfecto.

—Bien. —Heather sonrió—. —¿Qué tal el corpiño y la cintura?

—Creo que se siente bien. No está apretado, pero tampoco siento que me vaya a salir de él. El largo era realmente lo único que me preocupaba.

—Pues perfecto. Entonces creo que podemos quitártelo y que vuelvas a tu ropa normal. Deberíamos tenerlo listo para el próximo fin de semana si quieres programar tu prueba final.

—Me parece bien, —dijo Finley, siguiendo a Heather hacia el probador. Sus voces se desvanecieron mientras se alejaban.

—¿No firmarías un acuerdo prematrimonial? —me preguntó Blake.

Negué con la cabeza. —No es algo que jamás haya considerado. Además, no conozco a nadie con dinero como el de Trent aparte de él.

—Ian y yo hablamos sobre ello, pero realmente no le vimos el sentido. Pero entiendo por qué Finley lo hizo. Conocías un poco a Trent en el instituto. No fue fácil para él.

—No, no lo fue. Una parte de mí lo ve como planificar que su matrimonio fracasará. No me gustaba esa idea. Quería que Finley fuera feliz.

—Creo que ella lo ve como planificar que funcione, pero sabiendo que pueden pasar cosas. Solo llevan conociéndose un año. Blake se encogió de hombros como si todo eso tuviera perfecto sentido.

—Supongo que es cierto. Y si Finley está contenta, no voy a decirle que está equivocada. Si nunca se divorcian, no importará en absoluto.

Blake asintió. Antes de que pudiera decir nada más, la puerta del probador se abrió y Finley se unió a nosotras.

—¿Tenéis tiempo para comer? preguntó Finley. —Anna está vigilando la tienda por mí, y esperaba que pudiéramos picar algo.

—Por mí bien —dije.

—Por mí también —aceptó Blake.

Encontramos una pequeña tienda de delicatessen no muy lejos de la tienda. Pedimos sándwiches en el mostrador, y luego nos sentamos en una mesa en la esquina del fondo para esperar nuestra comida.

—¿Cómo está Eddie? preguntó Blake. —Hace tiempo que no le veo.

—Voy a comer con él mañana. Está bien. Muy ocupado.

—Bien. Dile que debería pasarse por Cracked alguna vez y ver a todos. Ha pasado demasiado tiempo. Blake dio un sorbo a su bebida.

—Se lo diré. Deberíamos quedar todos juntos alguna vez.

—Vendrá a la boda, ¿verdad? preguntó Finley.

—Dijo que sí. ¿A cuánta gente habéis invitado? pregunté.

—Cincuenta. Creo que viene todo el mundo. Va a ser mucha gente en la finca, pero será divertido. —suspiró Finley felizmente.

—Será increíble. Solo tenemos que cruzar los dedos para

que haga buen tiempo y podamos usar la propiedad —dijo Blake.

Finley gimió. —¡Lo sé! Yo también lo digo constantemente. Trent insiste en que va a conseguir una carpa enorme, por si acaso.

—Puede que no sea mala idea —dije.

—Sí, pero si no llueve, entonces sentiré que hemos tirado el dinero —dijo Finley.

—Fin, creo que vas a tener que aceptar que ahora tienes dinero a mansalva. Estás en un mundo diferente al de antes. No estoy diciendo que lo derroches, pero puedes hacer cosas que te faciliten la vida. ¿Cuánto puede costar una carpa? ¿Unos miles de euros? —Blake nos miró a ambas.

Asentí, y Finley se encogió de hombros.

—Eso no es nada para Trent. No dejes que te afecte —dijo Blake.

—Hace un año, estaba preocupada por mantener mi tienda abierta. Pensaba que quizás tendría que cerrarla. Y ahora, estoy gastando miles en una carpa que ni siquiera podría necesitar. Es un gran cambio —dijo Finley.

—Lo es —le dije. —Pero no es malo. Empieza poco a poco. Gasta dinero en algo pequeño que normalmente evitarías. Quizás compra café antes del trabajo todos los días en vez de hacerlo en casa. O sal a comer fuera más de una vez a la semana. Cómprate un móvil nuevo. Algo.

Finley parecía cada vez más incómoda con cada idea, pero asintió. —Lo intentaré.

—Bien —dije.

Llegó nuestra comida y nos pusimos a disfrutar de los sándwiches tanto como de la conversación. Después del almuerzo, regresamos a Cala MacKellar y volvimos al trabajo.

AL DÍA SIGUIENTE, llegué a casa de Eddie un poco temprano para poder ayudarle a preparar la comida. Llamé a la puerta y entré sin esperar. Me había dicho que desde que él y mamá se fueron a vivir juntos, debería considerar su casa como mía. Y eso significaba no tener que esperar fuera a que alguien me abriera.

—Hola, cariño —me llamó Eddie desde la cocina—. Estoy aquí atrás.

Me quité los zapatos con la punta del pie y los dejé en la entrada junto con mi bolso. Seguí los sonidos y aromas de algo delicioso que se estaba cocinando.

Eddie estaba removiendo algo en la cocina cuando entré. Me miró por encima del hombro y sonrió.—¿Qué tal estás?

—Bien —dije, cruzando la cocina para darle un abrazo—. ¿Y tú?

—Todavía me mantengo en pie —dijo con una risita.

Me apoyé en la encimera junto a él y negué con la cabeza. —Iba a ayudarte a cocinar. ¿Qué estás preparando?

—Los espaguetis de tu madre. Quería empezar temprano para que diera tiempo a que se integren los sabores.

Gemí. Los espaguetis de mamá eran increíbles. Sencillos, pero ella hacía sus propias albóndigas y salsa, y añadía salchicha, pepperoni y carne picada a la salsa. Era picante, llena de sabores y deliciosa. También tardaba horas en cocinarse, por eso nunca los preparaba a menudo.

—Definitivamente deberías haberme esperado. O haberme avisado para poder venir antes.

Eddie negó con la cabeza.—Estás ocupada, pequeña. No voy a interrumpir tu vida.

—Tú no eres una interrupción.

Me sonrió.

—Blake y Finley preguntaron por ti.

—¿Cómo están? Hace tiempo que no las veo. No salgo tanto como antes.

—Están bien. Finley se está preparando para la boda. Blake se está preparando para el bebé.

—Bien, bien. Estoy deseando verlos. Tres semanas, ¿verdad?

—Sí. Finley estaba haciéndose arreglos en el vestido. Ayer comimos juntas.

—Bien. Eso está bien. ¿Cómo les va?

Miré a Eddie. —Acabas de preguntarme eso. ¿Estás bien?

—Por supuesto. ¿Por qué no iba a estarlo?

No se giró para mirarme, lo que no era gran cosa, pero algo no parecía estar bien.

—¿Eddie? —pregunté, dejando el trozo de pepperoni que había robado de la encimera—. —¿Estás bien?

—Sí, claro. ¿Cómo estás tú?

—¿Eddie? ¿Qué ocurre? Mi corazón latía con fuerza. Algo no iba bien. No se comportaba como él mismo.

Me miró. Tenía los ojos vidriosos. Inclinó la cabeza hacia un lado, como si no pudiera verme. —¿Cuándo has llegado?

Le cogí del brazo y le guié hasta la mesa. No se resistió en absoluto. Todavía sostenía la cuchara con la que estaba removiendo la salsa.

—Siéntate aquí un momento.

—Pero necesito terminar de preparar la comida. Íbamos a comer. No quería molestarte ya que estás tan ocupada.

—Nunca estoy demasiado ocupada para ti —le dije. La culpa me desgarraba por dentro. Era el único padre que me quedaba, y pensaba que yo estaba demasiado ocupada para estar ahí para él.

Apagué la cocina, asegurándome de que los quemadores estuvieran apagados. Hice lo mismo con el horno, a pesar de las protestas de Eddie. Le quité la cuchara y removí la salsa, luego fui a la entrada de la casa y cogí mi teléfono.

Ya estaba llamando al uno-uno-dos cuando volví a la cocina.

Eddie estaba de nuevo en la cocina, removiendo la salsa.

—Emergencias. ¿Cuál es su emergencia?

—Mi padrastro necesita ayuda.

—De acuerdo, ¿qué está ocurriendo?

—No estoy segura, realmente. Tiene la mirada perdida y parece en trance. Está repitiéndose. No sé qué está pasando.

—¿Está coherente? ¿Puede formar frases completas?

—Sí, estábamos hablando. Simplemente no recuerda de qué hablamos.

—¿Se observa alguna debilidad o pérdida de función en alguna parte de su cuerpo?

—No, no lo creo. Está caminando e intentando preparar la comida. Se enfadó conmigo cuando apagué la cocina, pero ahora parece que no lo recuerda.

—¿Has apagado la cocina? —soltó Eddie.

—Sí, porque tenemos que ir al hospital —le dije.

—No necesito un hospital —protestó Eddie.

—Señora, voy a enviar a alguien para que compruebe su estado. Si los técnicos sanitarios creen que está bien, puede quedarse en casa, pero dejaremos que ellos lo evalúen. Probablemente lo trasladarán al Hospital St. Lawrence. ¿Le parece bien?

—Sí, está bien. Gracias.

—¿Quiere que me quede al teléfono con usted hasta que lleguen? Deberían estar ahí en menos de cinco minutos.

—No, estoy bien. Gracias. Agradezco su ayuda.

—De nada, señora. Espero que se encuentre bien.

—Gracias.

Colgué el teléfono y me quedé mirando la espalda de Eddie. Estaba removiendo la salsa como si nada extraño estuviera ocurriendo.

Comprobé que la cocina estaba apagada y luego fui hacia la entrada para abrir la puerta y esperar a los paramédicos. Estaba echando un vistazo fuera cuando la ambulancia llegó, seguida inmediatamente por un coche de policía conducido por Rowan.

—Hola, Karissa —dijo Rowan al salir—. ¿Está todo bien?

—Mi padrastro está actuando de forma extraña. No sé qué está pasando, pero parece que no está del todo presente.

Rowan asintió. Me aparté para dejarle pasar junto con los paramédicos. ¿Ha sufrido alguna caída últimamente?

—No que yo sepa. No vivo aquí. Él vive solo.

Los paramédicos pasaron junto a mí hacia la cocina, que les indiqué. Rowan se quedó atrás. No le conocía mucho, pero Willow era una persona completamente nueva desde que le conoció y yo sabía que era un buen hombre y un buen policía.

—¿Por qué está usted aquí? —le pregunté.

—Es obligatorio que un policía se presente cuando se hace una llamada al uno-uno-dos. Yo era el más cercano. Pero me alegro de estar aquí por ti. ¿Quieres que llame a Willow o a alguien más?

Negué con la cabeza. —Todavía no. Quiero saber qué le pasa. No he estado aquí tanto como debería.

—No te martirices. Preocupémonos por su recuperación y ya veremos qué hacer después.

Rowan me indicó que pasara delante de él hacia la cocina. Los paramédicos habían sentado a Eddie en una silla y le habían puesto oxígeno. Él levantó la mirada hacia mí cuando entré.

—Karissa, ¿cuándo has llegado? —preguntó, con una sonrisa iluminando su rostro.

—Ahora mismo —le dije, forzando una sonrisa. Los paramédicos me miraron y negué con la cabeza—. Hace veinte minutos.

La paramédica se agachó frente a Eddie y pasó una linterna por delante de él. —Hola, Eddie. Soy Danielle, y este es Rick. ¿Puedes seguir esta luz por mí?

Eddie miró fijamente la luz.

—La respuesta es lenta. Todavía está alterado. Me miró. —¿Sabes si ha estado bebiendo?

Negué con la cabeza. —No, pero lo dudo. Nunca ha sido muy bebedor.

—¿Sabes si ha comido hoy?

—No lo sé. No vivo aquí. Solo venía a comer.

—Tiene moratones en el brazo derecho. Parece de una vía intravenosa. ¿Sabes de qué puede ser? —preguntó Rick.

—¿Qué? —solté de golpe—. —No. No tengo ni idea.

—Creo que deberíamos llevarlo y que lo examinen. Solo para asegurarnos de que todo está bien. Rick miró a Danielle buscando confirmación, y ella asintió. —¿Sabes quién es su médico de cabecera? —me preguntó.

—Sí, tengo toda la información en mi móvil —le dije.

—Muy bien. ¿Quieres venir con nosotros, o prefieres encontrarnos allí? —me preguntó Danielle mientras Rick salía de la habitación.

—Os veré allí para tener mi coche —les dije. Me temblaban las manos mientras cogía mi bolso.

Rowan se apartó y sacó su teléfono.

Me quedé mirando a Eddie mientras Danielle continuaba examinándolo. Miraba alrededor de la habitación como si no supiera dónde estaba. No podía perder a otro padre. Simplemente no podía.

Rick volvió a entrar y asintió a Danielle.

—Muy bien, Eddie —dijo Danielle—. —Vamos a dar un paseo. ¿Crees que puedes llegar a la puerta con nosotros?

Me aparté a un lado con Rowan mientras Rick y Danielle ayudaban a Eddie a caminar hasta la puerta principal. Rick sostenía a Eddie todo el tiempo, con Danielle caminando delante de él, sujetándole las manos.

Rowan y yo observamos mientras lo ayudaban a subir a la

camilla justo afuera de la puerta y lo metían en la ambulancia. Saludaron con la mano y partieron.

—¿Quiere que le ayude a limpiar antes de que se vaya? —ofreció Rowan.

Negué con la cabeza, sintiéndome como si estuviera en un sueño. —No sé. ¿No debería irme ya?

—Les llevará un tiempo ingresarle. Puede tomarse un minuto. Aunque solo sea para sentarse y respirar. Puedo acompañarla si quiere. James y yo podemos llevarle su coche al hospital más tarde.

Respiré profundamente y solté el aire lentamente. —Estaré bien. Limpiar es buena idea.

Rowan me siguió de vuelta a la cocina. Trabajamos en silencio juntos para guardar la comida que Eddie había sacado. Le ofrecí algo a Rowan para que él y Willow compartieran, pero lo rechazó.

—Vais a necesitar algo para comer cuando regrese a casa.

—¿Cree que va a estar bien? —pregunté, odiando lo temblorosa que sonaba mi voz.

Rowan asintió. —No tenían prisa. Le dejaron caminar hasta la salida. Si fuera algo grave, se lo habrían llevado mucho más rápido y habrían partido con las luces y sirenas encendidas.

Por primera vez desde que llamé a la ambulancia, sentí que todo iba a estar bien. —Gracias, Rowan. Nunca pensé en eso. Gracias.

—De nada. Terminemos con esto para que pueda ir a averiguar qué ha pasado.

Asentí, agradecida de que estuviera allí para ayudar. Era bueno no estar sola.

17

Cuando llegué a urgencias, Eddie ya estaba en una habitación y conectado a más máquinas de las que parecía razonable. Pitaban, pero ninguna sonaba con alarma, así que lo tomé como buena señal. Eddie parecía estar dormido, así que me senté en una silla y me quedé mirándole.

Poco después de mi llegada, entró una enfermera y se presentó como Bonnie.

—¿Cómo está? —le pregunté.

—Por ahora, va bien.

Me fijé en la pulsera de riesgo de caída que llevaba en la muñeca. —¿Por qué tiene riesgo de caída?

—No estaba muy estable cuando ingresó. Los paramédicos dijeron que caminaba de forma irregular hasta la puerta de casa. Podría ser por su edad, pero por si acaso, le pusimos eso. Solo significa que no se le permite levantarse y caminar sin supervisión.

—¿Ya saben qué le ocurre?

Negó con la cabeza. —Todavía no. El médico ha pedido pruebas. No hay signos de ictus, lo cual es buena señal. Los moratones en su brazo son del cateterismo cardíaco que le hicieron el lunes.

—¿Qué?

Bonnie me miró y sonrió dulcemente. —¿No se lo dijo?

Negué con la cabeza.

—Lo siento, cariño. Los padres no siempre son buenos admitiendo que son vulnerables. Se supone que deben ser nuestros héroes, y reconocer que ya no son el mismo hombre que cuando eras pequeña es difícil.

—Es mi padrastro. Él y mi madre se casaron hace cuatro años. Mi madre murió de cáncer de mama unos meses después.

—Y no cambiaría ni un ápice de eso —dijo Eddie suavemente desde la cama.

—Estás despierto —exclamé, girándome hacia él.

—Eh, pequeña. ¿Qué pasa?

—Estás en el hospital. No te encontrabas bien. ¿Por qué no me dijiste que tenías problemas del corazón?

—No quería preocuparte.

—Eddie, siempre voy a preocuparme por ti.

—Eres demasiado joven para tener que pensar dos veces en mí. Estoy bien. El médico dijo que todo estaba en orden. Me dio una medicina nueva.

—¿Qué medicina nueva? —preguntó Bonnie.

—No recuerdo. Todo debería estar en alguna ficha por ahí.

Bonnie me miró pidiendo ayuda.

Saqué mi móvil y abrí la aplicación de notas donde guardaba toda su información. Giré el teléfono para que Bonnie pudiera leer los datos. —Ahí está su médico de cabecera y toda la medicación que conozco. Tengo un poder notarial para él y soy su representante sanitaria.

—Gracias —dijo Bonnie. Anotó toda la información y luego se marchó prometiendo volver pronto.

—¿Por qué estoy aquí? —preguntó Eddie un minuto después.

—No te encontrabas bien —le dije. Acerqué la silla a la cama y le cogí la mano—. Estaba preocupada por ti.

—No quiero que te preocupes. Deberías estar por ahí viviendo tu vida.

—Tú formas parte de esa vida, Eddie. Te necesito aquí conmigo.

Sonrió y me apretó la mano. Nos acomodamos y miramos la televisión silenciosa en la esquina mientras esperábamos las noticias del médico.

UNA HORA se convirtió en dos, y eso se convirtió en tres antes de que los médicos tuvieran respuestas reales. A Eddie lo llevaron a hacerse pruebas, cada vez regresaba en la camilla para seguir esperando. Cuando el médico finalmente llegó, estábamos más que un poco tensos.

—Bueno, parece que el nuevo medicamento fue el culpable —dijo el médico—. El betabloqueante que está tomando le bajó demasiado la presión arterial. He hablado con el médico que se lo recetó y estamos de acuerdo en que todavía necesita la medicación.

—¿Es buena idea? —pregunté.

—Estaba teniendo algunos episodios de arritmia. El cateterismo cardíaco y el electrocardiograma que le hicieron a principios de semana fueron para asegurarse de que no hubiera nada más ocurriendo. Es posible que necesitemos considerar un marcapasos en algún momento, pero por ahora, el Dr. Carlyle cree que los medicamentos son la decisión correcta.

—No si va a desmayarse cuando esté solo en casa —argumenté. Eddie era demasiado importante como para que ignoraran lo que estaba pasando y no hicieran bien su trabajo.

—Estoy de acuerdo —dijo el médico—. Pero Eddie está deshidratado. Ha dicho que no desayunó, y la deshidratación parece indicar que quizás no bebió agua hoy y probablemente tampoco bebió suficiente ayer.

Me giré hacia Eddie. —¿Qué? ¿Por qué harías eso?

Se encogió de hombros, pareciendo pequeño en la cama del hospital. —No me gusta mucho el agua. Y quería preparar la comida. No pensé en nada más.

—El suero que tiene le está administrando líquidos, y queremos que coma antes de darle el alta. Si toma la medicación según lo prescrito, y no tenemos motivos para pensar que no lo haya estado haciendo, y come y bebe como lo haría normalmente, el medicamento no debería causarle más problemas.

Mis mejillas ardían de vergüenza. Estaba lista para criticar al médico por ser indiferente, y el tratamiento era comer y beber en lugar de matarse de hambre. Me sentí como una tonta. —Gracias, doctor. Lo agradecemos.

—Por supuesto. Haré que una enfermera venga con un menú y podréis pedir lo que queráis. Queremos mantenerlo aquí unas horas más para asegurarnos, pero mientras no haya cambios, deberíamos poder darle el alta esta noche.

—Gracias.

—De nada.

El médico salió de la habitación, y me giré hacia Eddie. —¿En qué estabas pensando? Sabes que tienes que cuidarte.

Eddie parecía avergonzado. —Lo siento. De verdad que simplemente se me olvidó. Iba a comer algo después de empezar la salsa, y luego estuve ocupado haciendo cosas. Cuando volví a pensar en comer, sabía que tú llegarías pronto y comeríamos espaguetis. Vaya, odio haber estropeado la comida y esa salsa.

—La salsa estará bien —le dije.

—No después de estar fuera todo el día.

—La guardé antes de irme. Sabía que te enfadarías si llegabas a casa.

Se rio entre dientes. —Una pequeña bajada de tensión no va a acabar conmigo, cariño. Vas a tenerme que aguantar un tiempo más.

—Eso espero. Aún no estoy preparada para perderte.

—Me alegro. Yo tampoco estoy preparado para irme todavía.

Le abracé, aliviada de que fuera a estar bien.

El resto de su estancia transcurrió sin incidentes. Después de comer, parecía más él mismo y el médico le dio el alta a última hora de la tarde. Durante todo el viaje a casa no dejó de hablar de la salsa y de las ganas que tenía de comer por fin los espaguetis.

Acomodé a Eddie en el salón, aunque discutió conmigo porque quería ayudar, y saqué la salsa de la nevera. Mientras se calentaba en el fuego, puse el agua para los espaguetis. Cuando todo estuvo listo, llevé dos cuencos al salón y me senté con él frente al televisor.

Eddie gimió después del primer bocado. —Vaya, esto está buenísimo.

Me reí. —Sí, lo está. Me recuerda a mamá.

Eddie me sonrió. —A mí también. Es difícil creer que hace casi cuatro años que la perdimos.

—Sí. La echo de menos.

—Yo también. Constantemente. Pero sigue aquí con nosotros. Nunca estamos sin ella. Está en todo lo que hacemos. Estaría orgullosa de ti y de todo lo que has conseguido.

—Espero que sí.

Eddie y yo estuvimos en silencio durante unos minutos mientras comíamos. No dejaba de mirarlo para asegurarme de que estaba bien, pero parecía ser el mismo de siempre.

—Me sorprende que estés libre esta noche. Pensaba que tendrías planes un sábado por la noche.

—¡Mierda! —murmuré.

—Vaya, vaya —dijo Eddie.

Me levanté de un salto del sofá y agarré mi bolso del recibidor. Saqué el móvil y regresé a mi asiento, revisando los mensajes de Xavier. Iban desde *¿estás lista para nuestra cita?* hasta *¿está todo bien? Estoy preocupado.*

—Mierda, mierda, mierda —murmuré.

—¿Te has olvidado de una cita candente? —bromeó Eddie.

Le ignoré, sin saber cómo responder a su pregunta. Mientras mi madre estaba en medio de todos los cotilleos del pueblo, Eddie no se enteraba de nada. No tenía ni idea de que estaba saliendo con alguien, y menos aún de que Xavier se había mudado aquí.

—¿Tenías una cita? ¿Con quién? Invítale a venir. Tenemos espaguetis de sobra.

Miré a Eddie, preguntándome si había perdido la cabeza otra vez. —¿Invitarle aquí? Solo llevamos saliendo unas semanas.

—¿Y qué? Tienes que coger la vida por los cuernos y disfrutar cada minuto. Perdí tiempo con tu madre porque pensábamos que teníamos toda la vida por delante. Nunca sabes cuándo se te acaba el tiempo. No esperes para amar a alguien.

—No sé yo...

—Puedes irte si necesitas verle. Yo estaré bien.

Negué con la cabeza. —No. No quiero dejarte solo ahora mismo.

—Entonces invítale a venir. Prometo comportarme lo mejor posible.

Me mordí el labio y sopesé mis opciones. Si quería ver a Xavier, que era lo que quería, tenía que invitarle a venir. A casa de mi padrastro. Unas horas después de que hubiera salido del hospital.

Pulsé el nombre de Xavier en la pantalla y me llevé el teléfono a la oreja. Sonó y sonó. Me puse nerviosa y me levanté de un salto. Eddie me observaba mientras caminaba hasta el otro extremo de la habitación.

—¿Estás bien? —preguntó Xavier a modo de saludo.

—Estoy bien. Lo siento.

—Lo sientes. Mierda. Vale. ¿Puedo hacerte cambiar de opinión?

—¿De qué?

—De terminar lo nuestro. Dijimos que íbamos a intentar seguir adelante, y yo todavía quiero. Te quiero en mi vida, Karissa. Siempre te he querido en mi vida. Y ahora que vivimos en la misma ciudad, no estoy dispuesto a alejarme de ti. Sé que llego diecisiete años tarde, pero te quiero. Quiero construir un futuro contigo. Por favor, dame otra oportunidad.

Mis labios se curvaron en una sonrisa tonta con cada palabra que decía. Cuando terminó, estaba tan sorprendida que no podía hablar.

—¿Dónde estás? ¿Puedo ir a verte? Podemos hablar en persona.

—Estoy en casa de Eddie —dije finalmente.

—Tu padrastro. Vale. ¿Te ha dicho algo que te haya hecho cambiar de opinión sobre nosotros?

—No.

—Entonces, ¿qué ha sido? ¿Qué ha pasado? Quiero arreglar esto. No voy a perderte otra vez. No sin hacer todo lo posible para solucionarlo.

—¿Quieres venir a cenar?

—¿Qué? —soltó.

—Una cena. Estábamos cenando. Vine aquí para comer, y Eddie estaba actuando de manera extraña. Empezó con una nueva medicación esta semana, y su presión arterial bajó muchísimo y tuvo que ir al hospital. Fui con él y me olvidé de todo lo demás, incluida nuestra cita de esta noche. Solo estábamos cenando, y Eddie dijo que le sorprendía que estuviera libre, y recordé que se suponía que íbamos a salir esta noche.

—Y por eso te estabas disculpando.

—Exacto.

—Y yo he quedado como una completa idiota. Genial.

Solté una pequeña risa.—Gracias.

—Lo decía en serio, Karissa. Te quiero.

—Menos mal.

Esperó un momento y luego se rio.—Bueno, ¿y la cena? ¿Puedo llevar algo?

—No, ya hemos empezado a comer. ¿Te gusta la pasta?

—Me encanta.

—Perfecto. Te envío la dirección por mensaje. Nos vemos pronto.

—Genial.

Colgamos y seguía sin poder contener la sonrisa.

—Parece que ha ido bien —dijo Eddie, observándome desde el otro lado de la habitación.

—Me ha dicho que me quiere.

Eddie arqueó las cejas.—¿Y no le has respondido lo mismo?

—Quiero decírselo a la cara.

—Me alegro por ti, cariño.

Sonreí.—Ojalá mamá le hubiera conocido.

—Le contaré todo sobre él.

—Gracias, Eddie.

Encendí las luces exteriores y preparé otro plato de espaguetis. Cuando Xavier llamó al timbre, me sentía nerviosísima sin motivo aparente.

Eddie permaneció en su silla mientras iba a abrir la puerta. Xavier llevaba vaqueros y una camisa azul piscina que se ajustaba a su torso. Su aroma me golpeó nada más abrir la puerta. Pero fue la mirada en sus ojos lo que me derritió. Parte preocupación, parte nervios, y todo amor.

—Hola —dijo.

—Hola.

—¿Cómo está Eddie?

—Está mejor.

—Bien. ¿Cómo estás tú?

Sonreí. —Estaba aterrorizada.

Dio un paso adelante y me rodeó con sus brazos, atrayéndome contra su pecho sin dudarlo. Apretó su nariz contra mi cuello y me abrazó durante un largo momento.

Por fin respiré profundamente, liberándome de la ansiedad que había sentido todo el día. Eddie estaba en casa y bien. Y Xavier estaba allí, y me amaba.

—Te quiero —susurré.

Se apartó, encontrándose con mi mirada y sonriendo. —¿He oído bien?

Asentí.

—¡Joder, sí!

Me reí con él. Presionó sus labios contra los míos, con cuidado de no ir demasiado lejos ya que no estábamos solos. —Te quiero.

—Perfecto.

Se rio suavemente. —Preséntame a Eddie.

Asentí y tomé su mano, guiándolo hasta la sala de estar. Eddie nos miró con una amplia sonrisa.

—Eddie, este es Xavier. Xavier, este es mi padrastro, Eddie.

Xavier soltó mi mano para cruzar la habitación hacia Eddie. Le estrechó la mano y dijo: —Es un placer conocerle. Me alegro de que se encuentre mejor.

—Somos dos, hijo. Karissa no me ha contado absolutamente nada sobre ti, así que sírvete algo de comer y únete a nosotros. Tienes mucho que contar.

Me reí y puse los ojos en blanco. Xavier simplemente asintió y aceptó.

Los tres nos acomodamos frente al televisor, con Xavier entre Eddie y yo. Escuché mientras ellos dos hablaban de todo, desde la infancia hasta la universidad y los deportes. Cuando la conversación giró hacia McJenna, Eddie preguntó sobre su traslado aquí en pleno instituto.

—No estaba contenta —admitió Xavier.

—Me lo puedo imaginar. Aunque es un buen sitio para crecer. Hará amigos la semana que viene cuando empiecen las clases.

—Gracias a Karissa, ya conoció a una hace unas semanas. Es como si fuera otra persona.

Eddie me miró.

—La hija mayor de Valentina tiene la misma edad. Ella y yo ayudamos a organizar un encuentro casual sin que Bianca supiera que las estábamos emparejando.

—Es una buena idea. No es fácil ser el nuevo. Especialmente cuando todos los demás ya se conocen.

—El principio del verano fue difícil —admitió Xavier—. Yo trabajaba muchas horas y ella estaba aburrida a más no poder. Empecé a trabajar con un horario más normal y a tomarme un día libre cada dos semanas, y Karissa la presentó a Bianca, y es como si tuviera una hija distinta en casa.

—Me alegra oír eso. Tendrás que traerla algún día para que pueda conocerla —dijo Eddie.

—Me encantaría —respondió Xavier.

Ambos hombres se giraron para sonreírme. Miré de uno a otro y me reí. —¿Ya estáis conspirando vosotros dos?

—Por supuesto que no—dijeron al unísono. Todos nos reímos.

Xavier y yo nos quedamos con Eddie hasta que declaró

que estaba cansado y se iba a la cama. Me aseguré de que la cocina quedara limpia y todo recogido, luego le dimos las buenas noches a Eddie y nos marchamos.

—¿Tengo que besarte en el camino de entrada de tu padrastro, o voy a poder continuar esta noche contigo?— preguntó Xavier cuando llegamos a nuestros coches.

—Estaba pensando que quizás podrías venir a mi casa. Aún es temprano. A menos que tengas que volver a la tuya.

Él negó lentamente con la cabeza. —McJenna está pasando la noche en casa de Bianca.

—¿De verdad?

Asintió.

—Lo que significa que no tienes prisa por volver a casa.

—Ni la más mínima.

—Mmm. ¿Qué vas a hacer contigo mismo?

Dio un paso adelante, presionando mi espalda contra el lateral de mi coche. —Tengo algunas ideas.

Se inclinó y me besó el cuello. El fresco aire nocturno no era rival para el calor que encendía dentro de mí. Gemí y eché la cabeza hacia atrás.

—Podría hacer esto durante un rato.—Me mordisqueó la clavícula—. —Y esto.—Su lengua se deslizó por mi cuello, y succionó el punto sensible detrás de mi oreja—. —Y esto.

—Me gustan todas esas opciones—susurré.

—Tengo algunas otras ideas también, pero probablemente debería esperar hasta que estemos tras puertas cerradas para esas.

—Me gusta tu forma de pensar.

Se rio contra mi piel, provocándome un escalofrío por todo el cuerpo.

—Ya sabes que te quiero.

Asintió y se apartó. —Lo sé. Y yo te quiero a ti. Nunca pensé que podría volver a decírtelo, pero ahora puedo. Voy a volverte un poco loca de tanto decírtelo.

Sonreí. —No lo creo.

—Mejor. Porque te quiero. Me besó en los labios. —Te quiero. Me besó en el cuello. —Te quiero. Me besó la oreja. —No puedo esperar a hacer el amor contigo.

Asentí.

—Te seguiré. Te quiero.

Sonreí mientras retrocedía y se dirigía hacia su coche. —Te quiero.

18

XAVIER

El trayecto de cinco minutos hasta el apartamento de Karissa se sintió como si durara tres horas. Solo quería tenerla en mis brazos, pero había señales de stop, gente cruzando la calle y ningún sitio para aparcar. Estaba a punto de salirme de mi propia piel.

Por fin conseguimos llegar y aparcar, y nos encontramos frente a su edificio. Le cogí la mano y subimos rápidamente las escaleras. Era bueno saber que ella estaba tan impaciente como yo.

Karissa forcejeó con la llave en la cerradura. Apenas resistí el impulso de abrazarla mientras estábamos de pie fuera de su puerta, hasta que por fin consiguió meter la llave y nos dejó entrar.

Tan pronto como se cerró la puerta, me empujó contra ella. Sus manos se deslizaron bajo mi camiseta, levantándola, sus uñas arañando mi piel. Gemí y me arranqué la camiseta cuando ella la abandonó a la altura de mi pecho para poder tocarme.

No iba a quejarme, desde luego.

Sus dedos rozaron mis pezones y luego descendieron por mis abdominales. Contuve el estómago, consciente de que no tenía el mismo aspecto que cuando estábamos a principios de los veinte. Se inclinó y lamió mi esternón, con solo la punta de su lengua en contacto con mi piel. Siguió subiendo, por mi garganta y barbilla hasta que sus labios se cerraron sobre los míos.

Joder, esta mujer sabía cómo volverme loco.

Le sujeté la mandíbula y la mantuve en su sitio mientras invadía su boca con mi lengua. Mi polla palpitaba en los vaqueros, rogando por salir y estar dentro de ella, pero era ella quien llevaba el control. Yo solo era un participante muy dispuesto.

Dio un paso atrás, arrastrándome con ella ya que nuestras bocas seguían unidas. No se molestó en encender las luces mientras nos movíamos por su apartamento. Dio un giro y un minuto después, se detuvo al borde de una cama.

Quería verla, observarla, absorber cada detalle.—Luz.

Ella se separó de mí y encendió una lámpara junto a la cama.

Miré alrededor de la habitación, absorbiendo todos los trozos de ella que veía. Las cortinas coloridas, la cómoda de gran tamaño con algunas piezas de joyería esparcidas encima, el sencillo escritorio en la esquina con el portalápices con forma de caca que le regaló su madre. Si Karissa fuera una habitación, sería esta, hasta la cama de matrimonio que estaba perfectamente hecha con un edredón que parecía teñido por la misma luz del sol.

—Ahora estoy nerviosa —admitió—. Hace un minuto no lo estaba, pero ahora sí.

—Somos solo dos personas que se quieren —dije—. No tiene que pasar nada si no estás preparada.

—Créeme, estoy preparada. Pero ha pasado tiempo.

—Diecisiete años.

Ella se rio por lo bajo. —Sí, pero me refería en general.

—¿Cuánto tiempo? —Le coloqué un mechón de pelo detrás de la oreja y esperé su respuesta. No quería pensar en ella con otro hombre, pero sabía que tampoco había estado completamente sola.

—Más de un año. Y luego mi operación. —Escondió su mirada de mí, mordisqueándose el interior de la mejilla.

Le levanté la barbilla con la punta del dedo y esperé hasta que me mirara. —No me importaría si no tuvieras nada ahí. Saber que estás a salvo, sana y con las mejores posibilidades de supervivencia es lo más importante.

Ella asintió. —Estoy de acuerdo, pero no soy del todo yo. Cuando me toques ahí, estarás tocando bolsas de fluido cubiertas de piel.

—Pero es tu piel, Karissa. Eso es lo que estoy tocando. Eso es lo que quiero. Solo a ti.

Asintió de nuevo. Cuando alcanzó el borde de su camiseta, puse mi mano sobre la suya.

—Déjame a mí.

Tomó aire y soltó la tela.

Me arrodillé frente a ella y levanté el dobladillo. Una fina franja de piel morena quedó visible, justo lo suficiente para que pudiera verla y saborearla. Pasé mi lengua por esa piel desnuda, disfrutando cómo ella gemía suavemente en respuesta.

Levanté más la camiseta, exponiendo su piel centímetro a centímetro hasta que llegué al borde inferior de su sujetador. Una banda elástica rodeaba su cuerpo, sin aros. Encontré un cierre en la espalda y le quité la camiseta por completo.

Ella contuvo la respiración, justo como yo hice cuando me quité la camisa, pero todo lo que vi fue a la mujer más hermosa del mundo. La besé, sujetando su cuerpo firmemente contra el mío mientras nos volvíamos locos de deseo.

Sus manos se deslizaban arriba y abajo por mi espalda,

sus uñas arañando mi piel con impaciencia. Solté el cierre de su sujetador y di un paso atrás para dejarlo caer al suelo, luego atraje su cuerpo al mío otra vez.

—Karissa —gemí.

—Por favor —gimoteó ella.

No tuvo que pedírmelo dos veces. La conocía lo suficiente para saber que estaba húmeda y lista y necesitaba que las cosas avanzaran.

Me arrodillé de nuevo y deslicé sus shorts y bragas por sus muslos. Ella salió de ellos, separando los muslos en el proceso. Aproveché el movimiento y deslicé una mano por el interior de su pierna.

Se quedó inmóvil, con las manos sobre mis hombros. Separó más las piernas, lo justo para indicarme que quería que continuara.

Alcé la mirada hacia ella, observando su rostro mientras mi mano alcanzaba el vértice de sus muslos. Se mordió el labio y cerró los ojos. Tracé sus labios, extendiendo su humedad por su piel sedosa.

—Xavier.

Introduje suavemente un dedo en su interior, gimiendo cuando su cuerpo lo succionó más adentro. Bombeé dentro y fuera, lentamente, sintiendo lo estrecha que estaba. No podía esperar para llenarla por completo.

Ella separó más los muslos. Retiré mi dedo y lo arrastré hasta su clítoris, rodeando el sensible botón antes de sumergirme de nuevo en su núcleo.

—Oh, Dios.

—Túmbate —le dije, empujándola hacia la cama mientras la follaba lentamente con mi dedo.

Dio un paso atrás y estiró el brazo por detrás, tumbándose en la cama con las rodillas colgando por el borde. Le separé ampliamente los muslos y coloqué sus pies sobre mis hombros para que quedara completamente expuesta para mí.

Joder, era preciosa. Su piel brillaba con su humedad, su clítoris hinchado y listo para mí. Su centro goteaba cada vez que retiraba mi dedo.

Le añadí un segundo dedo, y ella gimió larga y sonoramente. Sus muslos se tensaron alrededor de mi cuello, pero presioné sobre ellos hasta que los relajó de nuevo. Entonces me incliné hacia delante y probé su sabor por primera vez en demasiado tiempo.

El sabor de ella explotó en mi lengua, llevándome de vuelta a cuando me pertenecía. No pude contenerme una vez que tuve mi lengua sobre ella y ataqué su clítoris con rápidas y precisas caricias destinadas a llevarla al límite lo más rápido posible.

Gemía y se retorcía en la cama, animándome con sus sonidos incoherentes. Sus caderas se movían con mis dedos, follándome con la misma intensidad con la que yo la follaba a ella. Mi polla palpitaba, deseando participar en la acción, pero aún no había terminado de saborearla. Ni mucho menos.

—Oh, Dios, Xavier. Oh, Dios.

Gimoteó y empujó contra mí. Sus manos agarraron la parte posterior de mi cabeza, pero inmediatamente las retiró. Con mi mano libre tomé la suya y la volví a colocar en mi cabeza. Quería que me mostrara exactamente lo que necesitaba.

Agarró mi cabeza y tiró con fuerza, hundiendo mi cara en su coño. La lamí, la chupé y la follé hasta que todo su cuerpo se quedó inmóvil y soltó un gemido que rápidamente se convirtió en un grito.

Sus brazos se aflojaron, y tomé aire, embriagado con su olor, su sabor y su tacto. Necesitaba más de ella, y mi mujer podía dármelo. Siempre lo hacía.

Acaricié la punta de su clítoris con mi lengua hasta que se sacudió y gimió de nuevo. Hundí mis dedos profundamente en su interior otra vez, devolviéndola a mí para poder hacerla volar de nuevo.

—Sí, suspiró.

Sí, efectivamente. Raspé su clítoris con mi lengua hasta que jadeó y alcanzó mi cabeza otra vez. Entonces chupé con fuerza su clítoris en mi boca y ella se elevó. Gemidos, gritos y uñas clavándose en mi cuero cabelludo me indicaron que aún no había terminado. Seguía subiendo y necesitaba más.

Añadí un tercer dedo a su centro, y ella relajó todo su cuerpo.

—Fóllame, suspiró.

—Sí, señora, dije contra su carne. Todo estaba húmedo. El placer fluía de ella, llenando mi mano mientras la follaba dura y rápidamente. Ella bombeaba sus caderas contra mi mano, cogiendo lo que necesitaba. Chupé su clítoris, haciendo lo posible por mantener el ritmo de sus movimientos. Cada vez que la tenía en mi boca, jadeaba y movía sus caderas más rápido.

—Por favor, suplicó, con la voz tensa.

Presioné mi mano contra su muslo y mi cara firmemente contra su cuerpo, chupando con fuerza su clítoris. Me moví con ella, sin dejar que se alejara de mí cuando retrocedía para follar mi cara y mi mano. Agarré su cadera con mi mano libre y aguanté durante su orgasmo cuando finalmente se dejó ir.

—Sí, oh, Dios, sí. ¡Joder! ¡Xavier! ¡Sí!

Su cuerpo tembló, se agitó y se sacudió hasta que no tuve más remedio que moverme o arriesgarme a hacerle daño. Me limpié la cara con el dorso de la mano y la acaricié suavemente en su interior hasta que me miró y sonrió.

—Joder, eso ha sido increíble.

Sonreí. —Y tanto.

—¿Por qué sigues ahí abajo?

—Es' una vista increíble.

Sonrió. —Mejor sería tenerte dentro de mí.

Retiré los dedos de su cuerpo, observando cómo me dejaba ir. Su cuerpo temblaba.

Me puse de pie y me quité el resto de la ropa. Me acerqué a ella y me coloqué entre sus muslos, pero me detuve. —Casi olvido un condón.

Cuando estábamos en la universidad, nunca los usábamos. Ella tomaba la píldora, y nos hicimos pruebas después de unos meses. Tras eso, solo estuvimos el uno con el otro.

—Xavier, dijo suavemente.

Me detuve y la miré. Se mordió el labio inferior y se encogió de hombros.

—Tienes que decirlo, Karissa.

—No tienes' que usar condón. Sigo tomando la píldora. Estoy limpia.

Cerré los ojos y cogí mi polla, acariciándola una vez, luego una segunda. —No hay nada que desee más que hundirme en ti sin nada entre nosotros, pero sé que ha pasado mucho tiempo.

—Te deseo. Solo te deseo a ti.

—Estoy limpio. Te lo prometo. No he estado con nadie en casi cuatro años. Para nada. Me he hecho pruebas. Y siempre usé condones, excepto con Denise después de que quedara embarazada.

—Confío en ti, dijo ella.

Esas tres palabras fueron más que cualquier otra cosa. Cerré los ojos y dejé que esas palabras penetraran en mí. Volví a acercarme a ella, separándole los muslos y colocándome entre ellos.

—Confío en ti —repitió ella.—Te quiero.

—Te quiero —le dije.—Solo a ti, Karissa. Siempre a ti. Te quiero. Confío en ti. Te necesito.

Ella me repitió las palabras mientras rodeaba mis caderas con sus piernas.

Me coloqué en su entrada y mantuve mi miembro inmóvil. Alcé la mirada hacia ella, nuestros ojos conectados mientras me sumergía profundamente en el amor de mi vida.

—Oh, Dios —suspiró ella.

—Sí. —Bajé la mirada para observar cómo mi miembro reaparecía entre sus piernas. Entrando de nuevo, desapareciendo en su sexo perfecto. Ella se estiraba para recibirme, su cuerpo envolviendo firmemente el mío.

—Joder —susurró.

—Déjate llevar para mí —le dije.

Asintió y deslizó la mano por su cuerpo. Sus dedos se extendieron sobre su clítoris, para luego bajar más y sentir dónde la penetraba.

—Joder —gruñí cuando sus dedos me rozaron.

Separé más sus muslos y observé cómo follábamos. Era crudo y hermoso y todo lo que me había faltado en la vida. Era Karissa. Éramos nosotros. Nunca volvería a perderla.

Sus dedos subieron por su cuerpo hasta su clítoris, y lo pellizcó entre dos de ellos. Gimió y presionó un dedo contra el hinchado botón. Su interior se apretó a mi alrededor, y casi exploto en ese mismo instante.

—Xavier —susurró.

La miré, adorando esa expresión de puro éxtasis en su rostro mientras se hacía llegar al orgasmo. Sus labios se torcieron y su boca se abrió formando una O antes de liberarse, su núcleo apretándose a mi alrededor mientras sus dedos volaban sobre su clítoris y se corría con un grito que me llevó al límite.

Sujeté sus tobillos y me dejé ir, follando a mi mujer hasta que mi garganta se tensó y todo mi cuerpo se bloqueó. Miré fijamente su entrada, embistiéndola con fuerza y gimiendo cuando sus dedos volvieron a tocar mi miembro y me corrí intensamente, gruñendo y gimiendo y preguntándome cómo demonios pude alejarme de ella alguna vez.

Nunca más. Ella era mía, y yo era suyo, y nada volvería a cambiar eso jamás.

Me dolían los muslos de estar de pie mientras me corría con tanta fuerza, pero aún no estaba listo para abandonar su cuerpo. Me quedé allí durante un largo momento, observándola mientras bajaba de su éxtasis. Sus ojos se abrieron parpadeando y me miraron con una sonrisa soñolienta y embriagada de sexo que la hacía parecer diecisiete años más joven.

—Dios, cómo he echado de menos esto.

Me reí entre dientes. —¿Es esa la única razón por la que aceptaste tener una cita? ¿Me estás utilizando para el sexo?

—Eh, ¿no? —dijo Karissa con una sonrisa.

—No es justo, —protesté—. Tengo mucho más que ofrecer que solo buen sexo.

—No es buen sexo, —me provocó—. Es sexo jodidamente increíble.

Mi polla palpitó dentro de ella, y gimió.

—Oh, sí. ¿Ves? A eso me refiero.

Me reí con ella. Nunca me había reído durante o después del sexo con nadie más. Karissa era la única que me hacía sentir que podía ser yo mismo en cada momento que estábamos juntos.

—Necesito hacer pis. Tienes que dejarme levantar, —dijo, empujando mi pecho.

—No quiero dejarte ir.

Me miró. —Nunca.

Me incliné y la besé con fuerza, hundiendo mi lengua en su boca. Necesitaba que supiera lo que significaba estar con ella de nuevo.

Sonrió contra mis labios cuando suavicé el beso. Se levantó y caminó con paso vacilante hasta el baño, dejando la puerta abierta. Era como si no hubieran pasado diecisiete años y fuéramos otra vez estudiantes a punto de graduarse en la universidad planeando una vida juntos.

Cuando tiró de la cadena y abrió el grifo para lavarse las manos, entré en el baño para asearme. Se apoyó contra la encimera y me observó, con una sonrisa en su rostro.

—¿Qué?

Ella negó con la cabeza. —Nunca pensé que volveríamos a estar juntos.

Asentí y la atraje hacia mis brazos. —Yo tampoco. Nunca pensé que me perdonarías. Yo todavía no me perdono a mí mismo.

Ella se apartó de mí. —No. No puedes decir eso. Las decisiones que tomaste entonces fueron las correctas para ti en ese momento. Dolió, mucho, pero no podemos comenzar esto con arrepentimientos. Tienes que perdonarte a ti mismo.

—Perdimos mucho tiempo.

—Y vamos a perder más si dejas que las viejas decisiones arruinen lo que podríamos tener. Te quiero. Siempre te he querido. Nunca he dejado que otro hombre entrara en mi cuerpo sin protección. Eso es algo importante para mí. Tú eres el único para mí, Xavier. Para siempre. Siempre lo has sido, y sé que por eso nunca me asenté con nadie más. Te estaba esperando y confiando en que encontraríamos la manera de estar juntos. Pero no puedes mirar hacia atrás. Tenemos que mirar hacia adelante, hacia nuestro futuro.

Tomé aire profundamente y lo solté lentamente. Ella tenía razón. Ella siempre tenía razón.

—Vale.

—Bien,—dijo ella. —Ahora, creo que necesitamos comer algo. Me estoy quedando sin energía, y tenemos toda la noche por delante. Pienso utilizarte para más sexo antes de que salga el sol.

—Me encanta tu forma de pensar,—le dije.

Me lavé las manos y la perseguí desde el baño hasta la cocina. Me encantaba que no se molestara en ponerse ropa, simplemente deambulaba completamente desnuda. Abierta y lista para mí. Corazón, cuerpo y alma. Era un hombre afortunado.

19

KARISSA

—¿**P**or qué pareces estar flotando? —preguntó Blake cuando entré en el club de lectura.

—Probablemente porque Xavier no volvió a casa anoche —explicó Finley al grupo.

—¿Qué? —exclamaron todos.

—No es para tanto —dije, aunque mis mejillas se calentaron y todo mi cuerpo se inundó de alegría. Dios, era tan tonto, pero no podía dejar de sonreír.

—¿Vosotros dos estáis oficialmente juntos otra vez? —preguntó Melody.

Asentí. —Lo estamos.

—¿Es algo permanente o es algo casual? —preguntó Sofia.

—No es casual. No puedo decir que sea permanente, pero espero que lo sea —les dije.

—Vaya. Me alegro por ti. —Piper sonrió ampliamente.

—Gracias.

—¿Qué tal el sexo? —preguntó Elise.

—Solo tú podías preguntar eso —dije, riéndome y negando con la cabeza.

—Yo también me lo preguntaba —dijo Willow.

Elise y Willow chocaron los puños.

—Quizás no quiera contárnoslo —dijo Finley.

—Oh, no, definitivamente quiero contároslo —dije, haciendo reír a todos—. Hace siglos que no tengo una buena historia que compartir. Y cuando tenía alguna, siempre era una historia torpe y aleatoria. Así no es con Xavier.

—Me encanta cuando es así, dijo Goldie. —Cuando sientes que os conocéis por dentro y por fuera y puedes anticipar lo que la otra persona va a decir o hacer.

—¿Por qué fracasó tu matrimonio? preguntó Trinity.

—¡Trinity! jadeé.

—¿Qué? Tuvo la decencia de parecer avergonzada. —Lo siento. Fue una mala pregunta. Es que sonaba como si tuvierais una vida sexual muy buena. ¿Por qué salió todo mal?

Goldie se encogió de hombros. —No éramos el uno para el otro al final. Yo pensaba que sí. Teníamos buen sexo y buenas conversaciones y tenemos un hijo increíble, pero... Hizo una pausa y miró alrededor de la habitación.

Ninguna de nosotras conocía bien a Goldie. Su hermana trabajaba con Laura, y congeniaron cuando se conocieron. Goldie ayudó a Finley con algunos eventos hace un año que aseguraron las finanzas de la tienda durante un tiempo. Era talentosa, inteligente y divertida. Yo también me preguntaba por qué había fracasado su matrimonio, pero no tenía el valor para preguntárselo.

—Mi ex es gay. Bueno, bisexual, supongo. No había salido del armario cuando nos casamos, y yo no tenía ni idea. Era amable y generoso, y conectábamos. Pero a medida que el mundo se ha vuelto más aceptante, finalmente se sintió seguro para ser quien realmente era.

—Joder, dijo Elise. —No era lo que esperaba que dijeras.

Goldie asintió. —No hablo de ello porque es doloroso. No que sea bisexual, sino que me mintiera sobre quién era durante tanto tiempo. Le quería. Aún le quiero, pero como amigo. Quiero que sea feliz, y ahora lo es, pero es difícil porque ahora estoy sola. Pensaba que él era mi media naranja.

—Lo siento mucho, dijo Trinity. —No debería haber preguntado.

Goldie negó con la cabeza. —Está bien. Él no vive por aquí, así que no mucha gente lo sabe. Paul se tomó el divorcio muy mal. Adoraba a su padre, y descubrir que Charles le había estado mintiendo toda su vida fue muy duro para Paul. No le importaba que su padre fuera gay, pero sigue siendo un niño que quiere que sus padres estén juntos para siempre.

—No es fácil, dijo Sofia. —Cuando mis padres se separaron, estaba muy enfadada con mi padre. Sus vidas simplemente no encajaban, pero yo pensaba que él debería cambiar para estar con mi madre. Ella me dijo una vez que no quería a un hombre diferente, pero que no podía vivir con el hombre que él era. No lo entendí en su momento. Era joven y creía que si querías a alguien, lo hacías todo por esa persona. Sin embargo, el amor funciona en ambos sentidos, y yo solo veía dónde él no estaba dispuesto a cambiar, no cómo ella tampoco estaba dispuesta a cambiar, ya que me parezco mucho a ella.

—Puedo entender eso, dijo Goldie. —No estaba dispuesta a permanecer en un matrimonio que sabía era unilateral, incluso si él me lo hubiera pedido. No lo hizo, pero si lo hubiera hecho, le habría dicho que no. Quiero saber que la persona con la que regreso a casa al final del día está tan emocionada de verme como yo de verle a él. Hizo una pausa y tomó un bocado de su tarta. —Probablemente debería conseguir un perro y olvidarme de los hombres.

Todas nos reímos, pero entendía perfectamente su pensamiento.

—Soy más de gatos, admití. —Menos mantenimiento.

—Cierto, pero ahora tienes un hombre, dijo Goldie con una cálida sonrisa. —Me alegro por ti.

—Gracias.

—Ahora, cuéntanos todo sobre tu noche. Porque necesito algo bueno. Goldie movió la cabeza de lado a lado y sonrió ampliamente.

—Fue como si hubiésemos estado juntos todos estos años, admití. —Fue extraño, pero se sintió normal. Como si simplemente hubiéramos pasado tiempo juntos.

—¿Eso significa que el sexo fue bueno? preguntó Blake. — El sexo durante el embarazo es mejor de lo que pensaba, pero el sexo de una relación nueva, cuando estábamos comprometidos y todo era fresco y brillante, era realmente bueno.

—Fue increíble. Le dije que solo le estoy utilizando por el sexo maravilloso, confesé.

—¡No, no lo hiciste! dijo Finley.

Asentí. —Sí lo hice. Él se rio. Sabía que estaba bromeando. Fue como solía ser. Fue divertido.

—Vaya, dijo Laura. —Me alegro mucho por ti. Te mereces ser feliz. Después de lo de tu madre, estaba muy preocupada de que no te abrieras a nadie más. ¿Cómo está Eddie?

Dudé, sabiendo exactamente a qué se refería. Cuando mi madre murió, estaba acabada. No estaba segura de si sobreviviría. Lloré durante días. Fue el peor mes de mi vida. Eddie estuvo ahí para mí, pero no era lo mismo para él. Él quería a mi madre, pero ya había perdido a una esposa antes y sabía que la vida continuaría. Para mí, fue un golpe del que no sabía si me recuperaría.

Había perdido a mi padre, pero perder a mi madre fue diferente. Perder a mi padre dolió, pero siempre estuve más unida a mi madre. Ella estuvo ahí para mí cuando papá murió, y a través de todo lo demás en mi vida. Era mi constante. Mi mejor amiga de una manera que nadie más lo había sido nunca. Era la primera persona con la que quería compartir algo. Siempre lo había sido.

Cuando murió, sentí como si me hubiera perdido a mí misma. Sabía que iba a ocurrir, pero aun así no estaba preparada. No estaba segura de que fuera posible estar preparada alguna vez. Pero fue peor de lo que imaginaba.

Abrirme a ese dolor de nuevo... Laura tenía razón. Xavier se estaba convirtiendo rápidamente en mi persona más importante. La idea de perderle me dejaba sin aliento y hacía que todo doliera.

—¿Rissa? ¿Estás bien? ¿Le ha pasado algo a Eddie? —preguntó Laura.

Reaccioné y miré a mis amigas alrededor de la habitación. Las expresiones en sus caras pasaron de preocupación a miedo.

—¿Qué ha pasado? —preguntó Elise—. ¿Eddie está bien?

Por fin asentí. —Sí, está bien. Perdón. Pensaba que todo el mundo lo sabía. Ayer fue al hospital.

—¿Qué pasó?

—¿Está bien?

—¿Estás tú bien?

—Estamos bien. Él está bien. Tenía algunas palpitaciones y molestias leves, así que el lunes le hicieron un cateterismo cardíaco y empezó con medicamentos para la tensión. Le bajó la presión arterial, y como no comió y estuvo de pie, acabó en territorio peligroso.

—Dios mío —dijo Finley—. ¿Por qué no me llamaste?

—Estaba bien. Pensé que se lo contaría a todos cuando estuviéramos aquí. Estuvo en el hospital unas horas, pero cuando comió y se hidrataron, ya estaba bien. Le llevé a casa y cenamos.

—Pensaba que Xavier había cenado contigo anoche. Cuando se fue, dijo que iba a verte —dijo Finley.

—Así era. Lo hizo. Teníamos planes, pero con lo de Eddie,

se me olvidó. Cuando finalmente me acordé, invité a Xavier a cenar con nosotros.

—Entonces, ¿conoció a Eddie? —preguntó Finley.

Me reí. —Sí, conoció a Eddie.

—¿Cómo fue? —preguntó Blake.

—Bien. A Eddie le caía muy bien.

—¿Y cómo está Eddie hoy? —preguntó Elise.

—Está bien. Me ha prometido que va a comer con regularidad. Ha programado una alarma en su móvil para asegurarse de comer y beber para no terminar en el hospital otra vez.

—Menudo susto. La gente no se da cuenta de cuánto influye lo que comemos y bebemos en nuestro cuerpo. Por supuesto, la tarta no cuenta. —Laura se metió un buen trozo en la boca y masticó lentamente.

El resto nos reímos y asentimos con ella.

—Menos de tres semanas para la boda, Finley. ¿Estás lista? —preguntó Melody.

Finley sonrió. —Sí. Tengo muchas ganas. Vendréis todos, ¿verdad?

Todos asintieron.

—¿Y vuestras parejas, hijos o quien sea?

—¿Estás segura? —preguntó Goldie—. No tengo por qué traer a Paul.

—Si no quiere venir, no nos ofenderemos, pero habrá otros niños allí. Valentina vendrá con su familia. Creo que Paul conoce a su hija menor, ¿no?

Goldie se rio. —Eso podría convencerle para venir. Creo que está colado por Sam.

—El romance florece en las bodas —bromeé.

—No estoy preparada para que mi hijo de catorce años empiece a salir con chicas —dijo Goldie con un gemido—. Creo que debería haber una norma de que padres e hijos no pueden tener citas al mismo tiempo.

—¿Con quién estás saliendo tú? —preguntó Elise.

—Oh, con nadie. Solo que estoy soltera. Quiero estar abierta a la posibilidad. —Las mejillas de Goldie se sonrojaron.

—Ah, no te creo. Para nada. ¿Qué está pasando? —insistió Elise.

Goldie negó con la cabeza. —Nada en absoluto. Mi nuevo asistente es simplemente muy coqueto.

—¿Tu nuevo asistente masculino de veintiséis años? —preguntó Laura.

Goldie hundió la cabeza entre sus manos. —Ese mismo.

—¡Dios mío, nos has estado ocultando información! —dijo Elise. —Cuéntanos todo sobre ese jovencito coqueto. Y cómo vas a coquetear con él.

Goldie gimió. —No puedo coquetear con mi asistente. Es guapísimo, pero es demasiado joven para mí. Y trabaja para mí. He trabajado muy duro para llegar donde estoy como para arriesgarlo todo con una demanda por acoso sexual.

—Si es mutuo, no es acoso —dijo Piper. —No hay razón por la que no podáis estar juntos solo porque trabajéis en el mismo sitio.

—Trabaja para mí. Es mi asistente. Cualquier cosa puede verse como incorrecta. Y además, no estoy interesada en él. —Goldie estaba mintiendo descaradamente.

—Eso es mentira —dijo Elise. —Te gusta muchísimo. Todas lo vemos.

Goldie gimió de nuevo. —No me está permitido, así que simplemente estoy eligiendo usar la cabeza y voy a fingir que no me gusta. Dejadlo, por favor.

Elise abrió la boca para discutir, pero la interrumpí. —Por supuesto. No vienes aquí para que te presionen a hacer algo con lo que no te sientes cómoda. ¿Verdad, Elise?

Elise refunfuñó pero estuvo de acuerdo.

Finley cambió de tema volviendo a la boda, dejando a

Goldie tranquila. Le ofrecí una sonrisa y esperé que encontrara su propia felicidad. Por fin entendía por qué todas mis amigas estaban tan dispuestas a que las demás fueran felices. Encontrar mi felicidad de nuevo me hizo desear ver a todas mis amigas plenamente enamoradas como yo lo estaba.

DOS DÍAS DESPUÉS, tenía una reunión de seguimiento con Bex sobre la aplicación que estaba diseñando para ella. Ya tenía una maqueta hecha y lista para que la probara, si quería. Algunos clientes solo querían que estuviera terminada y no deseaban involucrarse, pero tenía la sensación de que Bex querría ver el producto en directo.

Me senté frente a mi ordenador y esperé a que entrara su llamada. Llegaba tres minutos tarde, pero no era algo inusual en ella, así que no me preocupé.

Hasta que recibí un mensaje.

> Lo siento. Me quedé atrapada en una llamada. Tenemos que hablar. ¿Estás disponible en treinta minutos?

El corazón me latía con fuerza. Podría haberlo cancelado sin más, pero dijo que necesitábamos hablar. Eso siempre era inquietante.

> Estoy disponible. Te veo entonces.

> Gracias.

Apagué el teléfono y respiré hondo. Quizás estaba siendo ridícula, pero algo en su tono me pareció extraño.

Me tomé el tiempo para coger agua y un tentempié rápido, asegurándome de no alejarme demasiado del ordenador por si llamaba antes.

Cuando pasaron los treinta minutos, me senté de nuevo y me obligué a respirar profundamente. Bex no llamó entonces. Seguí esperando, con la angustia hundiéndose más profundamente con cada minuto que pasaba.

El ordenador finalmente sonó con siete minutos de retraso. Exhalé profundamente, luego forcé mis labios en una sonrisa y respondí a la llamada.

—¡Hola! ¿Cómo está?

Bex no parecía feliz. En nuestra primera llamada estaba estresada, pero en esta simplemente parecía frustrada.

—No muy bien, para ser honesta.

—¿Va todo bien?

Tomó aire y me miró a través de la pantalla. Nuestras miradas se cruzaron, y supe lo que venía.

—Sinceramente, no. Recibí una llamada antes de un colega. Se enteró de que estaba trabajando con usted para desarrollar la aplicación, y quiso advertirme que trabajar con usted destruiría mi negocio. Probablemente no debería estarle contando esto, pero le tengo mucho respeto. Simplemente estoy confundida, Karissa.

—Bex, no sé qué decir. Hemos estado trabajando juntas durante un mes. ¿Cree en lo que dijo este colega por encima de mí?

—Con eso es con lo que estoy luchando. Normalmente, no es alguien a quien escucharía, pero me mostró pruebas. Las reseñas de su aplicación son horribles. No funciona como debería, se cuelga constantemente. Es un desastre. No puedo permitir que eso le pase a la mía. No tengo fondos para pagarle a otra persona que la rediseñe si no funciona.

No estaba segura de quién estaba hablando, pero tenía una sospecha. Necesitaba saber si estaba en lo cierto. —Bex, ¿puedo preguntarle quién le está diciendo esto? Sé que eso viola su confianza, pero si sé quién es, tal vez pueda defenderme.

—No estoy segura de que sea buena idea.

—Creo que esta persona está intentando arruinar mi negocio. Había estado preparando una propuesta para otra empresa antes de que usted y yo habláramos. La otra empresa prácticamente me dio un contrato, diciéndome que el proyecto era mío. Empecé a diseñar su aplicación, solo para que me llamaran después de semanas de trabajo y me dijeran que habían contratado a otra persona debido a la supuesta opinión de un antiguo cliente mío.

—Eso es horrible —dijo Bex.

—Fue frustrante, pero estas cosas pasan. Sin embargo, si alguien está intentando arruinar mi negocio, me gustaría saber quién es. Mi suposición es Gary Carmack.

Bex no dijo nada, pero soltó un respingo. Esa fue toda la confirmación que necesitaba para contarle la historia.

—Empecé a trabajar para él hace tres años. Acababa de terminar de desarrollar una aplicación que vendí yo misma. Fue muy exitosa. Él quería que le vendiera esa aplicación, pero me negué. Era una especie de trabajo por amor y algo de lo que quería mantener el control. Me pidió que desarrollara otra cosa para él. Hice exactamente lo que quería. La aplicación quedó perfecta. Le entregué todos los archivos de desarrollo y la información de fondo porque dijo que tenían un equipo interno que subiría la aplicación. Mintió.

—¿Qué?

—Su equipo interno en realidad era su hermano, que estaba aprendiendo a desarrollar aplicaciones. Subieron la aplicación, pero se negaron a contratarme para el mantenimiento regular. La subieron, y yo no tenía acceso a los archivos para mantenerla. Con un equipo, no hubiera sido difícil hacer pequeñas cosas, y podrían haberme contratado para actualizaciones importantes, pero no lo hicieron. Tampoco tenían un equipo interno ni a nadie que supiera lo que estaba haciendo. La primera actualización hizo fallar todos los dispositivos que ejecutaban la aplicación.

—No.

Asentí. —Todavía tenían los archivos originales, así que los volvieron a subir, pero necesitaban algunas actualizaciones. Intentaron contratarme para hacer una actualización de emergencia, pero no tenía espacio en mi calendario para asumir un proyecto así de inmediato. Cuando no quise dejarlo todo y abandonar a los clientes con los que estaba trabajando en ese momento, el Sr. Carmack dijo que me arrepentiría.

—Vaya —suspiró Bex.

—No sé si fue él quien te contactó, pero quería que conocieras esta historia, por si acaso. Tengo entendido que tuvieron que pagar el doble de mi tarifa para que alguien arreglara lo que el hermano había hecho en la aplicación, y para que lo hiciera en un tiempo razonable porque estaban intentando lanzar una nueva línea de productos. Creo que lo consiguieron, pero el daño ya estaba hecho y no creo que el negocio se recuperara. Él me culpa a mí, aunque yo no tuve nada que ver con que todo se estropeara. No estoy segura de por qué está contactando a la gente ahora para intentar arruinar mi reputación, pero supongo que es porque hay rumores de que van a tener que cerrar. Creo que espera que, si puede trasladarme la culpa a mí, quizás pueda demandarme o al menos salvar su reputación y su nombre.

—Lo siento muchísimo, Karissa —dijo Bex. Negó con la cabeza—. Debí haber sabido que estaba mintiendo. Me dijo que tú eras la razón de que todo se hubiera estropeado y que tuvo que contratar a alguien para arreglarlo. Nunca mencionó a su hermano ni la falta de un equipo.

—Eso imaginaba. No me sorprende. Normalmente no hablaría tan abiertamente sobre otro cliente, pero supuse que su fracaso era lo suficientemente público como para no contarte nada que no supieras ya, excepto mi parte en todo esto.

—No lo sabía. Pero me alegro de saberlo ahora. ¿Puedes perdonarme por haber pensado siquiera que él podría estar diciendo la verdad? Entenderé si no está interesada en seguir trabajando conmigo.

Lo pensé durante un minuto. No me gustaba que Bex confiara en Gary Carmack, pero lo entendía. Era alguien con quien tenía otras conexiones, y yo era alguien a quien había contratado. Confiarme su negocio suponía depositar mucha fe en mí, especialmente cuando otra persona le aseguraba que era una decisión equivocada.

—Si estás dispuesta a confiar en mí, seguiré trabajando contigo. Ya he creado una demo que quería enseñarte hoy. El trabajo está casi terminado.

—Oh, muchísimas gracias, Karissa. De verdad que lo siento mucho. Me aseguraré de que todos mis conocidos sepan lo increíble que eres para que su historia tóxica no siga extendiéndose.

—Gracias —le dije. Era agradable escucharlo, pero era un trago amargo. Perdonar y olvidar era una cosa, pero que cuestionaran mis valores y los encontraran deficientes era otra. Me caía bien Bex, y confiaba en que Gary le había insistido mucho, pero si quería mantener mi carrera, necesitaba dejar de depender de que otros me contrataran y hacer un trabajo que amara para personas que amara.

Como esa aplicación de la que Trent y Xavier hablaron para el teatro.

20

Bex le encantó la demo que creé y se disculpó profusamente. También hizo un anuncio muy público diciendo que estaba orgullosa de trabajar conmigo en el diseño de su aplicación. En el anuncio se disculpó por confiar en un colega poco honesto y casi poner fin a nuestra colaboración, mostrándose agradecida por mi honestidad y trabajo duro.

Lo agradecí, pero no cambió mi intención de querer diseñar más para mí misma. Quería actualizar Book Boyfriends Wanted y mejorar la aplicación. Quería crear otras aplicaciones que había considerado a lo largo de los años pero nunca había tenido el valor de hacer. Quería hacer cosas para mis amigos y seres queridos.

Había terminado de perseguir trabajo de personas que podían destruir todo lo que hacía con unas cuantas pulsaciones cuidadosas y algunas palabras malintencionadas perfectamente colocadas.

La mejor reivindicación que obtuve fue cuando Maxwell Robertson se puso en contacto para solicitar una reunión. Le dije que estaba demasiado ocupada ahora mismo, pero que podría incluirle en mi agenda dentro de un mes. Dijo que esperaría y se disculpó por confiar en la persona equivocada y no darme el contrato que me había prometido.

Tenía poca intención de trabajar con él, pero iba a asistir a la reunión y ver qué decía.

Mientras Bex probaba la demo que había creado para ella, decidí empezar a trabajar en una aplicación para el cine. Calculé que necesitarían dos, una para entradas y pedidos de comida y otra para que los clientes dentro del cine pudieran pedir bebidas y aperitivos durante la película. Ambas debían ser lo suficientemente sencillas para que los empleados pudieran actualizarlas con información actual, como títulos de películas y opciones del menú. Lo que significaba que tenía que hablar con Xavier al respecto.

Le invité a cenar el martes por la noche después de mi reunión con Bex para que pudiéramos hablar de los detalles. No era complicado de construir, y estaba segura de que podría tenerlo listo antes de que abriera el cine. En nueve días. Quizás estaba loca.

—¿Estás segura de que puedes hacer esto? —preguntó Xavier.

—Voy a hacer todo lo posible —le dije.

—Íbamos a usar la página web. Trent hizo que la diseñaran los del hotel. Funciona.

—Lo sé, pero querías una aplicación. Y puedo crear una aplicación. Así podrás lanzar exactamente como quieres. Solo necesito saber con qué restaurantes te has asociado y qué parte de su menú van a ofrecer. Y qué productos vais a ofrecer para esa parte de la aplicación.

—Si estás segura de esto, hagámoslo.

—Estoy segura.

Xavier me atrajo hacia él para darme un beso intenso. Su mano se enredó en mi pelo e inclinó mi cabeza hacia un lado. Apoyó su frente contra la mía e inhaló. —Te quiero.

—Te quiero.

Me soltó y se sentó a la mesa. Repasamos todas las opciones y tomé notas de todo. Estaba realmente emocionada por hacer la aplicación.

Cuando terminamos con los detalles que necesitaba, me preguntó si quería pedir la cena. —¿Comida china?

—Suena bien. ¿Dónde'está J esta noche?

—Última noche de libertad antes de que empiecen las clases mañana —dijo Xavier.

—Vaya, se me olvidó que mañana empiezan las clases.

—Sí. Ella y Bianca han salido a cenar, pero la recogeré a las nueve.

—Así que tenemos tiempo para cenar y postre, ¿no? —bromeé.

—Oh, sí.

Pedimos comida china y Xavier fue a recogerla mientras yo empezaba a trabajar en mis planes. Para cuando regresó, ya había adaptado otra aplicación y tenía una primera maqueta para enseñarle.

—¡Joder! ¿Has hecho esto mientras iba a por la cena?

Asentí. —Es rápido, y no está ni cerca de ser perfecto, pero quería darte una idea de cómo podría verse. Si quieres que haga algo diferente, puedo hacerlo.

—Es increíble. Quiero decir, no sé qué otras opciones hay, pero esto es alucinante.

—Puedo hacer muchas cosas, pero elegí esto porque me recuerda al teatro. Diferente pero que deja claro para qué sirve.

—Es perfecto.

Nos sentamos en el sofá e ignoramos la televisión mientras hablábamos. —¿Estarás listo para abrir la semana que viene?

Se rio. —No lo sé. Hay días en que parece que no abriremos hasta dentro de un año, pero sé que estamos muy cerca. Todos los asientos están instalados. El puesto de concesiones se entrega mañana y lo instalará un equipo que vendrá por la tarde. Las pantallas deberían llegar la semana que viene. Tenemos algunas cosas menores por hacer, pero realmente creo que está casi listo.

—Eso es genial. Sé que la gente está entusiasmada con ello. ¿Goldie va a hacer algo para la gran inauguración?

—¿Quién es Goldie?

Le miré, pero no estaba bromeando. —Es la directora de turismo de la zona.

—Dudo que le interese. Esto es más para los locales que para los turistas. Y probablemente no esté aquí en esta época del año. Los turistas ya se han ido en su mayoría.

Negué con la cabeza. —Goldie vive aquí. Tiene un hijo de catorce años. Es amiga mía. Me sorprende que Finley no haya hablado con ella sobre algo para el teatro.

Xavier se encogió de hombros. —No es gran cosa. Creo que hemos difundido la noticia lo suficiente. Las salas no son tan grandes, y no queremos que la gente se enfade porque no pueda entrar.

—Bueno, eso es cierto. No había pensado en eso.

—Tu aplicación ayudará con eso. Si la gente compra las entradas con antelación, sabrán que tienen asientos asegurados.

—Me encanta mejorar las cosas.

Xavier soltó una risita.

Terminamos nuestra cena y recogimos las cajas de las que habíamos comido. Estábamos de pie en la cocina cuando Xavier me rodeó con sus brazos.

—Todavía me queda una hora antes de tener que recoger a J.

Me di golpecitos en la barbilla con una uña. —¿Qué deberíamos hacer con ese tiempo libre?

Sonrió. —Se me ocurre algo.

—¿Ah, sí?

Asintió. —Puedes enseñarme más de esa aplicación en la que estás trabajando.

Solté una risa y le aparté de un empujón.

Se rio y me atrajo de nuevo entre sus brazos. —O podríamos ir a tu habitación y te puedo demostrar cuánto te he echado de menos.

—Creo que esa idea me gusta más—admití.

—A mí también.

Me condujo a mi habitación con su mano entrelazada con la mía. Se detuvo justo al pasar la puerta y se giró hacia mí, llevando sus manos a mis mejillas. Inclinó mi cabeza hacia un lado y me besó con suavidad, saboreándome delicadamente como si fuera nuestro primer beso en lugar de uno de los cientos, tal vez miles, que habíamos compartido.

Nos movimos hacia la cama lentamente, como si tuviéramos todo el tiempo del mundo en lugar de menos de una hora. Xavier se quitó la camiseta con una mano por detrás del cuello, la dejó caer y volvió a unir sus labios con los míos.

Extendí mis manos sobre su pecho, disfrutando de la sensación del suave vello contra mis dedos. Su piel estaba cálida. También lo estaba su mano en mi espalda, acercándome más a su cuerpo. Levantó mi camiseta, mi vientre tocando el suyo sin barrera alguna entre nosotros.

Quería más. Y sabía que si no aceleraba las cosas, me quedaría sin tiempo para más. Di un paso atrás y me quité la camiseta, luego me desabroché el sujetador y lo dejé a un lado. Me atrajo de nuevo contra él, su piel cálida pegada a la mía.

Nos besamos como los adolescentes frenéticos que éramos cuando nos conocimos. Él gimió cuando le acaricié a través de los vaqueros, y yo gemí cuando empujó un muslo grueso entre mis piernas.

—Basta de juegos. Te necesito—dijo contra mis labios.

Asentí. Nos separamos, cada uno forcejeando con nuestra ropa mientras luchábamos por mantener las manos sobre el otro. Él tropezó con sus vaqueros y yo me enganché las bragas en el pie, pero conseguimos caer juntos en la cama, riendo, besándonos y acariciándonos.

Sus dedos se deslizaron entre mis muslos, abriéndome mientras su lengua rozaba la punta de la mía. Le miré con los ojos abiertos, mientras él me observaba.

—Me encanta verte llegar al orgasmo —susurró.

Sonreí. —Me encanta verte llegar a ti.

—¿De verdad?

Asentí. —Por supuesto. Es sexy y me hace sentir poderosa saber que puedo hacerte sentir tan bien.

—Siempre, Karissa.

Introdujo su dedo dentro de mí, llevando mi humedad hasta mi clítoris, donde concentró toda su atención. No tardé mucho en arañarle la espalda y gemir de placer, deseando que tuviéramos mucho más que una hora.

—Quiero saborearte —dije, poniéndome de rodillas.

—Quiero correrme dentro de ti.

—Lo sé. No tardaré mucho. Solo quiero saborearte. Te he echado de menos —confesé.

Su rostro se suavizó y se tumbó boca arriba. Su miembro se irguió, curvándose hacia su estómago. Un vello oscuro lo rodeaba. Colocó las manos detrás de la cabeza y me observó mientras me situaba entre sus rodillas.

Me incliné hacia delante, lamiendo la parte inferior de su miembro. Él gimió y sus ojos se cerraron. Separé los labios y lo metí en mi boca. Podía sentir cómo sus muslos se tensaban mientras se contenía. Eso no era lo que yo quería. Quería a Xavier. A mi Xavier.

Arrastré las uñas por sus muslos, y él tembló bajo mi tacto. Al devolverlas hacia arriba, me agarré a sus caderas y le miré.

Él me estaba observando, con los ojos llenos de amor, admiración y cariño. —Te quiero.

Sonreí con su miembro en la boca, sabiendo que él veía las palabras en mi mirada.

Lamí su punta y lo tomé profundamente de nuevo. Él gimió, y después de unas cuantas caricias más, abandonó su contención y me apartó el pelo de la cara, sujetándolo para poder controlar mis movimientos.

—Joder, Karissa. Oh, Dios. Se siente tan condenadamente bien.

Murmuré mi acuerdo y dejé que me guiara hasta que me separó de él con un chasquido y me arrastró sobre su cuerpo. Reemplazó su miembro con su lengua, besándome profundamente y gimiendo mientras mi cuerpo cubría el suyo.

—Te he echado de menos.

Le sonreí. —Yo también.

Me incorporé y separé bien los muslos para acomodarle. Él se mantuvo erguido mientras yo me hundía sobre él, ambos gimiendo al sentir su miembro profundamente dentro de mí.

—Maldición. Ya casi estoy, preciosa. ¿Puedo tocarte? ¿Ayudarte a venirte conmigo?

—Por favor —gemí, sintiendo ya el placer acumulándose dentro de mí. Chuparle el miembro me había excitado, pero tenerle llenándome me ponía prácticamente al borde del orgasmo sin esfuerzo alguno.

Su palma sostenía mi muslo mientras su pulgar presionaba contra mi clítoris. Movía mis caderas, cabalgándolo lentamente al principio, pero acelerando con cada segundo que pasaba. No tardó mucho en empezar a gruñir y apretar los dientes. Su pulgar presionó con más fuerza, elevándome más y más hasta que caí, perdiendo todas mis fuerzas mientras el orgasmo se apoderaba de mí y mi cuerpo quedaba lánguido.

—Joder, Karissa —gimió Xavier. No dejó de estimular mi clítoris mientras me embestía desde abajo y me sostenía mientras me follaba y terminaba.

—Sí —gemí mientras lo sentía correrse dentro de mí, la cálida oleada de fluido que casi me provocó otro orgasmo.

—Dios mío —gruñó, atrayendo mi cuerpo hacia el suyo. Respiraba pesadamente en mi oído. Mi corazón latía al mismo ritmo que el suyo, ambos agotados y plenamente satisfechos.

Nos quedamos tumbados durante unos minutos, abrazándonos y disfrutando de la sensación de estar juntos. Cuando sentí que se deslizaba fuera de mí, me di la vuelta y fui al baño.

Él entró justo detrás de mí. —¿Es esto raro?

Negué con la cabeza. —Quizás lo raro es que no sea raro.

Sonrió y se inclinó para besarme.

Nos limpiamos y nos vestimos. Estaba caminando hacia la puerta con él cuando sonó su alarma.

—Justo a tiempo —dije.

—No realmente. Tengo que dejarte. —Acunó mi mandíbula y me mantuvo cerca mientras me besaba. Me incliné hacia él, sin querer que se fuera pero sabiendo que tenía que hacerlo.

—Te quiero.

Me abrazó fuerte. —Te quiero, Karissa. Un día, no tendré que salir corriendo y dejarte.

—Llegaremos a ese punto.

Me besó de nuevo y luego salió. Cerré la puerta con llave tras él y me apoyé en ella. Ese "un día" parecía más cercano que nunca.

Pasé todo el día siguiente trabajando en la aplicación para el teatro. Estaba muy emocionada con ella. Hacía todas las cosas que Xavier quería que hiciera, y era incluso más fácil de lo que pensaba. Aún no estaba lista para usarse, pero estaba cerca. En unos días más podría llevarla a un punto en que pudieran utilizarla.

Todavía tenía que crear una sección para la introducción de datos para que Xavier o Genevieve pudieran actualizar la información sobre las películas, pero en general, estaba realmente emocionada con la aplicación. Tan emocionada que decidí salir y celebrar al final de mi jornada con un dulce de la Pastelería Cove.

La pastelería estaba llena cuando entré. Repleta de adolescentes con mochilas. Se me había olvidado por completo que era el primer día de colegio.

Harriett estaba detrás del mostrador con una enorme sonrisa en la cara. —Hola, Karissa. ¿Cómo estás?

—Estoy bien. Parece que estás de buen humor.

—Oh, lo estoy. Me encanta cuando los chicos vienen aquí. Le dan mucha vida al local.

—Seguro que también es bueno para el negocio.

—Sin duda lo es. No te voy a negar que esa parte también ayuda.

Me reí con ella. —Veo que aún tenéis el mostrador lleno.

—Valentina sabía que hoy iba a estar concurrido, así que hizo extras de todo. Incluso de la especialidad del día.

—¿En serio? ¿Cuál es la especialidad de hoy?

—Es una tarta de caramelo con un brownie horneado en su interior.

—¿En serio? —pregunté. Ya estaba salivando.

—Es increíble. Yo nunca he horneado como ella lo hace. Mi mente no es ni de lejos tan creativa. Me impresiona constantemente.

—Seguro que ella aprecia la oportunidad de ser creativa —le dije a Harriett.

—Definitivamente lo hago —dijo Valentina, acercándose junto a Harriett. No me había dado cuenta de que se aproximaba—. Tengo el mejor trabajo del mundo, y las caderas que demuestran que lo hago bien.

—Estás espectacular —dijo Harriett—. Y cualquier hombre que no sea capaz de ver eso es un idiota.

La sonrisa de Valentina se apagó ligeramente. —Sí, bueno, mis habilidades de repostería son buenas. ¿Vas a probar la especialidad hoy, Karissa?

Asentí. —Suena demasiado bueno como para dejarlo pasar.

—¿Y tu cruasán de chocolate?—preguntó Harriett mientras Valentina sonreía a un cliente y se disculpaba.

—Claro, por qué no—dije. Cuando Harriett llevó mis cosas de vuelta al mostrador, bajé la voz. —¿Está todo bien entre Valentina y Dawson?

Harriett frunció el ceño y negó con la cabeza. —Él siempre está trabajando y viajando por trabajo. Le está afectando. Ella piensa que ya no es motivo suficiente para que él esté en casa. Creo que sería un necio si la estuviera engañando, pero los hombres a veces son necios.

Me reí por lo bajo. —Desde luego que lo son.

—He oído que tu hombre se está poniendo las pilas. Parece que las cosas van bien.

Mis mejillas se sonrojaron y asentí. —Estamos disfrutando conociéndonos de nuevo.

—Bueno, me alegro por ti. Necesitas algo de felicidad en tu vida. Esa McJenna me recuerda mucho a ti.—Harriett señaló con la cabeza detrás de mí.

Me giré y encontré a McJenna en una mesa con Bianca y otras dos chicas. Hablaban animadamente y reían, pareciendo viejas amigas.

—Es una buena chica.

—Lo es. Ha venido mucho por aquí con Bianca, y siempre es respetuosa y amable. Ella es...

Harriett se interrumpió y miró fijamente detrás de mí. Me llevó un momento darme cuenta de que estaba observando a McJenna.

—¿Qué? Iré... Iré ahora mismo. Vale.—La voz alzada de McJenna silenció al resto de la pastelería. McJenna colgó su teléfono y miró a sus amigas con pánico y miedo. —Mi padre. Está en el hospital.

Rompió a llorar allí mismo en medio de la pastelería.

Sus palabras resonaron dentro de mí. Hospital. Xavier estaba en el hospital.

—McJenna, ¿qué ha pasado?—preguntó Harriett, rodeando el mostrador.

Observé la escena como si fuera una película, incapaz de moverme o interactuar o hacer algo.

—Estaba en el trabajo y estaba moviendo algo o instalando algo. No lo sé. Solo me han dicho que algo le cayó encima. Está herido. Ha tenido que ir al hospital. No saben cómo está. ¿Y si está muerto? ¿Y si se muere? ¿Qué voy a hacer?

—Vamos, cariño. Te llevaremos. Bianca, coge tus cosas —la voz de Valentina se impuso sobre todo lo demás—. ¿Karissa, quieres venir con nosotros?

Negué lentamente con la cabeza. No podía. Si algo pasaba. Si él no estaba bien. No podía.

Valentina me miró fijamente durante un largo minuto, luego asintió y acompañó a las chicas hacia la puerta principal. Me quedé allí, observándolas, mientras desaparecían por la esquina.

Harriett se acercó a mí y me rodeó la cintura con el brazo. Me guio hasta una mesa y me ayudó a sentarme. Me quedé allí durante horas. Mirando la pared. No podía hacer nada más.

allí durante horas. Mirando la pared. No podía hacer nada más.

21

XAVIER

Los hospitales eran mi lugar menos favorito del mundo. Los odiaba. No conocía a mucha gente a la que le encantaran, especialmente como paciente, pero estar ahí sentado deseando no estar solo era la peor sensación del puto mundo.

Me moví y me estremecí por el dolor que atravesó mi cuerpo. Tenía suerte, y lo sabía, pero eso no hacía que todo aquello fuera menos horrible.

Un golpe en la puerta hizo que levantara la cabeza de la almohada y que la esperanza brotara en mí. Solo tardó medio segundo para que esa esperanza se hiciera añicos, casi como mi pierna.

—Hola —dijo Trent con una sonrisa ladeada. Miró hacia la cama junto a mí y suavizó su voz cuando notó que McJenna estaba durmiendo—. ¿Cómo te encuentras?

—Como el mayor idiota del planeta.

—Todos hacemos cosas estúpidas así. Creíste que podías moverlo. ¿Cómo ibas a saber que se te caería encima?

Le miré con frustración apenas contenida. Estaba bastante seguro de que sabía que no me refería a eso.

Le llevó un segundo, pero luego dijo: —Ah, te refieres a Karissa. ¿Por qué la estás descartando?

—Ella me está descartando a mí.

—¿La has llamado? ¿Estás seguro de que eso es lo que está pasando?

—Ah, tío, sabía que se me olvidaba hacer algo. Debería simplemente llamarla y entonces todo estará bien. —Miré con dureza a mi mejor amigo e intenté no odiarle a él y a su radiante felicidad.

—Finley dijo que estaba en Cove Bakery cuando McJenna recibió la llamada. Se asustó mucho. Quizás solo se ha asustado o algo así.

—¿Y porque está asustada ha ignorado todas mis llamadas, mensajes y notas?

Trent se encogió de hombros impotente.

—Ha terminado. Por la razón que sea, ha terminado. Realmente no importa cuál sea el motivo. Si no quiere estar conmigo, entonces se acabó. Pensé que estábamos construyendo algo. Estaba intentando ir despacio—

—¿No le dijiste que aún la quieres?

—Sí, pero eso solo fue siendo sincero. No presionándola.

—¿Estás seguro de que ella lo ve de la misma manera?

Le gruñí.

Trent levantó las manos y se movió hacia la silla junto a la cama de la que no me permitían levantarme. Joder, ni siquiera podía mear sin ayuda.

—No conozco bien a Karissa. No voy a decir que puedo entender lo que está pensando. Pero sé lo que es tener miedo. Alejé a Finley cada vez que pude porque las cosas iban demasiado rápido para mí. Ni siquiera era ella quien trataba de acelerarlas, era nuestra realidad. Quizás Karissa tenga miedo de que las cosas vayan demasiado rápido.

—Me dijo que también me quiere. Estábamos en esto juntos. Estaba trabajando en una aplicación para el teatro.

Me envió un mensaje diciendo que quería mostrármela. Nunca respondí porque estaba atrapado bajo el puesto de concesiones, pero joder, tío, no la estoy presionando demasiado ni yendo demasiado rápido. Algo cambió definitivamente.

Trent se movió, la silla de plástico crujió bajo su peso. Se inclinó hacia delante. —¿Quieres que hable con Finley?

—No, joder. Vete a casa con tu familia. Estaré bien durante la noche. No hace falta que te quedes aquí toda la noche.

—¿Quieres que me lleve a J?

Suspiré. Mi hija se asustó muchísimo. No estaba seguro de por qué recibió una llamada así, pero cuando los paramédicos llegaron para quitar el puesto de concesiones de encima de mí, llamaron a Trent, y cuando él preguntó si McJenna lo sabía, el paramédico la llamó. Podrían haber dejado que Trent fuera a por ella y se lo contara, pero decidieron por su cuenta informar a una adolescente de que su padre estaba herido y que iba al hospital.

Yo estaba demasiado aturdido en ese momento para tomar decisiones sobre nada. Trent me encontró en el hospital y se sorprendió cuando Valentina apareció poco después con McJenna, Bianca y su hija menor, Sam.

McJenna se volvió loca, llorando histéricamente y preocupada de que me fuera a morir. Trent tuvo que tranquilizarla y decirle que iba a estar bien antes de que se calmara y escuchara a los médicos.

Trent me dijo que ella también había dicho que se quedaría sin hogar si yo moría, algo de lo que nunca habíamos hablado. No sabía que Trent se convertiría en su tutor legal si alguna vez me pasara algo.

Había muchas cosas que necesitaba hablar con mi hija cuando saliera del hospital, pero por esa noche, lo único que necesitaba saber era que yo estaría bien y que aún tenía que ir al colegio para el segundo día de su segundo año de instituto.

—Sí, necesita dormir un poco. Llévala a tomar un helado. Asegúrate de que sepa que estás ahí. Sé que es mucho cuando ya tienes a George, pero...

—No digas esa mierda —gruñó Trent—. J también es mía. Nunca es demasiado, y nunca es menos importante que George. Creo que ambos podríamos usar un helado esta noche. Aunque sea tarde.

Sonreí. Él siempre era el padre que quería mantenerla a raya. Yo era quien quería mimar a J porque me sentía culpable de que no tuviera madre. Nos equilibrábamos la mayoría del tiempo.

—Gracias.

Trent se levantó y se inclinó sobre mí, abrazándome torpemente en la cama del hospital. —Me has dado un susto de muerte hoy. No vuelvas a hacer eso. No quiero perderte.

Se me hizo un nudo en la garganta por la emoción. Asentí. —Me alegra que alguien sienta eso.

—Karissa entrará en razón. Solo necesita tiempo. Lo resolveréis.

—Ya veremos.

—Despertaré a J para que pueda darte las buenas noches. Luego nos iremos.

—Gracias.

Trent fue a la cama junto a mí y sacudió suavemente a mi hija. Ella se movió y se estiró, luego abrió los ojos parpadeando un minuto después y se incorporó de golpe. Se giró para mirarme y se relajó.

—Vas a venir a casa conmigo —le dijo Trent—. Quería que le dieras las buenas noches a tu padre.

—No quiero irme —dijo McJenna, con la voz temblando tanto como su labio.

—Estoy bien, le dije. —Me siento bien. Solo quieren

mantenerme aquí porque es tarde y quieren asegurarse de que estoy estable con las muletas antes de enviarme a casa.

—No puedes subir las escaleras. ¿Cómo vas a hacerlo? ¿Y la ducha? ¿Qué pasa con el baño? —la voz de McJenna se elevó en tono y volumen con cada pregunta.

—Oye, ven aquí, le dije, extendiendo mi mano. —Escucha, estoy bien. Te lo prometo. Estoy dolorida, pero eso es normal. Y sí, me costará acostumbrarme, pero lo resolveré. Y sé que tú me ayudarás. También lo harán Trent y Finley.

—¿Y Karissa? preguntó McJenna. —¿Por qué no está aquí? Pensaba que estabais saliendo.

Ignoré el dolor que me atravesaba el pecho y forcé una sonrisa. —No sé por qué no está aquí. Pero no importa. Estaré bien. Tú y yo estaremos bien.

—No quiero mudarme otra vez si tú y Karissa rompéis. Por favor, no me hagas mudarme otra vez.

Negué con la cabeza. —No lo haré. Te lo prometo. Nos quedaremos aquí.

—¿Estás segura?

—Sí. Ahora, ve con el tío Trent. Ha dicho que va a comprarte un helado.

—¿En serio? preguntó McJenna con una sonrisa.

Asentí. —Eso es lo que ha dicho.

—¿Puedo elegir el tamaño del helado? preguntó McJenna.

Trent gimió y pasó el brazo por sus hombros. —Creo que estoy en problemas.

McJenna se rio. —Es posible. Se acercó y me abrazó con cautela, luego volvió con Trent y dejó que la guiara fuera de la habitación.

Escuché sus voces mientras caminaban por el pasillo. Cuando estaban demasiado lejos para oírlos, me esforcé por escuchar algo a través del silencio.

Pero no ocurrió nada. No había nadie allí. Estaba realmente solo.

Joder. Qué mierda.

ANTES DE DARME EL ALTA, tenía que demostrar que podía moverme con las muletas. El médico no quería autorizarme a trabajar, pero le aseguré que tenía un asistente que me patearía el culo si no seguía al pie de la letra las órdenes que me había dado.

Aun así, tenía que recorrer la planta con las muletas sin ayuda y sin detenerme, y demostrar que podía usar el baño por mi cuenta.

Cuando superé ambas pruebas, el médico firmó a regañadientes mi alta. Le hizo prometer a Trent que me traería de vuelta si hacía cualquier cosa que me volviera a lesionar la pierna.

La política del hospital exigía que me marchara en silla de ruedas. Con la pierna levantada, huesos rotos y todo. No necesitaba cirugía para arreglar mi pierna, pero me había roto tanto la tibia como el peroné, lo que significaba un tiempo de recuperación más largo antes de volver a estar en pie.

—¿Tienes hambre? —preguntó Trent después de acomodarme en su vehículo. En el asiento trasero para poder estirar la pierna. Como si fuera un niño.

—Supongo que podría comer algo —refunfuñé como el malcriado que era.

—¿Alguna preferencia sobre dónde ir?

—Un sitio sin escaleras —dije. Considerando que no podía pensar en un lugar con escaleras, supuse que no hacía falta decirlo, pero por si acaso, no tenía intención de enfrentarme a escaleras el primer día.

Trent se rio. —Entendido. Oye, ¿cómo te vas a mover por casa?

Me encogí de hombros. Había estado pensando en eso toda la noche y seguía sin tener una respuesta. Sabía que podía subir escaleras, pero tantas no sería fácil. Especialmente porque la escalera era ancha y no podía alcanzar ambos lados para usar las barandillas al subir y bajar. Podría hacerlo con una muleta y una barandilla, pero si la muleta resbalaba...

—No lo sé.

—Quizás podamos hacer un dormitorio en la planta baja. Dividir parte del salón con un tabique o algo así.

—Ya me las apañaré —gruñí.

Trent me miró por el retrovisor pero no hizo comentarios.

Me estaba comportando como un imbécil y lo sabía, pero no podía evitar esa sensación de frustración. Después de que Trent y McJenna se marcharan anoche, le envié un mensaje de texto a Karissa y le escribí por la aplicación. No respondió a ninguno de los dos. Estaba casi seguro de que los había visto, pero ignoró mis mensajes.

Odiaba admitirlo, pero también le envié uno antes de que Trent llegara esta mañana. Un mensaje preguntándole qué había hecho mal y por qué estaba enfadada conmigo. Me sentía como un quejica patético al preguntarle, pero joder, quería hablar con ella. Estaba herido, y la única persona a quien quería ver era un fantasma.

Trent aparcó en el estacionamiento junto a Will Work For Burgers. Dio la vuelta para abrirme la puerta ya que no podía alcanzarla con la pierna apoyada de esa manera. Trent cogió mis muletas y las sujetó mientras yo me deslizaba por el asiento y salía del coche con cuidado. Iba a convertirme en un cabrón miserable para cuando mi pierna sanara y pudiera volver a valerme por mí mismo.

Seguí a Trent al interior y suspiré cuando vi que estaba

bendecidamente tranquilo. Había algunos clientes, pero no muchos, y llegar a una mesa fue fácil.

Nos sentamos y pedimos, entregando nuestros menús al camarero. Volvió un minuto después con nuestras bebidas y la promesa de que la comida saldría pronto.

—¿Cómo te encuentras? —preguntó Trent. Parecía ser lo único que sabía preguntar últimamente.

—Como una mierda. ¿Qué tal la mañana de J?

Trent se encogió de hombros. —Está preocupada por ti. También está preocupada por Karissa y por qué no ha estado por aquí.

—Da igual. ¿J se preparó el almuerzo? A veces finge que lo ha hecho pero no es verdad.

—Lo sé, tío. He vivido con ella toda su vida.

—Lo sé. Lo siento. Quería estar ahí para ella en su primer día en la nueva escuela, y en lugar de eso estuve atrapado en el hospital después de su primer día, y me perdí su segundo día. Me siento como un padre de mierda.

—¿Por qué?

Suspiré y lo miré. —Quería salir de allí temprano ayer. Esperaba tener tiempo para ver a Karissa antes de ir a buscar a J. Estaba moviendo esa vieja porquería para que la instalación del nuevo puesto de comida fuera más rápida. Pensé que podía hacerlo, pero se enganchó en el suelo y simplemente volcó. Pero fue estúpido intentarlo, y ocurrió porque estaba tratando de poner a mi novia por encima de mi hija.

Trent suspiró profundamente y negó con la cabeza. —Fue un accidente. No ocurrió porque lo estropearas o porque alguna fuerza cósmica te mostrara que estabas siendo un mal padre. Tienes derecho a querer una vida.

—No sé si tengo ese derecho. J por fin es feliz. Durante años, he intentado hacer todo lo posible para asegurarme de que fuera feliz, y por fin lo ha conseguido. Tiene amigos aquí y personas con las que le gusta pasar tiempo, y todo lo que he hecho desde que llegamos ha sido pensar en personas que no son ella. Karissa y yo mismo y el trabajo, y he hecho justo lo que siempre dije que no haría: poner a mi hija en último lugar.

—No es eso lo que estás haciendo. Le estás enseñando que puedes ser padre y persona a la vez. Le estás mostrando que ella puede ser lo que quiera. Ser mujer es más difícil. Lo veo con Finley todo el tiempo. Trabaja a jornada completa y es madre. Es increíble en ambas cosas, pero la consumen. Me dijo que tiene que ser mejor en todo si quiere tener éxito porque siempre hay personas esperando para decirle que está fracasando. Ya sean otros padres que juzgan cómo está criando a nuestro hijo u otros empresarios que piensan que está haciendo algo que no debería hacer, es duro. Y es una mierda porque ella es increíble. Cuando J crezca, va a tener la misma presión. Incluso si no tiene su propio negocio, será lo mismo si quiere formar una familia. Enséñale ahora que no tiene que elegir como tú siempre hiciste. Muéstrale que tomaste tu decisión porque sabías que la persona adecuada estaba ahí fuera y no la tenías en tu vida hasta ahora.

—No está en mi vida. Karissa ha dejado claro que no está interesada en continuar lo que teníamos.

—Sigo sin creerme eso.

—Todos los mensajes sin respuesta que le he enviado son una prueba bastante definitiva.

—Nada es una prueba hasta que hables con ella.

—No sé si es buena idea. Podría derrumbarme y suplicarle que me dé otra oportunidad.

—Entonces deberíamos ir a su casa ahora mismo porque me encantaría ver eso.

Resoplé y negué con la cabeza. —No va a pasar. Después de comer, tengo que ir al teatro y asegurarme de que las cosas se están haciendo.

—Genevieve puede encargarse del teatro.

—Por favor, Trent. Necesito mantenerme ocupado. No puedo quedarme en casa esperando que todo esté listo para la semana que viene. Estrenamos dentro de una semana. Tengo que estar aquí.

Trent apretó los dientes, pero finalmente asintió. —Vale. Pero me quedo contigo para poder ayudar con cualquier cosa que haya que hacer.

—Vale.

Terminamos de comer y Trent condujo hasta el cine. Por fuera, todo parecía bien. Estaba limpio, tranquilo y listo para funcionar. Dentro era una historia algo diferente.

—¿Qué demonios ha pasado? —le pregunté a Genevieve cuando entramos.

—Hola, jefe. No pensaba que vendría usted hoy.

—¿Así que pensaste que destrozar el lugar no sería gran cosa? —ladré.

Genevieve se quedó inmóvil ante mis duras palabras. Juntó las manos e inclinó la cabeza. Me sonrió, con una de esas sonrisas cínicas con las que la persona querría hacerte tragar tus palabras. —Pido disculpas por el desorden. Desafortunadamente, no se pudo evitar ya que los bomberos que retiraron el puesto de concesiones de encima de su pierna rota no fueron muy cuidadosos con el suelo. Tengo al equipo de David aquí reemplazando la sección dañada y completando la instalación que no pudieron terminar ayer debido al accidente y a que no se les permitió entrar a tiempo.

Mierda. Tenía razón. Y tenía razón en estar enfadada conmigo por saltarle encima. —Lo siento. No debería haberme enfadado contigo. Tienes razón. Yo fui el idiota que lo jodió todo. ¿Podremos abrir a tiempo?

Genevieve seguía pareciendo enfadada. —Sí. Lo haremos. Estoy haciendo todo lo que está en mi mano para asegurarme de ello. El suelo será reparado y el puesto de concesiones instalado hoy. No teníamos nada más en la agenda. Necesito trabajar en el tablón comunitario, pero me ocuparé de eso la semana que viene en lugar de hoy. Las pantallas siguen programadas para ser entregadas e instaladas el martes. Estoy haciendo lo mejor que puedo.

—Lo está haciendo increíblemente bien, Genevieve —dijo Trent por mí—. —Lo que Xavier quería decir era gracias por encargarse de tanto en su ausencia, y recibirá una bonificación por todo el trabajo extra que ha asumido. Y otra por aguantar su terco y hosco culo mientras se recupera.

Genevieve le dedicó una sonrisa genuina a Trent. —Es usted muy amable, señor MacKellar, pero eso no será necesario.

—Por favor, llámame Trent, y sí, lo será. A menos que lo estés diciendo porque te ha cabreado tanto que estás presentando tu renuncia.

—Joder, suspiré. —Por favor, no dimita, Genevieve. Estoy de un humor de perros y lo estoy pagando con usted, y lo siento. Pero por favor, no dimita.

—No voy a dimitir. Me gusta trabajar aquí. Y tiene derecho a estar de mal humor. Solo que yo... mierda. Tomó aire temblorosamente y cerró los ojos. Tragó con dificultad y luego se limpió las lágrimas que se deslizaban de sus ojos. —Lo siento. Me asustó mucho ayer, y las hormonas me están haciendo más emocional de lo habitual, y me siento un poco loca ahora mismo. ¿Puedo darle un abrazo?

Me sorprendió su petición, pero me conmovió enormemente. Abrí los brazos y sonreí cuando ella se apresuró hacia mí, luego se detuvo para no derribarme.

—¿Está bien? preguntó.

Asentí. —Estaré bien. Tendré que usar muletas durante al

menos tres meses, pero me recuperaré para volver a hacer alguna tontería.

—No me asuste así. Teddy casi tuvo que atarme para evitar que fuera al hospital a ver cómo estaba.

—Lo siento. De verdad que no pretendía preocuparla tanto. Estoy aquí. Y estoy bien. Y trabajaré en mejorar mi actitud.

Genevieve resopló. —Eso me lo creeré cuando lo vea.

Trent soltó una risita. —Me cae bien. No me extraña que te esforzaras tanto en mantenerla en el puesto.

Puse los ojos en blanco. —Estoy herido, se supone que no debéis confabularos contra mí.

—Pero es muy divertido, dijo Genevieve.

Trent se rio, y yo negué con la cabeza.

—Gracias a los dos por estar aquí. Significa más de lo que podéis imaginar.

—Es lo que hacen los amigos y la familia, tío. No nos vamos a ninguna parte. Por muy capullo que seas.

Genevieve se rio y asintió. —Lo que él ha dicho.

22

KARISSA

No tenía ningún interés en ir al club de lectura. Llevaba días evitando a todo el mundo. Finley me llamaba cada hora, pero ignoraba sus llamadas. Cuando me dijo que se presentaría en el apartamento si no respondía para saber que estaba viva, le envié un mensaje que simplemente decía que estaba bien. Mentiras, pero conseguí que me dejara en paz. Más o menos.

Finley me enviaba mensajes con actualizaciones sobre Xavier, informándome del alcance de sus lesiones, cómo se sentía, cuándo le dieron el alta del hospital, todo. Lo odiaba, pero también lo necesitaba.

Estaba paralizada por el miedo. Escuchar a McJenna decir que estaba en el hospital me hizo revivir la muerte de mi madre. Y luego Eddie acabó en el hospital hace menos de una semana. No podía soportarlo. No podía perder a alguien más. Ya estaba enamorada de él, pero seguíamos separados. Estábamos saliendo, no casados. No vivíamos juntos. Solo saliendo. Si le dejaba entrar por completo, si entrelazaba mi vida con la suya, y luego ocurría algo, no sobreviviría. No podría. Así que tenía que alejarme.

Lo que me llevaba de vuelta al club de lectura. Terminar las cosas con Xavier significaba crear estrés para Finley y Trent. Xavier vivía con ellos. Era el mejor amigo de Trent en el mundo entero. Sin Xavier y yo juntos, tendrían que elegir entre nosotros. No podríamos estar allí juntos. Quizás yo no podría estar allí en absoluto.

No quería perder a mis amigos, pero sabía que sería más fácil al final. Ya había perdido suficientes personas por la muerte. No era lo bastante fuerte para volver a hacerlo.

Pero de nuevo, Finley me amenazó. Si no aparecía para el club de lectura, trasladaría el club a mi apartamento. Todavía estaba en el contrato así que aún tenía una llave, y lo haría sin dudarlo. Haría que todos bajaran por la maldita calle y subieran las escaleras y los dejaría entrar a todos en el piso e invadir mi espacio.

No podía lidiar con eso, así que estaba de camino al club de lectura. Quizás podría inventar una excusa e irme temprano. O decirles que Eddie necesitaba algo. O simplemente marcharme.

Finley estaba en la puerta cuando llegué, como si me estuviera buscando. Sonrió y me abrazó, haciéndome entrar antes de que tuviera la oportunidad de decir que no podía quedarme. —Laura ha hecho tarta. Tienes que quedarte para tomar un trozo.

Gemí y admití que no podía rechazar la tarta de Laura. Era demasiado buena. Lo que significaba que estaba atrapada. Tal vez podría sentarme y enfurruñarme y nadie lo notaría.

¡Ja! No con mis amigos.

No había estado allí ni cinco minutos cuando empezaron las preguntas. —¿Cómo está Xavier? —preguntó Melody.

—Está recuperándose —respondió Finley por mí—. Descansando e intentando averiguar cómo moverse con muletas.

—¿Qué pasó? —preguntó Blake. De nuevo, me lo preguntó a mí, pero Finley respondió.

—Estaba intentando mover el antiguo puesto de comida, y se le cayó encima. Se rompió los dos huesos de la parte inferior de la pierna. Ninguno se desplazó, así que no necesitó cirugía, pero tardará al menos tres meses en recuperarse.

—Vaya, ¿en serio? ¿Sigue trabajando? —preguntó Sofia.

—Sí —dijo Finley—. Él insistió. Trent le llevó allí el jueves después de salir del hospital, y también trabajó el viernes. Tiene previsto trabajar toda la semana que viene. El teatro abre el jueves.

—Mmm. ¿Y por qué estás respondiendo tú a todas estas preguntas mientras Rissa devora su tarta y finge que no está aquí? —preguntó Elise.

Finley me miró con una ceja levantada, dejándome decidir qué quería contarles a nuestras amigas.

Mastiqué lentamente y tragué. Bajé el plato y me limpié los labios, luego miré alrededor de la habitación. —No he visto a Xavier.

—¿Por qué no?

—¿Habéis roto?

—¿Qué ha pasado?

Miraron alternativamente a Finley y a mí, esperando a ver quién respondería primero. Finley simplemente se encogió de hombros y permaneció en silencio. Lanzándome a los malditos lobos.

—Karissa, ¿qué ha pasado? —preguntó Melody con suavidad.

Suspiré. —No puedo perderle.

—¿Así que le estás alejando? —preguntó Blake.

—Es lo que hiciste con Ian —repliqué.

—Sí, y fui estúpida. Tú eres mucho más lista que yo —dijo Blake.

Negué con la cabeza. —No, no lo soy. Especialmente cuando se trata de estas cosas. No tengo ni idea de lo que estoy haciendo.

—¿Qué diría tu madre? —preguntó Elise con suavidad.

—¿Qué?

—¿Qué diría Georgia? Eso es lo que me pregunto cuando no sé qué hacer. Ella siempre era capaz de simplificar las cosas. No importaba de qué estuviéramos hablando, tenía una forma de hacer que todo pareciera fácil.

—Esto no es fácil —dije.

—¿Por qué no? —me desafió Elise. —Le quieres. Él te quiere. No quieres perderle, pero ¿vas a alejarle para garantizar que le pierdes? Eso no tiene sentido. Deberías aferrarte a él para disfrutar de todos los momentos que puedas tener con él. Tal como hizo Georgia con Eddie. Se casó con él antes de morir para tener unos meses de felicidad al final. No le dijo que la dejara y viviera su vida.

Elise tenía razón, pero yo no era mi madre. Nunca había sido tan fuerte como ella.

—Lo entiendo —dijo Blake. —Cuando Ian y yo nos acercamos demasiado, retrocedí. No podía soportar quererle, y no podía soportar que él me quisiera. No quería que alguien entrara en mi vida y la complicara. Pero mirando atrás, odio haber perdido más tiempo con él. Porque estaba siendo una loca.

—No creo que pueda hacerlo. No creo que pueda dejar entrar a alguien más. Duele demasiado cuando se van. Cuando mueren o deciden que no me quieren o lo que sea. —Me retorcí las manos y negué con la cabeza. No lo entendían. Ninguna de ellas había perdido a la única persona en su vida que las entendía. Y yo lo había hecho dos veces. Primero con Xavier y luego con mi madre.

—¿Por qué crees que va a dejarte? —preguntó Finley.

—Tú lo hiciste —solté de golpe.

Los ojos de Finley se abrieron de par en par.

Suspiré. —Lo siento. No debería haber dicho eso.

—Obviamente, es lo que sientes, así que has hecho bien en decirlo. Siento que te sientas como si te hubiera abandonado —dijo Finley con calma.

—Quiero que seas feliz. Quiero que todos seáis felices. No os reprocho nada de eso.

—¿Pero no estás dispuesta a tenerla para ti misma? —preguntó Trinity.

Negué con la cabeza y me levanté. —Yo solo... Necesito irme. No puedo estar aquí ahora mismo. Lo siento. Os quiero, pero tengo que irme.

Pasé rápidamente por su lado e ignoré sus protestas. Atravesé la puerta principal y me dirigí hacia el pueblo, sabiendo que esperarían que me fuera a casa. Pasé por delante del O'Kelley's y fui al parque Catherine, luego seguí caminando.

Estaba tranquilo, apacible. Necesitaba ese silencio para poder pensar. Mi piso ya no se sentía como mío porque solo pensaba en Xavier cuando estaba allí. Antes era mi lugar feliz, relajante y tranquilizador. Ahora, me abrumaba porque él se había infiltrado en él. Había estado en mi cama, en mi sofá y en mi cocina. Su olor permanecía en el ambiente, como un recordatorio invisible de lo que podría haber tenido.

Incluso mi pueblo me recordaba a él. Miré al otro lado del agua y vi la finca MacKellar alzándose imponente en la oscuridad, iluminada como un faro. No podía caminar junto al agua sin verla y preguntarme qué estaría haciendo él. Cómo estaría.

Mi teléfono vibró en mi bolsillo, pero lo ignoré. No estaba de humor para más sermones, buenos deseos y preocupaciones. Necesitaba salir. Quizás tomarme un descanso. Unas verdaderas vacaciones como las que Finley y yo deberíamos haber tomado el año pasado. El descanso en el que acabamos en el hotel de Trent.

Deambulé por el pueblo durante casi una hora, ignorando mi teléfono todo el tiempo. Cuando las llamadas y los mensajes finalmente cesaron, volví a casa, evitando las calles donde vivían mis amigos para no encontrarme con nadie.

Caminé por el paseo fluvial para llegar a mi edificio, asomándome al vestíbulo antes de entrar por la puerta trasera y subir las escaleras. Me preocupaba que alguien estuviera allí esperándome, pero el pasillo estaba vacío. Dentro de mi piso todo estaba tal como lo había dejado. Ni Finley ni nadie más esperando para tenderme una emboscada.

Después de lavarme la cara y cambiarme al pijama, me senté en el sofá y leí mis mensajes. Eran dulces y amables, pero no podía lidiar con ellos. No cuando sentía como si una parte de mí hubiera sido arrancada de mi cuerpo. Desde que escuché esas palabras de McJenna, que Xavier estaba en el hospital, sentía que ya no estaba completa. Y no estaba segura de que alguna vez volvería a estarlo.

EL TEATRO ABRÍA en tres días. Necesitaba terminar la aplicación. Pero no podía hacerlo. Estaba bloqueada.

Cada vez que intentaba abrir el proyecto, no podía hacerlo. Me levantaba y recorría mi apartamento, mirando al ordenador como si fuera a atacarme.

Perdí medio día intentando convencerme de trabajar en ello mientras hacía exactamente lo contrario. No podía seguir sentada allí. Necesitaba salir.

Era un día de mierda. La lluvia caía a raudales, empapando las aceras y dejándolo todo húmedo y miserable. De todos los días en los que podía necesitar salir a caminar, este era el peor de todos. Mis zapatos quedaron empapados en dos minutos, y mi chubasquero era más agua que chubasquero. Resistente al agua claramente no era suficiente para el diluvio torrencial que estábamos experimentando.

Me metí en O'Kelleys en lugar de ir a Book Boyfriends Unlimited. Todavía no estaba preparada para enfrentarme a Finley, y sabía que ella intentaría hacerme hablar. Hudson era más seguro.

—Estás mojando mi suelo —gruñó Hudson cuando la puerta se cerró de golpe detrás de mí.

—De todas formas necesita limpieza.

—Lo que sea. Limpio este suelo todos los días.

—¿En serio?

—Por supuesto que sí. Es asqueroso no hacerlo. ¿Sabes cuánta gente derrama cerveza?

—La mayoría —dije, sentándome en la barra—. Necesito comida.

—¿Una bebida también? ¿Estás ahogando tus penas?

—Vine aquí para no recibir sermones.

—Sí, bueno, estás de mala suerte. Pero al menos mi sermón viene con comida y una buena bebida.

Le lancé una mirada de enfado a Hudson. Me ignoró y mezcló algo morado que tenía más de un tipo de alcohol. Cuando lo puso delante de mí y se alejó sin decir palabra, me arriesgué y le di un sorbo.

—¡Joder! —gemí. Volví a darle otro sorbo. Estaba bueno. Peligroso, pero delicioso.

Estaba a la mitad de la bebida cuando Hudson volvió. Sirvió comida a los pocos clientes en las mesas, y luego me sonrió con suficiencia. —¿Qué tal la bebida?

—Odio que supieras que necesitaba esto.

Se rio ante eso. Todavía no sabía cómo siempre sabía qué necesitaba beber la gente. Era como mi madre en ese sentido, prediciendo el comportamiento de los demás y dándoles lo que necesitaban antes de que supieran pedirlo.

—¿Quieres otro?

—No. Tengo que hacer algo de trabajo esta tarde.

—No vas a hacer ningún trabajo. Estás enfurruñada y sintiéndote mal contigo misma porque eres demasiado cobarde para disfrutar de lo que tienes delante.

—¿Estás hablando de ti? Porque no creo que funcionáramos.

Soltó una risita y sacudió la cabeza. —Estoy hablando del amor.

Fruncí el ceño de nuevo. —¿Por qué te pones tan filosófico conmigo?

—Porque me importas, Rissa. Quiero verte feliz.

—Soy feliz. Esta bebida morada me hace feliz.

Puso otra delante de mí, pero no la soltó. —Xavier te hacía más feliz que la bebida.

Le arrebaté el vaso y me llevé la pajita a los labios. Fue eficaz. No sabía qué le había puesto, pero entre las copiosas cantidades de alcohol y mi falta de comida, se me estaba subiendo directamente a la cabeza.

—No te caigas del taburete. Voy a por tu comida.

—No he pedido nada.

Puso los ojos en blanco. —¿De verdad crees que no sé lo que te gusta comer? ¿Después de todos estos años?

Desapareció en la cocina antes de que tuviera la oportunidad de preguntarle qué había pedido para mí. En realidad no importaba porque de todas formas me iba a gustar. Nunca había probado nada de O'Kelleys que no me gustara.

Bebí mi segunda copa un poco más despacio que la primera y llevaba algo más de la mitad cuando Hudson depositó un sándwich de pollo a la plancha y una guarnición de queso frito delante de mí.

—Qué bueno —murmuré.

Hudson se rio y me dejó espacio para comer.

Cuando casi había terminado mi almuerzo, Hudson se apoyó en la barra.—¿Por qué huyes de esto?

Le miré. Nos habíamos acercado más durante el último año desde que Finley se quedó embarazada y Hudson se culpaba por no haberle dicho quién era Trent. Él estaba en el último curso cuando yo era de primero en el instituto, así que no nos conocíamos hasta que fuimos adultos. No conocía a Hudson antes de Hillary, pero sabía que era diferente. Y pensé que él lo entendería.

—Cuando Xavier y yo estábamos en la universidad, pensaba que nada podría cambiar las cosas. Estaba convencida de que nos íbamos a casar, vivir aquí y tener una larga vida juntos. Él decidió no hacer nada de eso. Le odié por destruir mis planes. Quizás no sea la forma correcta de expresarlo, pero creía que mi vida estaba trazada. Tenía a mi hombre, sabía lo que quería para mi carrera, sabía dónde iba a vivir. Como un taburete de tres patas. Estaba establecido. Pero él quitó esa pata, y todo se sintió desequilibrado desde entonces. Adoro mi trabajo y vivir aquí, pero sin esa tercera pata, no estaba bien.

Hudson asintió y cruzó los brazos sobre el pecho, permitiéndome continuar.

—Hice todo lo posible para crear una vida que pudiera disfrutar. Era lo suficientemente feliz. Encontré la manera de crear una tercera pata y equilibrarme por mi cuenta. Luego murió mi madre, y sentí que esa pieza se volvía a caer. Estaba desequilibrada de nuevo. Justo cuando empezaba a recuperar el equilibrio, Xavier se mudó aquí.

—¿Cómo estropea eso tu equilibrio? Pensaba que él formaba parte de él.

—Lo era, pero después dejó de serlo. Y tenerlo de vuelta no era lo mismo. Era complicado. Intentamos resolverlo. Empezamos a conocernos. Estábamos reconstruyendo las cosas. Cuando se hizo daño, sentí como si alguien hubiera tirado el taburete entero de debajo de mí.

—Entiendo esa parte.

—¿Entonces entiendes por qué no puedo pasar por eso otra vez?

Hudson me miró fijamente durante un largo momento. Pensé que lo entendería, pero cuanto más tiempo me miraba, menos segura me sentía.

—Mi esposa murió. Hablando de patear el taburete. Ella no va a volver. Pero si tuviera la oportunidad de estar con ella de nuevo, sabiendo que moriría, lo haría sin dudarlo.

—¿Todo ese dolor? ¿Perderla otra vez? ¿Por qué?

—Porque la tuve. Porque la vida es una mierda cuando estás solo. Créeme, lo sé. Y creo que tú también lo sabes. Sí, dolió perderla, y hay momentos en que todavía duele, pero tengo sus recuerdos. La amé de la mejor manera que pude hasta que murió. Odio que no esté aquí, pero nunca me arrepentiré del tiempo que pasamos juntos. Y para ser sincero, te odio un poco por tener la oportunidad de compartir tu vida con alguien y no estar dispuesta a aprovecharla.

—¿Perdona?

—Deberías lanzarte con los dos pies. Sé feliz, Karissa. No te escondas detrás de tus miedos y de los "qué pasaría si". Sal ahí fuera y vive tu vida. Nunca vas a escapar del dolor, pero creártelo ahora para salvarte de un dolor peor después significa que un día te despertarás y te invadirá el arrepentimiento de no haber agarrado la vida por los huevos y aguantado el maldito viaje.

—¿Y qué hay de ti? —exigí—.

—¿Qué pasa conmigo?

—¿No vas a hacer eso tú también? Sé que amabas a

Hillary y que nadie puede reemplazarla, pero ¿por qué sigues soltero?

—Hillary era mi mundo. Perderla fue un tipo de dolor que nunca quiero volver a experimentar. Pero amarla fue lo mejor que me ha pasado jamás. Estoy soltero porque no estoy seguro de que alguna vez encuentre algo así de nuevo. Alguien que me ponga del revés y boca abajo y lo haga sentir bien. Alguien que exija todo lo que tengo para dar y lo reemplace con todo lo que hay dentro de ella. Alguien que conozca todo lo que hay que saber sobre mí y aun así ame todos esos rincones oscuros de mi ser.

—Así que tienes miedo.

—Joder, sí, tengo miedo.

Me reí.

—Pero tú no tienes que tener miedo. Xavier te quiere y tú le quieres a él. Ya habéis superado la parte difícil.

—¿Cuál es la parte difícil?

—Averiguar si quieres pasar el resto de tu vida con alguien. Una vez que sabes la respuesta a esa pregunta, el resto es fácil.

—¿Tú crees que esto es fácil?

Hudson sonrió. —Solo no es fácil porque no estás dispuesta a admitir que yo tengo razón, tú estás equivocada y Xavier es el indicado para ti.

—¿Pero y si le pierdo?

—Le vas a perder ahora mismo si no abres los ojos y ves que está aquí por ti.

—¿Lo está? ¿Dónde? Di un brinco y me giré.

Hudson se rio. —No más copas para ti. No me refería físicamente. Está aquí en la ciudad. Se ha mudado aquí. Te quiere en su vida. Tú eres la elegida para él. Si nunca hubiera salido del hospital la semana pasada, si hubiera muerto, ¿cómo te habrías sentido?

Mi corazón se encogió dolorosamente. Jadeé. Las lágrimas brotaron en mis ojos.

—Ya tienes tu respuesta, Rissa. No le dejes marchar. Agárrate fuerte y ámale durante todos los días que tengas la oportunidad de hacerlo.

Respiré hondo y cerré los ojos. Maldita sea. Tenía razón. Lo que significaba que me tocaba hacer una gran cantidad de súplicas.

23

XAVIER

Malditas muletas. Odiaba las puñeteras muletas. Llevaba una semana así y me estaba volviendo completamente loco.

—Necesitas sentarte —dijo Genevieve, acercándose por detrás con el tap-tap-tap de sus tacones.

Malditos tacones. Ella tenía sus dos piernas en perfectas condiciones. Podía caminar como una persona normal. Joder.

—Hay demasiado que hacer para esta noche. No puedo sentarme.

Genevieve suspiró y se cruzó de brazos. Su vientre apenas comenzaba a redondearse. Por supuesto, no era tan capullo como para decírselo. Sabía perfectamente que no debía decirle a una mujer embarazada que se le notaba, aunque todos los hombres del planeta lo encontraran sexy.

—Sienta tu malhumorado trasero ahora mismo antes de que te patee la pierna buena —Genevieve me fulminó con la mirada y señaló la silla que había traído al vestíbulo para mí.

Refunfuñé y arrastré mi maltrecho trasero hasta la silla.

Maldita sea. Odiaba todo. Solo quería desaparecer. Pero primero, tenía que asegurarme de que el teatro fuera un éxito descomunal para que cada maldita vez que Karissa pasara conduciendo no tuviera más remedio que pensar en mí. Dios sabía que no estaba pensando en mí en ningún otro momento.

Me dejé caer en la silla y fulminé con la mirada a mi asistente. Si mi cerebro estuviera funcionando correctamente, habría admitido que tenía razón, pero mi mente era un revoltijo de dolor y rabia, y me importaba una mierda si volvía a lastimarme.

No, eso no era cierto. Ya había vivido sin Karissa en mi vida. No me gustaba, pero lo había superado. La última vez fue mi decisión, y esta vez era la suya, pero sobreviviría. Y eventualmente dejaría de ladrar a todos los que me rodeaban y de arrancarles la cabeza cuando intentaban ayudarme con buena intención.

Excepto a Genevieve. Ella estaba harta de mi actitud de mierda y no tenía problema en decirme que me estaba comportando como un gilipollas.

—Voy a despedirte si no dejas de mirarme con esa cara de pocos amigos —dijo Genevieve.

—No tienes ese poder.

—Llamaré al señor MacKellar sin pensármelo dos veces. Le diré que o te despide o yo dimito. ¿A quién crees que va a elegir? —Alzó una ceja desafiándome a responder.

Tenía razón, por supuesto. Trent tampoco me aguantaba mucho.

La única que parecía querer pasar tiempo conmigo era McJenna. No salía con sus amigos después de clase. Volvía a casa en autobús todos los días y subía corriendo a mi habitación. Hacía sus deberes en mi cuarto porque sabía que no podía subir y bajar las escaleras con facilidad. Me ayudaba a conseguir la cena cada noche y se sentaba a mi lado en la mesa, levantándose de un salto cada vez que decía que necesitaba algo.

Por fin conseguí convencerla para que fuera al cine con sus amigos. Ella quería simplemente pasar el rato conmigo y no ver una película, pero la persuadí para que se uniera a sus amigos. De todas formas, yo no era divertido.

Genevieve trabajaba mientras yo me sentaba en mi silla y me enfurruñaba. Las pantallas se habían entregado e instalado a tiempo, tal como prometieron. Las mesas y sillas estaban todas colocadas y listas. Los restaurantes con los que nos habíamos asociado estaban preparados para los clientes adicionales. Incluso el puesto de golosinas era perfecto. El antiguo fue desechado después de que intentara matarme y fracasara.

Todo estaba listo para funcionar excepto yo.

Quería recibir a todo el mundo cuando vinieran al cine la noche de apertura. Estar en la puerta y ayudarles a encontrar dónde tenían que ir. En cambio, estaba limitado a mi silla, y Genevieve dijo que me haría daño si me levantaba e intentaba caminar con las muletas mientras el cine estuviera lleno de gente.

Tenía razón, otra vez, pero eso no significaba que tuviera que estar contento al respecto.

La tarde dio paso a la noche. Genevieve estaba nerviosa, paseando por el cine y comprobando tres veces que todo estuviese perfecto. Había formado a todo el personal nuevo que habíamos contratado y estaba consultando con todos ellos. Muchos eran adolescentes, pero algunos eran estudiantes universitarios y adultos. Genevieve conocía a cada persona por su nombre y sabía todo sobre sus familias. Todos estaban hablando y riendo, viéndose bien arreglados y listos con sus uniformes del Cine MacKellar.

—¿Es la hora? —me preguntó Genevieve, comprobando la hora en su móvil.

—Lo es. Pensaba que Teddy iba a estar aquí.

—Está. Está fuera. Por eso te preguntaba. Dice que hay gente esperando en la acera.

Por mucho que esa noticia me alegrara, estaba decepcionado. Quería estar ahí fuera. Hablando con la gente y haciéndoles sentir bienvenidos. No sentado en una silla pareciendo el gerente más vago del planeta.

—Vamos a dejarles entrar —le dije a Genevieve.

Ella se volvió hacia el resto de los empleados y dio una palmada.—Muy bien, todos, voy a abrir la puerta. ¿Estáis listos? He oído que hay una multitud fuera.

—Listos —dijeron todos al unísono.

Genevieve respiró hondo y cuadró los hombros. Se volvió hacia mí con una sonrisa que se filtró en mi interior y me hizo sentir mejor sobre todo esto. En su mayoría.

Me quedé a un lado mientras ella abría la puerta. Por mucho que quisiera pasearme, no podía arriesgarme, pero sí me puse de pie. Me mantuve apartado mientras nuestros primeros invitados entraban en tropel y se maravillaban con lo que habíamos hecho en el cine.

—¡Vaya, mirad eso!

—Oh, esto es nuevo.

—¡Eso es genial!

Sonreí ante su entusiasmo, intentando sentir algo de ello yo mismo. Era un buen día, y aunque había esperado pasarlo con Karissa, sabía que habíamos creado algo de lo que me sentía orgulloso.

La primera sesión era en la sala familiar, así que los primeros grupos eran familias y grupos de amigos con niños. La emoción les llevó desde la puerta principal hasta el puesto de comida y luego a la sala. Escuché el rumor de alegría cuando descubrieron los asientos y eligieron sus favoritos, y de nuevo cuando trajeron la comida de los restaurantes locales y las familias se acomodaron para el inicio de la película con la cena y aperitivos.

Tuvimos un breve descanso entre películas cuando la primera había comenzado y los espectadores de la segunda aún no habían llegado. Fue durante ese tiempo cuando Genevieve vino a buscarme.

—Tenemos un problema.

—¿Qué ocurre?

—Hay un pedido de comida aquí.

—Vale. ¿Y qué?

—No es un restaurante que conozca.

—¿De qué estás hablando?

—Es de un sitio llamado Benny's Pizza.

Mi mundo entero se detuvo. —¿Has dicho Benny's Pizza?

Genevieve asintió. —¿La conoces? Yo nunca he oído hablar de ella.

—No es de por aquí —dije lentamente. Benny's Pizza era el lugar favorito de Karissa y mío para pedir comida a domicilio en la universidad. Pedíamos de allí al menos una vez por semana, a veces más. Siempre pedíamos lo mismo, tanto que el sitio conocía nuestro pedido sin ni siquiera preguntarnos. No había comido en Benny's desde la universidad.

—Tienen un pedido. Dicen que se supone que debía entregarse ahora. ¿Puedes venir a hablar con ellos? Quizás puedas averiguar qué ha salido mal.

Asentí y la seguí, con el repiqueteo de sus zapatos y el golpeteo de mis muletas como únicos sonidos en el pasillo trasero. No queríamos que los restaurantes se arriesgaran a quedar atrapados entre la multitud de gente en la entrada principal, así que teníamos un punto de entrega en la parte trasera para ellos.

Genevieve dobló la esquina delante de mí y dijo: —Está justo detrás de mí.

Me tomó unos segundos más llegar a donde estaba ella, y

cuando lo hice, me quedé paralizado al ver a Karissa sosteniendo una caja de pizza y vistiendo un uniforme de Benny's.

—¿Qué estás haciendo aquí?

Ella levantó la caja. —Entrega de pizza.

—¿Por eso no has respondido a ninguna de mis llamadas
o mensajes? ¿Has estado repartiendo pizzas?

—No. No he devuelto tus llamadas ni tus mensajes
porque soy un cobarde y estoy aterrado de perderte.

—Sabes que eso no tiene sentido, ¿verdad?

Ella se rio levemente y asintió. —Lo sé. Me lo han dicho
muchas veces durante la última semana. Estaba asustada. Ya
te había perdido una vez, y perdí a mi madre, que era mi
mejor amiga, y Eddie estaba en el hospital, y simplemente
perdí la cabeza.

—Vale. ¿Y ahora?

—Y ahora, espero que la pizza de Benny te ayude a
empezar a perdonarme.

—¿Crees que eso es todo lo que va a hacer falta?

Ella negó con la cabeza. —Estoy segura de que no. Pero es
un comienzo.

—¿Qué más tienes planeado? Me estaba divirtiendo vién-
dola retorcerse.

Ella se mordió el labio. —He creado una aplicación
para ti.

—¿Has hecho qué? —solté de golpe.

—Sé que es para el teatro y no para ti personalmente,
pero la he creado. Y pediré pizza de Benny cuando quieras. Y
ayudaré a McJenna con el colegio o a hacer amigos. Y yo...

—¿Cállate y bésame? —pregunté.

Ella se detuvo a mitad de frase y me miró.

Genevieve, que estaba observando todo nuestro inter-
cambio, chilló de felicidad.

—¿Quieres que te bese? —preguntó Karissa.

—Joder, sí. Te quiero.

Se abalanzó sobre mí, haciéndome perder el equilibrio. Por suerte, había una pared detrás de mí y logré sujetarme antes de que las cosas terminaran muy, muy mal.

—¡Dios mío, lo siento muchísimo! —Karissa retrocedió. Sus ojos estaban abiertos de miedo. Se llevó las manos a la boca, examinándome mientras las lágrimas asomaban.

—Ven aquí —le gruñí.

Dio un paso vacilante, luego otro. Cuando estuvo lo suficientemente cerca como para alcanzarla, le agarré la mano y la atraje hacia mí, con mi espalda firmemente apoyada contra la pared.

—Te quiero. Y me encanta que casi me hayas matado intentando besarme. ¿Quizás podemos dejar eso para cuando tenga dos piernas en buen estado?

Las lágrimas resbalaron por sus mejillas. —Nunca pensé que volvería a oírte decir eso.

—¿El qué? ¿Dos piernas en buen estado? —le tomé el pelo.

Ella se rio y asintió. —Exactamente. —Deslizó las manos por mi pecho y las envolvió alrededor de mi cuello—. Te quiero. Y lo siento mucho por haberme asustado e intentar huir de ti.

—Buen momento, porque no había forma de que pudiera alcanzarte.

Ella volvió a reír y me dio un golpecito en el pecho. —No bromees. Me asusté mucho cuando McJenna recibió esa llamada. No sabía qué había pasado, y pensé que iba a perderte.

Negué con la cabeza. —Nunca más. Te quiero. No quiero ir a ningún sitio a menos que sea contigo.

Ella suspiró feliz. —Me gusta cómo suena eso.

—Entonces, ¿de verdad has traído pizza de Benny?

Ella se rio y asintió. —Sí. Pensé que te haría feliz. He oído que has estado un poco difícil de tratar últimamente.

—Puedes repetirlo —dijo Genevieve.

—Oye, estaba herido, destrozado y dolido —me defendí.

—Sí, y yo estoy embarazada —replicó Genevieve.

—¿Lo estás? —le preguntó Karissa.

Genevieve sonrió. —Lo estoy. Dieciséis semanas.

—Enhorabuena. Es muy emocionante.

—Gracias. Y gracias por darle otra oportunidad. Puede que no hubiera sobrevivido la noche sin ella.

—No iba a hacer nada parecido —protesté.

Genevieve arqueó una ceja mirándome. —Yo sí.

Karissa se rio a carcajadas. Genevieve se despidió con la mano y volvió por el pasillo hacia la entrada.

—¿Y ahora qué? —le pregunté a Karissa.

—Ahora cenamos y vemos una película.

—No tengo entradas.

—Menos mal que yo sí. Genevieve me guardó algunas.

—¿Ella estaba metida en esto?

—Por supuesto que sí. Creo que es la única razón por la que te aguantó tanto tiempo. Dijo que estabas realmente miserable.

Asentí. —Lo estaba. No soportaba la idea de perderte otra vez. Si no hubieras hecho esto, habría tenido que idear algo para convencerte de que me dieras otra oportunidad.

—¿Ah, sí? ¿Y qué habría sido?

—Probablemente nada tan bueno. Tú siempre has sido la creativa.

—Espera a ver la aplicación.

—¿"Aplicación" es una palabra en clave para algo? Porque lo has hecho sonar totalmente indecente.

Ella se rio. —No, no es una clave. Bueno, sí es código, pero código de programación, no código... Ah, olvídalo. Podrás tener momentos indecentes cuando estés curado.

—El médico dijo que podía retomar todas mis actividades normales.

—¿Todas? ¿Y qué pasa con caminar, nadar y montar en bicicleta?

—Eres una aguafiestas. —Le fruncí el ceño.

—Te quiero demasiado como para arriesgarme a que te hagas daño otra vez. Se me ocurren algunas formas de divertirnos que no te causarán más lesiones.

—¿Ah, sí? ¿Como cuáles?

—Como que tú te tumbes y yo haga todo el trabajo. Podemos fingir que estamos conociéndonos de nuevo y ser creativos con nuestras manos y bocas.

Gemí y le lamí el borde de la oreja. —¿Podemos ser creativos ahora mismo?

Ella se rio, un sonido ronco y gutural. —Ahora no. Pronto llegarán otros con comida. Pero más tarde. Y mañana. Y todos los días por el resto de nuestras vidas.

—¿Estás...? ¿Acabas de pedirme que me case contigo?

Sonrió. —No oficialmente, pero he dejado de intentar fingir que no te quiero en mi vida para siempre. No sé si tú has llegado a ese punto, pero...

—Lo he hecho. Créeme, lo he hecho. He estado mirando casas y nunca podía decidirme por ninguna porque no sabía cuál te gustaría.

—¿Estás mirando casas? —preguntó ella.

Asentí, dándome cuenta de que me había saltado un paso. —Necesito valerme por mí mismo. En sentido figurado. Eventualmente, literalmente, pero las órdenes del médico lo impiden ahora mismo. He dependido de Trent durante mucho tiempo, y ahora con Finley y George, sé que es hora de que McJenna y yo estemos por nuestra cuenta.

—¿Te lo ha dicho él?

Negué con la cabeza. —Siempre me ha dicho que somos su familia. Y lo sé. Pero también sé que J irá a la universidad en unos años, y creo que Trent y Finley podrían tener más hijos, y no quiero ser el extraño pseudotío que vive al final del pasillo. Quiero mi propio lugar. Nuestro propio lugar, si te parece bien.

Sonrió ampliamente, y juré que era lo más hermoso que había visto en mi vida. —Me parece perfecto. Deberíamos empezar a buscar una casa.

—¿En serio?

—Sí. He estado pensando en renunciar a mi apartamento. No es lo mismo sin Fin allí. Podéis mudaros conmigo si queréis, pero obviamente las escaleras son un problema ahora mismo. Quizás podamos encontrar algo para cuando vuelvas a estar sobre tus dos pies. Para que te valgas por ti mismo en más de un sentido.

—Mientras pueda valerme por mí mismo contigo —le dije. Besé su mejilla mientras ella reía.

—Siempre que estés de acuerdo con eso.

—Absolutamente.

Se puso de puntillas y me besó, teniendo cuidado de no apoyar demasiado peso sobre mí. Odiaba no poder rodearla con mis brazos y atraerla hacia mí, pero lo resolveríamos.

Un golpe en la puerta exterior nos hizo separarnos. Dejamos entrar al repartidor y le agradecimos por traer toda la comida.

—Es un placer. Esta es una gran idea. Estoy deseando venir aquí con mi familia este fin de semana.

—Excelente. Gracias por tu apoyo.

Asintió y se marchó.

Karissa se volvió hacia mí y dijo: —Estoy muy orgullosa de ti. Has conseguido que este lugar vuelva a ser especial. Y el hecho de involucrar a la comunidad y unir realmente a la gente es increíble.

—Gracias. No podría haber hecho nada de esto sin Genevieve, pero estoy muy feliz de ver que todo haya salido como esperaba. Y tenías razón desde el principio. Este es un lugar perfecto para que pasemos el resto de nuestras vidas.

Esbozó una sonrisa pícara. —Ya era hora de que empezaras a escucharme.

Genevieve regresó y recogió la comida, usando el carrito para llevar los pedidos al frente para los invitados. Karissa y yo la seguimos después de otro minuto y unos cuantos besos más.

Trent convenció a los otros chicos que solían ir a la noche de chicos para que vinieran a la noche de apertura del teatro. Cuando entramos en el vestíbulo, estaban todos juntos, algunos con esposas y novias y otros sin compañía. Cuando nos vieron, todos nos vitorearon.

—¿Por fin habéis aclarado las cosas, eh? —preguntó James.

—Sí, lo hemos hecho —respondió Karissa por nosotros.

—Estoy muy feliz por ti —le dijo Laura.

—Gracias. No sabía que todos vosotros vendríais esta noche. ¿No es increíble? —Karissa los abrazó a todos, uno por uno.

Todos estuvieron de acuerdo y se señalaban cosas entre ellos. Era todo lo que había esperado que fuera. Un lugar de reunión para los locales, una noche de cita para las parejas y una experiencia para las familias.

Ver cómo todo se unía valía la pena por las largas horas y la pierna rota. Más aún poder compartirlo con Karissa y McJenna.

—¿Has visto a McJenna? —pregunté.

Karissa señaló detrás de mí, y me giré. J acababa de entrar con Bianca y otras dos chicas. Me vio y saludó con la mano, guiando a sus amigas hacia nuestro grupo.

—Creí que Genevieve había dicho que ibas a quedarte sentado —me reprendió J.

—Es culpa mía —explicó Karissa. —Necesitaba hablar con él y le hice levantarse de la silla.

—¿Qué llevas puesto? —preguntó McJenna. Miró el

atuendo de Karissa—. —Espera, ¿eso es de la Pizzería de Benny?

—¿Cómo conoces la Pizzería de Benny?

—Mi padre hablaba de ella constantemente. Decía que es la mejor pizza del mundo. Me habló de llevarme allí, pero todavía no hemos ido. Decía que era el sitio más especial que existe.

Karissa me miró y sonrió. —Lo es. Allí nos dimos nuestro primer beso.

Cambié una muleta de lado y pasé el brazo alrededor de su hombro. Le besé la cabeza.

—¿Eso significa que habéis vuelto a estar juntos? —preguntó McJenna.

—Así es. Para siempre esta vez —dijo Karissa. —¿Te parece bien tener una madrastra?

La sonrisa de McJenna era tan amplia como la de Karissa. —Creo que me encantaría.

J nos abrazó a los dos.

Me llevó diecisiete años, pero por fin tenía todo lo que siempre había deseado. Y no iba a dejarlo escapar. Nunca.

HUDSON

Había pasado muchísimo tiempo desde que estuve al frente en una boda. Nunca pensé que lo volvería a hacer. Finley estaba impresionante, como una diosa, con su cabello oscuro recogido en algún tipo de moño complicado y mechones ondeando con la brisa del agua. Por supuesto, lo más hermoso de ella era la sonrisa en su rostro. Era bueno verla tan feliz.

—Yo, Finley Jameson, te tomo a ti, Trent MacKellar, como mi legítimo esposo, desde este día en adelante. Prometo amarte y honrarte, en lo bueno y en lo malo, en la riqueza y en la pobreza, en la salud y en la enfermedad hasta que la muerte nos separe. Prometo ser honesta contigo. Apoyarte siempre. Compartir cada parte de mí contigo. Amar a nuestro hijo y a cualquier otro hijo que tengamos. Y siempre hacer tiempo para nosotros.

Trent sonrió radiante ante sus palabras, con los ojos brillantes por las lágrimas contenidas. Joder, recordaba esa sensación. Saber que estaba uniendo mi vida a alguien que encajaba con cada pieza de quien yo era. Hillary nunca me juzgó. Nunca pensó menos de mí. Me apoyó en todo lo que decidí hacer, y yo hice lo mismo por ella.

Ver a Finley y Trent, y a tantos otros amigos, hacer lo mismo me recordaba que el amor nunca muere, incluso cuando la persona sí lo hace. Hillary ya no estaba, pero mi amor por ella seguía presente.

Pero sabía que era hora de seguir adelante.

Eso me daba un miedo terrible, pero después de ver a Finley arriesgar su corazón por Trent y ver a Karissa darle una oportunidad al amor con Xavier, tenía que admitir que había estado escondiéndome. No me permitía interesarme por otra mujer porque pensaba que eso significaba ser infiel a Hillary. Me había acostado con mujeres desde que ella murió, pero nunca dejé que fuera más que sexo.

Estar solo era una mierda. Echaba de menos compartir mi vida con otra persona. No tenía ni idea de quién sería, pero estaba listo para encontrarla.

La ceremonia terminó, y el cortejo nupcial se dirigió hacia la casa. Nunca me acostumbraría a estar en la Finca MacKellar. El lugar era enorme y un poco intimidante. Pero Finley lo estaba suavizando y haciendo que pareciera su hogar.

—Gracias —dijo Finley, abrazándome con fuerza.

—De nada. Solo me alegra no haber tenido que perseguirlo y darle una paliza —le dije.

Finley se rio. Su relación con Trent no tuvo el comienzo más fácil, pero al final resultó bastante bien.

George gorjeó y chilló, mi corazón se encogió cuando me giré y lo vi en brazos de Anna, estirándose hacia su madre. Finley le arrulló y fue hacia él; su carita se iluminó cuando ella le habló. Anna se lo entregó y les sonrió, felicitando a Finley.

—Siento que te he pedido que trabajes igualmente y lo lamento.

Anna hizo un gesto con la mano. —No es trabajo. Echaba de menos tener bebés. No es que quiera más, pero es divertido estar con él. Durante un ratito.

Las dos se rieron. Me di la vuelta, sintiéndome incómodo por entrometerme. Siempre había querido tener hijos. Hillary y yo estábamos hablando de intentarlo cuando murió. Ese era un sueño que seguía tirando de mí. Una de las cosas que me hizo considerar salir con alguien antes de ahora. No habría sido justo para la otra mujer, así que siempre me protegía y no me involucraba, pero siempre había lamentado no tener hijos.

—Otra que se nos va —dijo Ian, pasándome una cerveza.

—Sí. Parece feliz.

Ian asintió, observando a su hermana y a su mujer con Anna. Blake extendió la mano y ofreció su dedo a George, que rápidamente se lo metió en la boca.

—¿Estás preparado? —pregunté.

Ian negó con la cabeza. —Ni un poco. Pero estamos practicando todo lo que podemos con George.

—Vosotros dos vais a ser unos padres realmente buenos.

Ian me miró, con gratitud y una emoción abrumadora que le ahogaba. —Gracias —susurró.

Le di una palmada en la espalda. —No tienes nada de qué preocuparte. Ese niño es afortunado.

—Te lo agradezco. Es difícil creer que vamos a ser responsables de la vida de otra persona.

Me reí. —Sí, pero estás preparado.

Asintió. —Eso espero.

—Finley parece feliz —dijo James al unirse a nosotros—. No le habéis robado el protagonismo.

Ian y yo nos reímos. —Desde luego que no —dije.

James miró alrededor del jardín a la gente que hablaba, reía y comía los aperitivos. —Entonces, ¿quién será el próximo?

—Nico —dije—. Está listo para proponérselo.

—¿Sí? —preguntó Ian—. Yo iba a decir Xavier. Parece un hombre listo para hacerlo oficial.

—Creo que ambos están listos —dijo James con un gesto hacia Karissa y Xavier, que se abrazaban tan cerca como las muletas de él permitían mientras se balanceaban al ritmo de la música—. Mi voto sería para Colin.

—¿Crees que dirá que sí? —preguntó Ian.

James se encogió de hombros. —Llevan viviendo juntos bastante tiempo. No creo que Elise vaya a irse a ninguna parte, y tengo la sensación de que ambos están listos. Aunque también podrían estar casados ya.

—¿Qué quieres decir? —pregunté.

—No me extrañaría que simplemente fueran a algún sitio, se casaran y lo contaran después —dijo James—. Colin dijo que están planeando un fin de semana largo el mes que viene. Podrían volver ya casados.

—Eso es un buen punto —dijo Ian.

—¿Y tú? ¿Te animas a entrar en el juego? —me preguntó James.

Me encogí de hombros. —He estado pensándolo.

Ian y James retrocedieron tambaleándose. —¿Qué? Ni de coña —dijo Ian.

—Solo he dicho que lo estoy pensando.

—¿Pensando sobre qué? —preguntó Xavier. Él y Karissa se acercaron por detrás sin que me diera cuenta.

—Hudson dice que está pensando en salir con alguien —dijo Ian.

—Me alegro por ti —dijo Xavier.

—¿Alguien que conozco? —preguntó Karissa con una sonrisa pícara.

—Sí, ¿quién es ella? Nos aseguraremos de que no la espantes con tu actitud taciturna y tus miradas furiosas —dijo James.

Le hice un corte de mangas.

James e Ian se rieron, los muy capullos.

—Que os den a los dos.

—Ignóralos. Me alegro por ti —dijo Karissa.

—Nunca pensé que llegaría el día en que Hudson Grant estaría dispuesto a salir con alguien. Oye, tienes que registrarte en la aplicación de Karissa—dijo James.—Así podrás impresionar a una mujer sin que sepa quién eres.

—Así es como conseguiste a Trinity —le dije.

—Exactamente. No habría salido conmigo si hubiera sabido quién era yo. Karissa es una genio.

—Sí, lo es —asintió Xavier, abrazándola por la cintura.

Les sonreí.—Sí, quizás.

—O puedes simplemente ligar con alguien en OKelleys. —Ian se encogió de hombros.

Negué con la cabeza.—No voy a mezclar negocios con placer. Eso es demasiado complicado.

—La aplicación, entonces —dijo James.

—Eh, ¿qué le habéis regalado vosotros dos a Finley y Trent? Es enorme —le pregunté a Xavier y Karissa.

Intercambiaron una mirada y sonrieron.—Es un mapa de las estrellas de la noche en que se conocieron —dijo Xavier.

—¿En serio? —preguntó Ian.

Karissa asintió. —Quería algo especial para ellos. A Finley le encanta mirar las estrellas y dijo que cree que su relación estaba escrita en las estrellas, como en una novela romántica. Xavier encontró esta empresa en internet que imprime un mapa del cielo nocturno de cualquier fecha y desde cualquier lugar.

—Eso's realmente genial. Sin duda único y totalmente refleja cómo son ellos—dijo Ian.

—Fin's va a adorarlo—añadí.

—Eso esperamos—dijo Karissa.

Todos seguimos hablando unos minutos más. Trinity

llamó a James, e Ian le preguntó a Xavier sobre el teatro. Aproveché y me disculpé para ir a por otra bebida, necesitaba un momento para despejar mi cabeza antes de que me arrastraran de vuelta a las tareas de la boda. No había planeado contarle a nadie que estaba pensando en salir con alguien, y definitivamente no planeaba que me dijeran que solo tenía dos opciones. No me gustaba la idea de una aplicación de citas, pero conocer a una mujer que entrara en mi bar tampoco me parecía adecuado.

Tiré mi botella de cerveza en el contenedor de reciclaje y me dirigí a la mesa de aperitivos. Justo cuando iba a coger la última taza de espaguetis con albóndiga, alguien más lo intentó también, nuestras manos chocaron cuando la agarré justo antes que la otra persona.

Levanté la mirada, con la intención de disculparme y ofrecérsela a la otra persona, a pesar de que ya la había tocado y claramente había llegado primero, cuando vi quién era.

—Por supuesto que intentabas robar la última—me soltó Anna con desdén.

—Tú también lo intentabas—repliqué.

—Sí, para mi hijo. Es lo único que Matty está dispuesto a comer ahora mismo.

Miré detrás de ella hacia donde Matty estaba sentado con su hermano, Joey. Joey era ayudante de camarero en O'Kelley's, y Matty hacía sus deberes en el bar después del colegio hasta que Anna y Joey terminaban de trabajar. Me caían bien los chicos de Anna. No era tan fan de ella.

—Parece que está comiendo bastante bien—dije mientras Matty se metía una rebanada de pan en la boca.

Anna miró por encima de su hombro y se tensó. Se volvió hacia mí con el ceño fruncido. —Vale. Es para mí. ¿Estás contento?

Me encogí de hombros. —Completamente.

Ella miró fijamente la taza de espaguetis con albóndiga en mi plato, y juro por Dios que mi polla se endureció al ver la mirada de deseo en sus ojos. Joder.

—Toma, —murmuré—. Puedes quedártelo. —Lo dejé caer en su plato, me di la vuelta y me alejé.

No. Ni de coña. De entre todas las mujeres, ella no podía ser la que me atrajera. Me sacaba de quicio.

Quizás deberías empotrarla contra una.

¡Joder! No. No iba a empezar a pensar en Anna y esa mirada de *fóllame* en sus ojos. Su hijo era mi empleado. Ella trabajaba para uno de mis amigos más cercanos. Y me volvía completamente loco.

No iba a suceder. Ni ahora. Ni nunca. Sin importar cuánto mi polla quisiera exigir lo contrario.

GRACIAS POR LEER la historia de Karissa y Xavier. ¿Captaste todas las menciones de ellos a lo largo de los otros libros? Ella incluso le vio en Su Deseo Curvilíneo (en el hotel), pero se convenció a sí misma de que estaba equivocada. Y, por supuesto, él fue el que se le escapó. ¡Me encantó volver a unirlos!

El próximo libro de la serie es el de Hudson y Anna. Lo único que tienen en común es lo mucho que se irritan mutuamente. Quizás tengan otra cosa en común, pero ninguno de los dos está dispuesto a admitirlo. No tienen más remedio que coexistir ya que su hijo trabaja para él, pero eso no significa que tengan que caerse bien. Solo tienen que tolerarse. Entre besos y caricias y peleas que son, oh, tan divertidas de reconciliar. ¡Comienza **Su Fantasía Curvilínea** hoy!

. . .

¿Quieres más de Karissa y Xavier? ¡Están comprando una casa y los suscriptores pueden mudarse con ellos! ¡Regístrate ahora para leer su epílogo extra!

¿Quieres más de Karissa y Xavier? ¡Están comprando una casa y los suscriptores pueden mudarse con ellos! ¡Regístrate ahora para leer su epílogo extra!

ACERCA DEL AUTOR

USA TODAY La autora superventas Mary E Thompson pasó la mayor parte de su infancia deseando tener algunas curvas menos. Se escondía entre las páginas de los libros porque a sus personajes favoritos nunca les importaba qué talla de ropa usaba. Ahora, a Mary tampoco le importa, y escribe historias que celebran a mujeres como ella. Mujeres reales que tienen curvas, persiguen sueños y encuentran el amor, porque todas merecemos ser felices, sin importar nuestra talla.

Mary pasa su tiempo fuera de la escritura con su esposo y sus dos hijos, viendo demasiada televisión, animando a su equipo local de fútbol americano (¡Vamos Bills!) y escondiendo chocolate de su familia.

Suscríbete ahora al boletín de Mary. ¡Los suscriptores reciben libros electrónicos gratuitos y otras cosas divertidas, como contenido exclusivo solo para miembros y sorteos, además de ser los primeros en conocer los nuevos lanzamientos y ofertas!